JÜRGEN VON DER LIPPE

Nudel im Wind

ROMAN

Sollte diese Publikation Links auf Webseiten Dritter enthalten,
so übernehmen wir für deren Inhalte keine Haftung,
da wir uns diese nicht zu eigen machen, sondern lediglich
auf deren Stand zum Zeitpunkt der Erstveröffentlichung verweisen.

Verlagsgruppe Random House FSC® N001967

PENGUIN und das Penguin Logo sind Markenzeichen von
Penguin Books Limited und werden hier unter Lizenz benutzt.

1. Auflage 2020
Copyright © 2019 by Penguin Verlag
in der Verlagsgruppe Random House GmbH,
Neumarkter Straße 28, 81673 München
Umschlag: bürosüd nach einem Entwurf von Sabine Kwauka
unter Verwendung einer Illustration von Anne Dorenkamp
Umschlagmotive: Anastasia Lembrik;Evgenyevich;YamabikaY/Shutterstock
Lektorat: Matthias Bischoff
Satz: Vornehm Mediengestaltung GmbH, München
Druck und Bindung: GGP Media GmbH, Pößneck
Printed in Germany
ISBN 978-3-328-10599-2
www.penguin-verlag.de

 Dieses Buch ist auch als E-Book erhältlich.

Dramatis Personae

Gregor Zöller, 48, Witzbold und Hobbykoch, geschieden, Privatier, stinkreich (Erbschaft plus gute Anlageberater), Hundebesitzer (Basset Waldmeister, genannt Waldi), Schachfan, liebt Bücher und nutzloses Wissen

Lisa Haiter, 35, Visagistin, gut im Geschäft, mit Mops Horst. Blitzgescheit, hat ein paar Semester Germanistik, Psychologie und Theaterwissenschaft studiert, was ihr spektakuläres Äußeres nicht vermuten lässt.

Justus Lenz, 37, Ex-Zuhälter mit goldenem Herzen, anglizismenaffin, Kampfsportexperte, mittlerweile Privatdetektiv

Hermjo Benek-Söderbaum, Bilderbuch-Macho, Geschäftsführer von »Allround-TV«, der momentan erfolgreichsten TV-Produktionsfirma

Ursel, seine Sekretärin

Wolle, Produktionsleiter

Stefan Tümmler, Regisseur

Axel Herbst, Autor, seit 30 Jahren im Geschäft

Diether Liebherr, TV-Autor und Jungspund, Spezialität One-Liner, nach allen Seiten offen, wie er gern betont

Chris Brause, 62, Moderator

Jenny Meister, 33, Moderatorin

Bernhard Löblein, 32, Verantwortlicher Redakteur von High5, dem erfolgreichsten TV-Privatsender

Ellroy Duncan, Drill-Sergeant, Spitzname »Duty«. Die Kandidaten seiner Gruppe, Spitzname »die Rekruten«: *Fatih Güldürün, Tom Wirtz, Lutz Helferath, Hunor Ader*, Ungarndeutscher

Kirk Mc Kinney, Basketball-Coach, Spitzname »Centerfold«.
Die Kandidatinnen seiner Basketball-Gruppe: *Fatima Komuglu, Slawica Miftali, Ireti Müller, Alina Westphal*

Paula Perlig, Ex-DDR-Handballnationalspielerin und Völkerball-Coach (Dodge-Ball). Ihre Kandidatinnen, Spitzname »Dodge-Daysies« oder auch »Ballerinen«: *Patti Schlesinger, Nadine Reuben, Aiko Kagawa, Heide Schleewald-Nussbaum*

Florian Wessely, Österreicher, Strongman-Trainer, Inhaber eines Gyms und mehrerer Meistertitel, allerdings nicht international. Seine Gruppe, Spitzname »Strongmänner«: *Timo »Grizzly« Bär*, aus Heidenheim, Gastronom; *Henry Nüsslein*, Filialleiter Supermarkt; *Bodo Müller, Ingo Schaller*

Paul Kling, aus Gotha, Schlafwandler, Mitinhaber eines Schrottplatzes

Monty Krautbichler, aus Bayern

Hugo Hannemann, aus Celle, Friedhofsgärtner

David Armbruster, aus Scheveningen, Holland

Peter Magin, Küchenchef des Sporthotels »Vogelsang«

B., geheimnisvolle männliche Person mit Neigung zu physischer und psychischer Gewalt

Jewgenij Gogol, russischer Schachboxer

Nebukadnezar, sein Papagei, muss jeden Tag ein Fremdwort lernen

Fred Nussig, Trainer, hat mehrere Geheimnisse

Bubi, Boxrivale von Justus

Bernd Dengelbaum, Unterhaltungschef von High5

Barbara Dengelbaum, seine Gattin

Dr. Geza von Treutlein, Psychologe

Christian, Warm-Upper

Ein Privatdetektiv, möchte nicht namentlich genannt werden wegen einer Unterhaltsklage

Marvin Lenz, Zwillingsbruder von Justus, Koch im »Löffel-
     chen« in Bochum
Anja Maiwein, Kriminaloberkommissarin
Steven Beuschel, Kriminalassistent
Irma Germer, Köchin im »Sporthotel«
Erwin Läutermann, Besitzer der Boxbude »Geld oder Hiebe«

Meine Frau als Gisela Hilden-Söderlapp
Meine Frau als meine Frau

Kaum zu glauben

Ich möchte Ihnen eine ziemlich unglaubliche Geschichte erzählen. Ich weiß, das ist kein glücklicher Anfang für ein Buch, das seine Leser vom ersten Satz an in den Schwitzkasten nehmen und bis zum letzten Wort nicht mehr rauslassen soll. »Sie hatten ihm die Kehle durchgeschnitten und ihn dann im Urinal ausbluten lassen« ist da schon ein anderes Kaliber, aber in der Welt der sinnlos waltenden rohen Kräfte bin ich nicht so zuhause wie in der Psyche der Sanftmütigen, Unscheinbaren mit ihren kleinen liebenswerten Macken. Menschen wie Gregor und sein Hund Waldmeister.

Gregor

Gregor könnte genau sagen, wie viele Diskussionen er schon geführt hat, die alle in etwa so abliefen: »Wie heißt der Hund?«

»Waldmeister.«

»Warum haben Sie ihn nicht Waldi genannt?«

»Tu ich ja, das ist sein Rufname.«

»Aber Waldi heißen doch alle Dackel!«

»Die heißen aber nicht mit vollem Namen Waldmeister, und das ist kein Dackel, sondern ein Basset.«

»Der ist doch viel zu klein für einen Basset!«

»Er ist eingelaufen beim Waschen, 60 Grad sind wohl zu viel für so einen Hund.«

»Wollen Sie mich verscheißern?«

»Nein, warum so misstrauisch? Weil hier ein paar Dinge nicht in Ihr Weltbild passen? Wollen Sie darüber reden?«

An dieser Stelle macht der Gesprächspartner meist eine abschätzige Geste, mal ein Kopfschütteln, mal den Scheibenwischer, wendet sich ab, seinem Getränk zu oder nimmt den nächsten Abzweig vom Waldweg. 96-mal war das jetzt so oder ähnlich gelaufen, Gregor führte nämlich Tagebuch, und häufig wiederkehrende Dinge nummerierte er durch.

So auch seine Versuche, eine Frau für sich einzunehmen. Sein Einstiegssatz variierte von Monat zu Monat. Im Moment setzte er auf: »Entschuldigung, haben Sie etwas dagegen, wenn ich Sie nackt zeichne?«

57-mal war die Antwort: »Hau bloß ab, du Penner, oder ich rufe meinen Typ!«

32-mal: »Das kostet aber, und nicht zu knapp!«

12-mal: »Ich soll mich ausziehen, damit Sie mich nackt zeichnen können?«

Das gab ihm immerhin die Möglichkeit zu sagen: »Wenn das ein Problem für Sie ist, ziehe ich mich eben auch aus.«

Daraufhin gab es dann 18-mal wieder die Antwort A, sodass Gregor sich eine andere Erwiderung einfallen ließ, nämlich: »Muss nicht sein, ich kann Sie auch so zeichnen, wie ich Sie mir vorstelle.«

Daraufhin kam immerhin dreimal die Erwiderung: »Na, dann machen Sie mal.« Einmal sogar noch mit dem Zusatz: »Da bin ich aber mal gespannt.«

Das Ergebnis seiner künstlerischen Bemühungen wurde dann in allen drei Fällen fast wortgleich so kommentiert: »Das soll ich sein? Sie können ja überhaupt nicht zeichnen!«

Woraufhin Gregor zweimal sagte: »Das habe ich doch auch nie behauptet«, und einmal, da hatte er allerdings auch etwas getrunken, fügte er an: »Wenn ich auf der Kirmes an der Schießbude nichts treffe, sagt der Budenbesitzer doch auch nicht: ›Sie können ja gar nicht schießen!‹«

Daraufhin gingen die Wogen der Erregung doch recht hoch, ob er damit sagen wolle, dass sie eine Schießbudenfigur sei oder habe oder was und: »Thomas, kannst du mal kommen?«

Nach einer Backpfeife und der Androhung etlicher weiterer wurden Gregor zwei Dinge klar: Er brauchte eine neue Stammkneipe und eine neue Anmachstrategie.

Lisa

Lisa überprüfte ein letztes Mal ihren Lidstrich, gab noch einen Hauch Lipgloss auf die beiden ungemein an Julia Roberts erinnernden Lippen und korrigierte mechanisch den Sitz ihrer beiden größtenteils freiliegenden »Referenzen«, wie sie sie nannte, wobei das »Z«, Sie ahnen es vielleicht schon, wie ein englisches »th« klang, denn Lisa lispelte. Sie entsprach ausnahmslos jedem Klischee der blöden blonden Tusse, leicht zu haben und schwer zum Schweigen zu bringen. Sie wusste das und genoss es. Lisa war freischaffende Visagistin und wurde häufig von Produktionsfirmen für Film oder TV-Projekte gebucht, wo sie sich meist um männliche Schauspieler, die als schwierig galten, zu kümmern hatte. Wenn Lisa mit einer Kollegin gut sichtbar in einem Straßencafé saß, machte sie sich einen Spaß daraus zu zählen, wie vielen Männern, vorzugsweise in Begleitung ihrer Frau, bei ihrem Anblick der Unterkiefer herunterklappte.

Es waren immer annähernd 100 Prozent. Einmal sagte Leonie, eine Kollegin, die sie gerade erst kennengelernt hatte und die gerne ihr Halbwissen versprühte: »Das ist ja wie bei Pawlow und seinen Hunden!«

»Nicht ganz, Mausi«, lispelte Lisa, »da fehlt der Klingelton.«

»Häh? Pawlow hatte doch noch kein Handy!«

»Nein, aber sein Experiment bestand darin, dass seine Versuchshunde jedes Mal vor dem Füttern denselben Klingelton hörten und er nachwies, dass nach einiger Zeit die Verdauungssäfte bei den Hunden schon zu fließen begannen, wenn das Glöckchen bimmelte, auch wenn sie dann gar nichts zu fressen bekamen, stimmt's, Horst?«

Horst war Lisas Mops, und er hatte die Eigenart, immer wenn Lisa saß und das rechte Bein über das linke geschlagen hatte, auf der Spitze ihres linken Pumps zu liegen, als wolle er ihn ausbrüten. Lisa hatte ein paar Semester Germanistik, Theaterwissenschaft und Psychologie studiert, dann aber beschlossen, dass die Eierköpfe auf Dauer kein Umgang für sie und das Lehramt keine Option seien, woraufhin sie dann ein paar Schminkkurse absolvierte und quasi aus dem Stand sehr gut ins Geschäft kam.

Gregor

Gregors Glückssträhne hatte einen Tag nach seinem 26. Geburtstag begonnen. Da hatte er einen Liebesbrief an seine Frau gefunden, der außerordentlich ins Detail ging, offenbar inspiriert vom berühmten »Tampon-Telefonat« zwischen Camilla und Prinz Charles vom 18.12.1989, das, wie Sie wissen, erst 1993 an die Öffentlichkeit geriet. Die Scheidung war schnell und finanziell folgenlos verlaufen, denn Gregor hatte als freier Mitarbeiter verschiedener unbedeutender Zeitungen keine Reichtümer anhäufen können. Das änderte sich allerdings, als er noch während der Trennungs-Depri in einer Bar einen alten Herrn kennenlernte, dem es noch viel schlechter zu gehen schien als ihm, woraufhin Gregor sofort in den Seelsorge-Modus switchte und Josef tatsächlich von seinem geplanten Selbstmord abbringen konnte. Das war der Beginn einer wunderbaren Freundschaft, denn beide spielten leidenschaftlich gern Schach, waren begeisterte Hobbyköche und mochten dieselben Bücher. Wenig später erlag Josef seinem Krebsleiden, woraufhin sich Gregor zu seiner Überraschung als Alleinerbe von 26 Millionen – damals noch D-Mark – wiederfand. Das, was ihm nach Abzug der Erbschaftssteuer blieb, vermehrte ein seriöser Anlageberater seitdem langsam, aber stetig, sodass Gregor sein Hauptaugenmerk nicht mehr auf den Broterwerb richten musste, sondern das Schreiben entspannt betreiben konnte, wobei noch genug Zeit für den Garten seines kleinen Häuschens blieb. Es wollte also nur noch der freie Platz im Doppelbett ausgefüllt werden, aber erst war die Vakanz im Herzen dran, da war Gregor ganz *old school,* und das war nur eine seiner Macken. Eine andere war seine Unfähigkeit, eine halbwegs normale Unterhaltung mit einer Frau zu führen, wie wir an seiner letzten Anmachmasche schon gesehen haben.

Die nächsten waren auch nicht besser. So verfiel er auf die Idee, sich im Supermarkt herumzutreiben, und wenn er eine schlanke junge Frau sah, zu ihr zu gehen und zu sagen: »Entschuldigen Sie, mein Arzt hat mir empfohlen abzunehmen, und da dachte ich, wenn ich mich so ernähre wie Sie, müsste es eigentlich klappen, darf ich mir kurz aufschreiben, was Sie eingekauft haben?«

Je nach Laune sagte er aber auch: »Diesen Scheiß wollen Sie doch wohl nicht ernsthaft essen?«

Er hielt das nicht nur für witzig, sondern verband damit auch die Erwartung, dass eine sagen würde: »Hey, das habe ich mich auch schon gefragt, haben Sie vielleicht bessere Ideen? Vielleicht können wir ja auch mal zusammen kochen, wie wäre das?«

Ich denke, Sie sehen Gregors Hauptproblem: Seine Liebe zum Scherz blieb oft unerwidert.

Meine Frau hat es mir zwar verboten, aber eine von Gregors Top-Fünf-Peinlichkeiten muss ich Ihnen einfach erzählen. Wenn es nach ihm gegangen wäre, hätte man das ganze Jahr über 1. April gefeiert. Gregor war verrückt danach, Mitmenschen zu verarschen. In einem Sommerurlaub – man hatte zu acht ein Ferienhaus an der holländischen Küste gemietet – hatte er folgendes Strandspiel angeregt: Einer bekam die Augen verbunden, dann führte man dessen Zeigefinger in ein unbekanntes Objekt ein, und er musste raten, was es war. Dazu schmierte sich einer der Kumpels Sonnencreme in die Ellenbeuge, das Opfer steckte seinen Finger rein, zog ihn wieder raus und stellte eine Zeitlang abwegige Vermutungen an. In der Zwischenzeit hatte sich ein anderer die Badehose heruntergezogen und stellte sich gebückt vor ihn. Die Binde wurde abgenommen, und Gregor genoss es haltlos, wie dem Ärmsten dämmerte, dass er seinen Zeigefinger augenscheinlich vor kurzer Zeit aus einem eingeölten Anus gezogen hatte. Alle waren peinlich berührt, zumal der Gefoppte auf einmal nicht mehr glauben wollte, dass er einer Täuschung erlegen war. Die Stimmung blieb tagelang getrübt.

Gregor beschloss daraufhin klugerweise, der Gruppe einen Kurzurlaub von sich zu gönnen, zog sich in sein

Zimmer zurück und brachte ein TV-Konzept zu Papier, das ihm schon seit geraumer Zeit im Kopf herumspukte: ein Wettkampf verschiedener Diätkonzepte, vertreten durch jeweils einen Coach und ein Team mit vier Probanden, die sich während der Produktionsdauer nicht nur streng an den jeweiligen Diät- und Sport-Plan zu halten hatten, sondern auch in körperlichen und geistigen Disziplinen gegeneinander antreten sollten. Gregor machte sich begeistert an die Ausformulierung seiner Idee. Einziger Wermutstropfen: Sein Lieblingstitel »Die Hungerspiele« war nicht mehr frei.

Justus

Er wusste nicht mehr genau, wie alt er war, als er zum ersten Mal auf die Frage »Was willst du einmal werden?« sagte: »Schutzengel«.

Es ist sinnlos, in seinem Umfeld nach Gründen für diesen Berufswunsch zu suchen. Es gab keine familiären Vorbilder, sein Vater war Straßenbahnfahrer, seine Mutter Hausfrau, in der ganzen Familie würde man vergeblich nach Sozialausreißern wie Seeleuten oder Nonnen suchen. Bei Licht besehen, ging es schon in der Volksschule los. Er war verliebt in Barbara, häkelte ihr Puppenmützchen, brachte ihr geklaute Kirschen mit, was verknallte Achtjährige halt so machten. Aber irgendwie konnte er nicht so richtig bei ihr landen, bis zu einem Montag im Mai. Ein Typ aus der 6. Klasse, also zwei über ihm, stellte Barbara ein Bein, sie flog hin, ihre Puppe drei Meter weiter, der Typ schnappte die Puppe und sagte: »Danke, genauso eine hat sich meine Schwester zum Geburtstag gewünscht.« Und weg war er. Justus hinter ihm her, hechtet ihn von hinten an, er geht zu Boden, Justus immer noch auf seinem Rücken, packt den Arm mit der Puppe und dreht ihn ihm auf den Rücken, bis es kracht, der Typ schreit wie am Spieß, lässt die Puppe los, Justus gibt ihm einen Stoß und steht auf.

Dann ging Justus mit der Puppe zu Barbara. »Du hast was verloren«, sagte er.

»Danke schön, das war ganz toll, wie du das gemacht hast«, sagte sie.

Diesen Satz würde er später noch oft von den schönsten Frauen aus aller Welt hören, aber die Art, wie Barbara es sagte und ihn dabei ansah, würde er nie vergessen. Vor allem, weil er sich übergeben musste. Keine Ahnung warum, die Aufregung, er hatte sich wohl auch den Solarplexus geprellt, *shit happens.*

Jedenfalls passierten ihm von da an dann dauernd solche Sachen, dass er Mädchen raushauen musste, denen irgendein Typ blöd kam. Manchmal passten sie ihn schon vor der Schule ab und sagten: »Justus, der Eric hat gesagt, wenn ich ihn nicht küsse, wird er mir wehtun.«

Irgendwann, nachdem sie in der Schule auch Englisch dazubekommen hatten, sprachen die Mädels und bald auch alle anderen »Justus« englisch aus, sodass es wie »Justice« klang. Er hatte nichts dagegen, fand es sogar ultracool und fing an, englische Brocken zu verwenden, so was wie: »Hot shit, Digger«, wenn ihm einer ein schönes Pornofoto zeigte oder so. Mittlerweile war er auch in einem Box- und einem Judoclub und so war auf dem Schulhof immer öfter »Justicetime«.

Mittlerweile suchten auch schon Erwachsene Schutz, Mütter, deren verhätschelte kleine Streber dauernd vermöbelt wurden, die Religionslehrerin, die von einem besonders fiesen Typen terrorisiert wurde und die sich dann auf eine sehr besondere Art und Weise bedankte. Wahrscheinlich war er einer der ganz wenigen Jungs, die entjungfert wurden, während der Plattenspieler »Großer Gott, wir loben dich« dudelte.

Und weil er nicht nur Fäuste aus Stahl, sondern auch ein Herz aus einer Gold-Butter-Legierung besaß, ließ er sich später, nach der Bundeswehrzeit, tatsächlich von etlichen ungemein attraktiven Frauen überreden, ihren Beschützer zu spielen, wobei er immer darauf achtete, dass sein Anteil am Liebeslohn weit geringer war als ihrer. Trotzdem wurden irgendwann seine Skrupel zu groß, und er beschloss, sich als Privatdetektiv niederzulassen. »J.-Investigations« stand auf seinem Klingelschild, und innerhalb von nur zwei Jahren erwarb er sich in der Branche einen Ruf wie Donnerhall und konnte sich unter den vielen Angeboten die Sahnestückchen aussuchen.

Gerade hatte er einer steinreichen Witwe, die auf einen Heiratsschwindler hereingefallen war, einen Großteil ihres Schmucks wiederbeschafft, und die Dame hatte ihm mit den Worten: »Ich würde Ihnen ja Liebe anbieten, aber ich vermute, dass Sie Geld bevorzugen«, das Doppelte des vereinbarten Honorars in die Hand gedrückt und ihm so die Entscheidung erspart. Jetzt kam er gerade aus dem Fitnessstudio und wollte im Supermarkt ein paar Dinge einkaufen, da sah er, wie ein dicklicher Mann eine ungeheuer attraktive Blondine anquatschte und sich am Inhalt ihres Einkaufswagens zu schaffen machte. Aus alter Gewohnheit ging er hin und sagte: »Entschuldigung, belästigt der Herr Sie, und soll ich ihn vielleicht entfernen?« Der »Herr« sah ihn überrascht, aber nicht unfreundlich an, streckte ihm den kleinen Finger der linken Hand entgegen und sagte: »Könnten Sie bitte mal daran ziehen?« Konsterniert folgte Justus der Aufforderung, und ein veritables Furzgeräusch erklang. Die hübsche Blonde schüttete sich aus vor Lachen und sah dabei so toll aus, dass Justus seine erste Anwandlung, nämlich den Blödmann ins Gewürzregal zu schubsen, unterdrückte und ebenfalls lächelte. Der Dicke freute sich wie ein Kind, holte sein Handy raus und sagte: »Das ist die neueste Furz-App, doppelt so laut wie die bisherigen, klasse, oder? Darf ich Sie beide vielleicht auf einen Kaffee und ein Stück Rhabarberstreuselkuchen einladen?«

Er durfte. Und so lernten Justus, Gregor und Lisa sich kennen.

Meine Frau

Wider besseres Wissen konnte ich der Versuchung einmal mehr nicht widerstehen, meiner Frau den Anfang meines ersten Romans zum Lesen zu geben. Ihre Reaktionen sind eigentlich immer eher semi-euphorisch. Beispiel: »Tja, ich weiß nicht, was das soll, ich kann nicht lachen, und ich lerne nichts.«

Ich denke, es ist eine Mischung aus voraussetzungsloser Liebe, übersteigertem Harmoniebedürfnis und Unfähigkeit, auf die Reaktionen der Leser warten zu können, die mich immer wieder ins Messer laufen lässt.

So auch diesmal: »Och, wie öde, eine Dreiecksgeschichte! Lisa verliebt sich natürlich erst mal in den tollen Justus, um dann Gregors innere Werte zu entdecken und mit ihm eine Familie zu gründen.«

Ich sagte: »Frau, kannst du eigentlich Weltliteratur nur

unter dem Aspekt möglicher erotischer Kombinationen beurteilen? Es wäre doch denkbar, dass ich die drei Hauptfiguren nur kurz vorgestellt habe, um den Leser in der Folge auf eine Wildwasserfahrt voller Gefahren, überraschender Wendungen, Überschläge und tödlicher Spannung zu entführen!«

»Glaub ich zwar nicht, aber mach ruhig!«

Das Konzept

Die drei mochten sich auf Anhieb, und als Gregor von seinem Abnehm-TV-Konzept erzählte, bei dem fünf verschiedene Trainer mit unterschiedlichen Methoden gegeneinander antreten sollten, waren Lisa und Justus sofort Feuer und Flamme.

»Da weiß ich genau den richtigen Produzenten, dem du das vorschlagen kannst«, sagte Lisa, »der sucht gerade was in der Richtung!«

»Toll, und wenn es klappt, würde ich gerne mitmachen.« Justus hatte richtig glänzende Augen. »Das wäre genau die richtige Challenge für mich: eine Gruppe von vier Fettsäcken fit machen: ausgewogene Ernährung und Boxtraining, was Besseres gibt es nicht, das Ding hab ich schon so gut wie gewonnen, weißt du schon, mit welcher Methode die anderen gegen mich verlieren wollen?«

»Na ja, da muss man natürlich überlegen: Was gibt die besten Fernsehbilder? Boxen ist super, keine Frage, dann dachte ich an Tanzen, Triathlon oder vielleicht Zehnkampf.«

»Zehnkampf?«, lachte Lisa. »Bist du ganz sicher, dass du einem 150-Kilo-Trampel Stabhochsprung beibringen kannst?«

»Ja, dann eben Neunkampf, obwohl der Hürdenlauf auch nicht ganz einfach wird, fällt mir gerade ein, vielleicht ist Geräteturnen doch besser.«

»O. k., das sind vier interessante Sportarten, was hast du dir als fünfte Methode gedacht?«, fragte Lisa.

»Jetzt kommt der Knaller, die fünfte Gruppe macht gar keinen Sport, die machen einfach eine von den Wunderdiäten, die im Internet kursieren und zwölf Kilo Gewichtsverlust in drei Wochen versprechen.«

»Nee«, meinte Justus, »das kannst du echt nicht machen, das ist ein viel zu großes Risiko, diese ganze Scheiße ist nicht getestet, da wird dir jeder Arzt abraten. Und das mit dem Triathlon würde ich auch nicht machen, weil du da drei verschiedene Sportarten zeigst. Ich bin für eine klare Abgrenzung: Mein Team lernt Boxen, ein Team tanzt, eins schwimmt, eins turnt, und eins macht Leichtathletik. Das sind ganz klare Bilder.«

»Ja schon«, sagte Lisa, »aber dann hast du schon mal einen Vorteil, weil Boxen spannender ist als Schwimmen, dann würde ich eher noch eine Sportart nehmen, wo es Mann gegen Mann geht, Tennis zum Beispiel.«

»Alles richtig, aber Boxen ist auch noch interessant, wenn die beiden nicht so gut sind, Hauptsache, sie hauen sich ordentlich in die Fresse«, sagte Gregor, »aber beim Tennis zugucken, wenn beide es erst noch lernen, ist echt öde, dann lieber eine militärische Spezialausbildung bei irgend so einem Schleifer, der die richtig rundmacht!«

»Richtig«, sagte Justus, »tolle Idee!«

»O. k.«, meinte Lisa, »dann rede ich mal mit dem Produzenten.«

Hermjo

»Morgen mache ich die blonde Schminkmaus klar, die will mir ein Konzept von einem Freund verkaufen«, sagte Hermjo und bedeutete dem Barmann, dass er noch einen Negroni wolle.

Hermjo war Geschäftsführer von AllroundTV, einer Produktionsfirma, die gerade fünf Formate am Start hatte, die alle zwischen zwei und fünf Prozentpunkten über dem Senderdurchschnitt lagen, quotenmäßig.

»Du meinst doch nicht etwa Lisa?«, fragte Stefan, Hermjos Leib-und-Magen-Regisseur, »50 Euro, dass du bei der nicht landest!«

»Wie kommst du denn auf dieses schmale Brett?«

»Das Mädchen ist richtig klasse, sieht rasend gut aus, hat jede Menge in der Birne und außerdem Humor und Selbstbewusstsein, also wenn ich nicht schwul wäre, wäre das meine Traumfrau!«

»Und warum meinst du, dass ich nicht bei ihr lande?«

»Hermjo, du sammelst Wanderpokale, jeder und vor allem jede weiß das, du bist unreif und bindungsunfähig, um es mal positiv auszudrücken, Lisa hat schon ganz andere abblitzen lassen.«

»Hallo, was heißt hier ganz andere? Bin ich vielleicht irgendein Arsch?«

»Damit meine ich gute Typen, die es ernst meinten und nicht so einen Windhund, der sich nur 'ne weitere Kerbe in den Colt machen will.«

»Ich lass dir den Spruch mal durchgehen, aber zur Strafe erhöhe ich auf 200 Euro, einverstanden?«

»Jede oder jeder ist ihres oder seines Glückes Schmiedin

oder Schmied, wie wir Gendersensiblen sagen, willst du mir die Kohle gleich geben?«

Justus

»Gregor, hier ist Justus, erinnerst du dich? Wir haben uns letztens im Supermarkt kennengelernt, nachdem ich dir eins auf die Mütze geben wollte, ich bin der Boxtrainer in deiner Fernsehshow.«

»Ja natürlich, ich habe aber von Lisa noch nichts gehört, was kann ich für dich tun?«

»Du hast doch erzählt, dass du ganz gut Schach spielst, könntest du mir das beibringen? Ich hab mich auf eine Wette eingelassen.«

»Was für eine Wette denn? Also Schach lernt man nicht in zwei Stunden.«

»Dann bin ich beruhigt, wir haben zwei Tage Zeit. Wann kann ich vorbeikommen?«

»Justus, um was geht es?«

»Ich habe den Veranstalter der Weltmeisterschaft im Schach-Boxen kennen gelernt, der derzeitige Weltmeister ist Russe, und der Gegner wäre ein Holländer gewesen, der ist aber krank geworden, und ich habe gesagt, da springe ich halt ein.«

»Und du hast wirklich keine Ahnung vom Schach?«

»Nein, aber ich bin ganz gut in so was, Gregor, du musst mir helfen, aus der Nummer komm ich nicht mehr raus, ich muss die ersten drei Minuten im Schach überstehen, dann kommen drei Minuten Boxen, da haue ich ihn sowieso um.«

»Ja, ich kenne den Sport, elf Runden, sechs mal drei

Minuten Schach und fünf mal drei Minuten boxen. Aber sag mal, die fordern doch ein Elo-Rating von 1600 Punkten und mindestens 50 Kämpfe als Amateur, wie willst du das denn schaffen?«

»Ich habe 73 Amateurkämpfe gewonnen, davon 60 durch k. o. oder TKO, und bei diesem Elo-Scheiß musst du mir helfen!«

»Justus, dazu muss man in einem Schachverein sein, dann wird man nach einigen Spielen geschätzt, und dann werden die Spielergebnisse nach einem für den Laien recht komplizierten Schlüssel gewertet. So kommt man dann zu seinem aktuellen Rating. Ich habe zum Beispiel im Moment 2112 Elo-Punkte, bin also Meisteranwärter.«

»Das klingt doch toll, dann kannst mich also fit machen, ich bin gleich bei dir!«

Hermjo

Hermjo hatte schon drei Boxazin genommen, aber die Kopfschmerzen waren offenbar fest entschlossen zu bleiben. Um vier Uhr war er im Bett gewesen, wie viele Negronis, Weißweine und Red-Bull-Wodkas er gehabt hatte, verlor sich im Nebel des Vergessens.

Das sind so Sachen, die ich nur schreibe, wenn meine Frau mir gerade nicht über die Schulter guckt, weil sie sonst wieder anfängt zu meckern.

»Warum schreibst du nicht einfach: hatte er vergessen? ›Verlor sich im Nebel des Vergessens‹ klingt so schwurbelig, als wolltest du mit aller Gewalt originell sein!«

Ich könnte ihr dann erklären, dass jeder Künstler nach Möglichkeiten sucht, sein Persönlichkeitsprofil zu schärfen, bei Grönemeyer ist es das Knödelige, das ihn nach dem ersten Ton schon erkennbar macht, bei Chinas Top-Pianisten Lang Lang ist es die Art, wie er nach einem einzelnen Ton die Rechte über Kopfhöhe nach oben schleudert, bei mir ist es eben eine gewisse verspielt-mystische Metaphorik, wenn's passt.

Jedenfalls war Hermjo ganz schlecht drauf, als seine Sekretärin ihm Lisa avisierte. Sie rauschte herein, eingehüllt von einer Wolke Chanel Nr. 5 und einem zum Bersten gestrafften Blüschen, und sagte: »Hermjo, du siehst so versoffen aus, dass ich dir, bevor du irgendetwas sagst, das dir später leidtut, erst mal den Kopf wasche, denn fettige Haare hast du auch noch, und dann kriegst du gratis meine berühmte Kopfmassage für schwere Fälle, auf geht's!«

Sie zerrte ihn in das Badezimmer, das zu seinem Büro gehörte, und fünfzehn Minuten später war er schmerzfrei, angenehm beschwingt und erregt genug, um nicht mehr allzu kritikfähig zu sein. Lisa machte ihm Gregors Abnehm-Wettbewerb samt den eingestreuten Battles in den verschiedensten Disziplinen so schmackhaft, dass er, ohne sich überhaupt Bedenkzeit auszubitten, sofort zusagte. Zumal sie ihm auch noch anbot, ein Sporthotel an einem See klarzumachen, dessen Besitzer sie jederzeit heiraten würde. Das war sein Stichwort, er fühlte sich stark genug, um es mit dem Hotelbesitzer aufzunehmen.

»Lisa, wann gibst du mir endlich die Chance, dir zu beweisen, dass ich der einzig richtige Kerl für dich bin. Es ist doch nicht normal, dass ein Mädchen mit einem Mann wie mir nicht mal essen gehen will!«

»Weil Mädchen wie ich wissen, dass bei Männern wie dir das Essen nur das Vorspiel zum Flachlegen ist. Du willst keinen tollen Abend mit schönen Gesprächen und einem Essen, das du noch nie probiert hast, dazu einen Wein, den du auch nicht kennst, danach vielleicht noch einen Spätfilm oder eine schöne Bar, du willst einfach nur eine neue Alte klarmachen. Du setzt voraus, dass jede auf dich fliegt, weil du Kohle hast und fürs Fernsehen arbeitest. Ich stehe aber auf Jungs, die mich überraschen können, zum Beispiel damit, dass sie was in der Birne haben.«

»Lisa, meine Einladung ablehnen ist das eine, mich beleidigen ist eine andere Sache. Ich habe zwar schon angedeutet, dass mir das Konzept deines Freundes gefällt, aber das kann ich mir auch noch anders überlegen!«

»Glaub ich nicht, weil der Unterhaltungschef deines Leib-und-Magen-Senders, der mich auch immer zum Essen einladen will, mir erzählt hat, dass, wenn du nicht bald mit einem neuen Konzept rüberkommst, sie sich anderweitig umsehen müssen.«

Hermjo gab auf. Er machte noch einen Anstandsversuch, sie zu umarmen, aber Lisa wich mit Leichtigkeit aus.

Sie rief noch aus seinem Büro Gregor an, um einen gemeinsamen Termin auszumachen, am besten gleich zusammen mit Justus, und erfuhr, dass am nächsten Abend die Schachbox-Weltmeisterschaft anstünde. Hermjo war gleich Feuer und Flamme: »Wunderbar, da komme ich mit, und anschließend gehen wir essen, irgendwas, was ich nicht kenne, o. k.?«

Lisa

So schnell Justus mit den Fäusten war, so langsam kapierte er die Laufwege der Schachfiguren. Besonders der Springer stellte ihn vor Probleme. Gregor war aber leider auch als Pädagoge keine Traumbesetzung. In der Absicht, Justus zu zeigen, wie einfach der Springer-Move ist, demonstrierte er in drei Minuten, wie das Pferd alle 64 Felder des Schachbretts ansteuern kann, ohne eine einzige Dopplung. Man hatte das auch schon bei »Wetten dass?« gesehen, aber nicht so schnell. Justus war kurz davor, aufzugeben. Es klingelte, Gregor öffnete, und Lisa füllte den Raum mit guter Laune. Natürlich waren beide begeistert, dass das Konzept so schnell Gestalt annahm, aber das vorrangige Problem waren Justus und das königliche Spiel.

Lisa war zur allgemeinen Überraschung voll im Thema und sagte: »Jeder Kämpfer hat insgesamt neun Minuten Zeit für die Schachpartie, wobei er disqualifiziert werden kann, wenn er auf Zeit spielt, vorher muss er aber zweimal verwarnt werden, was heißt das konkret? Wie lange kann er dasitzen, ohne einen Zug zu machen? Weiß keiner? Egal, Justus sagt, er haut ihn in der ersten Boxrunde um. Also, nehmen wir an, Justus hat Weiß, dann eröffnet er mit dem Königsbauern, dann Bauer F3, dann den Damenbauern, beide Pferde, den Läufer auf C raus und Rochade, egal, was der andere spielt, das sind sechs Züge, damit kommt er über die ersten drei Minuten.«

Gregor war gekränkt, Justus begeistert: »Baby, that's kinky, you're the funk!«

Partnerschaftskrisendeeskalation

Ich wusste es! Das würde mir meine Frau nicht durchgehen lassen.

»Ich kann nicht Schach spielen, und ich bin sicher nicht die Einzige, also wenn ich da eine halbe Seite Schachzüge lese, die ich nicht verstehe, dann habe ich keine Lust mehr, und was soll dieses idiotische Englisch? Die Kinder lernen doch ohnehin schon kein Deutsch mehr heute!«

»Ich habe dir schon so oft angeboten, dir Schach beizubringen, du wolltest nie.«

»Ja, weil es mich nicht interessiert!«

»Und was stört dich an den zwei Brocken Englisch? Der Mann hat halt die Macke, dass er gerne amerikanischen Slang einstreut, ein Zeichen dafür, dass er tief drinnen unsicher ist, und die Bedeutung erschließt sich doch ohne Probleme aus dem Kontext!«

»Die Bedeutung erschließt sich aus dem Kontext: Trittst du die Hegel-Nachfolge an oder was?«

Der normale männliche Autor wäre jetzt gekränkt, würde die Stimme heben oder eine Tür knallen. Nehmt das Folgende also ruhig als kleine Lektion in Sachen Partnerschaftskrisendeeskalation (was für ein herrliches Wort!).

Ich sagte also: »Liebling, ich bin untröstlich, dass du mit mir unzufrieden bist, aber ich bin sicher, jeder Nichtschachspieler bekommt mit, dass es hier nur darum geht, dass Lisa Gregor die Show stiehlt, und das müsste dir doch eigentlich gefallen, und »erschließt sich aus dem Kontext« glaubte ich sagen zu dürfen, weil du doch auch studiert hast, es war also lediglich so ein kleiner Insider-Gag zwischen liebenden Akademikern! Und jetzt kannst du mir einen Kaffee machen, wenn du magst.«

Statt des letzten Satzes hätte bei Karl May gestanden: »Hugh, ich habe gesprochen!«, aber mittlerweile ist die Literatur eben weiter.

Den Kaffee für uns beide habe dann doch ich gemacht. Und Kuchen habe ich auch geholt.

Schachboxen

Die Mehrzweckhalle war gut gefüllt, es waren sicher sechs- bis siebenhundert Leute da, eine sehr bunte Mischung. Lisa und Gregor tippten spaßeshalber, wer eher aus der Box- oder der Schach-Ecke kam. Hermjo kam sich etwas deplatziert vor in seinem Boss-Anzug, war auch maulig, weil es keinen Schampus-Stand gab, aber da musste er durch.

Sie hatten zwei interessante Vorkämpfe erlebt, beim ersten gab es ein Ergebnis, das noch nie in der Geschichte dieser noch jungen Sportart vorgekommen war: Die Punktrichter hatten bei den Boxrunden unentschieden gewertet, es hatte je zwei Niederschläge und zwei Verwarnungen wegen Tiefschlags beziehungsweise Kopfstoß für jeden gegeben, in der letzten Schachrunde bot der eine Kämpfer kurz vor Schluss ein Remis an, was der andere annahm, weil er sich beim Boxen vorn sah, also zweimal remis und dann, so lautet die Regel, gewinnt der Schachboxer, dem die schwarzen Figuren zugelost wurden. Das alles hatte Gregor versucht, Hermjo zu erklären, der aber irgendwann abwinkte, weil der zweite Kampf bereits lief und es schon in der ersten Boxrunde eine wüste Kirmesschlägerei gab und Blut spritzte, wobei der Kämpfer in der roten Hose, ein Sportsfreund aus Ostfriesland, schon wie der sichere Verlierer aussah, was

Hermjo veranlasste, Lisa ins Ohr zu brüllen: »Wenn ich Blut sehe, werd' ich immer geil, du auch?«

»Nö, Blut sehe ich bei mir jeden Monat, heute Morgen erst wieder.«

Nach diesem sauberen Konter überlegte Hermjo kurz, ob er ein Näschen zur Stimmungsaufhellung nehmen sollte, entschied dann aber, dass die öffentlichen Toiletten einer Mehrzweckhalle ein zum Koksen minder geeigneter Ort seien, und holte sich noch ein warmes Bier.

Als er zurückkam, wurde der Gegner des Ostfriesen gerade auf einer Trage aus dem Ring gehievt, der baumlange Nordmann hatte ihm aus Ärger über einen Zug das Schachbrett derartig über den Schädel gehauen, dass man Schlimmes befürchten musste.

Der Stimmung in der Halle tat das keinen Abbruch, Gregor fragte sich, ob die Veranstalter wohl an ein Ersatzschachspiel gedacht hatten, aber da trat schon der Ringsprecher in Aktion und kündigte das Main-Event des Abends an, die Schachbox-Weltmeisterschaft im Schwergewicht.

»In der roten Ecke mit einem Gewicht von 82 kg, aus Russland: Jewgenij Gogol«

Der Russe, ein sehr weißhäutiger Riese, marschierte unter den Pfiffen der Mehrheit zu einer Symphonie von Tschaikowski ein.

Und dann: »In der blauen Ecke mit einem Gewicht von 79 kg, aus Deutschland: Justus Lenz.«

Justus hatte als Einmarschmusik einen deutschen Oldie gewählt: »Marmor, Stein und Eisen bricht«, von Drafi Deutscher. Eine ungewöhnliche, aber gute Wahl, die ganze Halle grölte mit.

Die beiden Kämpfer trafen sich in der Ringmitte am

Schachbrett. Es gab für die Zuschauer einen Video-Beamer mit Riesenleinwand, auf dem sie das Schachgeschehen verfolgen konnten, zusätzlich einen Schachkommentator. Die beiden setzten sich, gaben sich die Hand, setzten schallschluckende Kopfhörer auf, damit sie der Lärm in der Halle nicht ablenkte, und es ging los. Justus hatte Weiß, setzte die Schachuhr in Gang und zog den Königsbauern, dann stoppte er die Uhr. Der Gegner zog sofort ebenfalls den Königsbauern, woraufhin Justus sich erst mal umständlich die Nase putzte, das Ergebnis betrachtete und dann dem Gegner wohlwollend zunickte, als habe die grüne Aule ihm gerade einen Sieg geweissagt. Das brachte ihm schon mal eine Verwarnung wegen Zeitschindens ein, also zog er rasch den Damenbauern.

Drei Minuten später standen die Figuren mehr oder weniger so, wie Lisa es skizziert hatte, der Gong ertönte, 60 Sekunden Zeit, um die Boxhandschuhe anzuziehen, die aus Zeitgründen natürlich nicht verschnürt und dann getapt, sondern einfach mit Klettverschlüssen fixiert wurden.

Gong, Justus stürmte auf den Russen zu und schlug ihm eine gestochene linke Gerade durch die Deckung auf die Nase, die sofort zu bluten begann. Er brachte eine zweite Linke und dann einen rechten Aufwärtshaken, der das Kinn traf und den Russen sichtlich beeindruckte. Gogol war Rechtsausleger, machte aber den Fehler, links um den Gegner herumzugehen, ihm also in die Schlaghand zu laufen. Justus schlug eine harte rechte Gerade ohne Vorbereitung, Gogol riss beide Fäuste hoch, zu hoch, denn der rechte Ellenbogen deckte die Leber nicht mehr, Justus feuerte einen knallharten linken Haken ab, und dann lief alles nach Plan: Der Gegner blieb noch zwei Sekunden stehen, ging dann aufs linke Knie und versuchte irgendwie Luft zu kriegen, was aber nicht ging, der Schlag war zu hart und präzise gewesen, der Ringrichter zählte ihn aus.

Die Halle tobte, Justus schickte als Erstes eine Kusshand zu Lisa und ging dann in die Ecke des Gegners, wo ihm alle widerwillig gratulierten. Beim Interview mit dem Ringsprecher wär's dann beinahe passiert: Der Reporter sagte: »Ihre boxerischen Qualitäten haben Sie ja eindrucksvoll demonstriert, wie sieht's mit Schach aus, haben Sie da auch eine Blitztaktik?«

»Ja, ich lasse mir immer sofort die beiden Pferde schlagen, weil ich einfach nicht begreife, wie man mit denen zieht.«

Gott sei Dank fassten der Reporter und die 500 begeisterten Zuschauer das als Gag auf, wobei Gregor fast einen Herzanfall erlitt. Hermjo war auch sehr angetan und überlegte schon mal, wie man diesen Kampfabend für die Werbung des TV-Abnehm-Wettbewerbs vermarkten könnte, und schlug für die geplante Besprechung einen Schicki-Thailänder vor, stieß damit aber auf wenig Gegenliebe.

»Nö«, meinte Justus, nach einem K.-o.-Sieg brauche ich Fleisch, also sucht ein schönes Steakhouse aus oder eine vernünftige Currywurst-Bude.«

»Nichts dagegen, wenn die auch Schampus haben«, meinte Hermjo.

Und so steuerte man einen Edel-Imbiss an, den ein früherer Sternekoch betreiben ließ. Die Currysauce war in der Tat köstlich, und Gregor versuchte gleich, dem Mann an der Fritteuse das Rezept zu entlocken. Dabei stellte sich heraus, dass es sprachlich gesehen keine Schnittmenge gab.

Gregor sagte: »Also das Sößchen hier ist nicht übel, aber

ich lade euch mal zu mir ein, und dann mache ich meine Spezialsauce aus Ketchup, Apfelmus, Worcestershire-Sauce, Limettensaft, Salz, Sojasauce, frischen Chilis, Currypulver und einreduzierter Cola, das gibt dem Ganzen Tiefe, und die Fritten mache ich natürlich aus Bintje-Kartoffeln und frittiere zweimal, das machen nämlich auch viele falsch!«

Hermjo nickte desinteressiert und bestellte die zweite Pulle Schampus.

Dann sagte er: »Jetzt lasst uns mal über die Show reden. Justus ist als Boxtrainer gesetzt, keine Frage, wir brauchen also einen Militärschleifer, einen Basketballtrainer, ich habe mir nämlich überlegt, das kennt jeder aus amerikanischen Serien, und bei uns sieht man die Körbe auch immer öfter auf den Spielplätzen, also nehmen wir Streetball als Disziplin, und ich versuche unseren früheren deutschen Starspieler zu kriegen, der gerade aus den Staaten zurückgekommen ist, einverstanden? Als Tanztrainer würde ich auf jeden Fall eine Frau nehmen, vielleicht diese blonde Finnin, die sieht ja nun immer noch rasend gut aus, und was haben wir noch gesagt: Turnen, richtig, da würde ich den erfolgreichsten deutschen Turner als Coach nehmen, den kennen die Leute, der ist kompetent und sympathisch.«

Lisa meinte: »Ich habe noch einen Vorschlag zum Tanzen: Die klassischen Tänze haben wir bei »Let's Dance« jetzt oft genug gesehen, was ist denn mal mit Rock 'n' Roll, das sieht toll aus, und das Training hat's in sich!«

»Super, Lisa«, wollte Justus sagen, war aber des vollen Mundes wegen nicht zu verstehen.

Hermjo exte die Sektflöte und goss gleich nach: »Mädels, ich bin begeistert! Das wird der Hammer. Und das mit dem Sporthotel kannst du wirklich eintüten, Lisa?«

»Klar, kein Problem. Und mein Schminkteam stelle ich mir selber zusammen, wenn's recht ist, da waren beim letzten Mal ein paar Schnarchnasen dabei, die ich nicht mehr sehen will!«

»Wie Madame befehlen, dann brauchen wir nur noch jemanden für die Moderation, ich denke an ein Pärchen, das sich die Bälle zuwirft. Und jetzt zu dir, Gregor, wie wär's: Für die Idee zu einer Show gibt es heutzutage nicht mehr viel Geld, aber wenn du Autor werden willst, kann ich dir einen richtig guten Vertrag anbieten!«

Am Schluss waren dann alle glücklich und betrunken. Hermjo bot Lisa an, sie im Taxi nach Hause zu fahren in der Hoffnung auf den Satz: »Kommst du noch auf einen Kaffee mit rauf?«, aber den hätte er ohnehin nicht mehr gehört, denn als die Taxe vor Lisas Haus ankam, schnarchte er schon.

Brainbattle

Zwei Wochen später lernte Gregor dann Axel und Diether kennen, die beiden Autoren, die Hermjo ihm zur Seite gestellt hatte. Denn für jede Show musste es ein Drehbuch geben mit möglichst witzigen Texten für die beiden Moderatoren, da die Trainer natürlich dazu neigten, viel zu viel Fachjargon in ihre Anweisungen zu packen. Auf das Rumspinnen mit den beiden Jungs freute Gregor sich schon wie ein Kind. Head-Autor war Axel, ein alter Haudegen aus dem Sauerland mit 30 Jahren TV-Erfahrung. Er hatte schon öfter mit Diether zusammengearbeitet, einem Jungspund aus Köln, der auch für einige Stand-up-Comedians schrieb und dessen Spezialität »one-liner« waren, also Gags wie: »Wenn Gott gewollt hätte, dass wir nicht onanieren, hätte er uns kürzere Arme gemacht.« Oder: »Meinen ersten Kuss werde ich nie vergessen, das Mädchen hatte gerade einen Joint im Mund.«

Das erste Treffen fand in Gregors Haus statt und ging gleich gut los. Axel kam als Letzter und sagte: »Morjn zusammen, sorry für die Verspätung, musste ein Reh wiederbeleben, das ich angefahren habe.«

Diether: »In Amerika würdest du dafür in den Knast kommen, wegen Unzucht mit einem toten Tier!«

Axel: »Wieso tot, das Reh lebte ja dann wieder, wir haben die Nummern ausgetauscht, dann ist es in den Wald gerauscht.«

Gregor: »Wollt ihr Kaffee oder Tee oder was anderes?«

Axel und Diether: »Ja!«

Gregor: »Ja, was?«

Axel und Diether: »Ja, bitte!«

Zum ersten Mal fühlte sich Gregor, der sonst immer derjenige war, der seinem Umfeld mit pausenlosen Witzen auf die Nerven ging, wie ein Anfänger. Also ging er zum Gegenangriff über und sagte, als er mit Kaffee und Tee aus der Küche kam: »Wisst ihr eigentlich, warum Chinesen klein und gelb sind?«

Axel: »Gregor, das ist nicht dein Ernst, oder?«

Gregor: »Wie jetzt?«

Diether: »Er meint, bei Ausgrabungen in Ägypten hat man alte Grabbeigaben aus der Pyramidenzeit entdeckt, auf denen diese Scherzfrage eingraviert war.«

Gregor: »War die Antwort auch dazugraviert?«

Axel: »Yep, sie lautet: Wenn Chinesen groß und gelb wären, dann wären sie Postbusse.«

Gregor: »Gut, ihr wollt es hart, dann stellt mir eine Frage!«

Diether: »Dann fangen wir mal leicht an, mit etwas, was bei den Kindern vor einiger Zeit in war: Was liegt am Strand und ist schlecht zu verstehen?«

Gregor: »Die Nuschel.«

Axel: »O. k. Was ist warm und hoppelt?«

Gregor: »Ein Kaminchen.«

Axel und Diether tauschten einen Blick, der so etwas wie Anerkennung signalisierte.

»Na gut, gehen wir mal in die Historie: Chuck Norris sagt dir was?«

»Leute, wollt ihr mich beleidigen? Warum isst Chuck Norris keinen Honig?«

Axel und Diether wie aus einem Mund: »Er kaut Bienen!«

»Wie zerschneidet Chuck Norris ein Messer?«

Gregor: »Mit einem Brot.«

»Warum machte Gott am 7. Tag Pause?«

Axel: »Weil Chuck Norris seine Ruhe haben wollte.«

»Warum gibt es die Erderwärmung?«

Gregor: »Chuck Norris war kalt, deshalb hat er die Sonne höher gedreht.«

»Was hat Chuck Norris vorausgesehen?«

Beide: »Nostradamus.«

»Warum braucht das Auto von Chuck Norris kein Benzin?«

»Gregor: »Es fährt aus Respekt.«

»O. k., das reicht«, sagte Axel, »da ist eine Basis. Auf gute Zusammenarbeit!« Dabei grinste er wohlwollend.

»Ich freue mich wirklich auf die Produktion. Ich muss euch ja nicht erzählen, dass ich keine Ahnung vom Geschäft habe, aber ich habe die Show konzipiert, und Hermjo belohnt mich quasi mit dem Job. Wie fangen wir an, mit dem

Moderatorenpärchen oder meinen selbstgemachten brasilianischen Bananen-Reis-Bällchen?«

Diether machte große Augen und sagte: »Wenn die so schmecken wie die, die meine Exfreundin gemacht hat, bist du echt gefährdet, ich bin nämlich bi!«

»Ich lass dich trotzdem probieren«, sagte Gregor, ging in die Küche und kam mit einer Platte goldgelb frittierter Bällchen zurück. Beide Kollegen griffen sofort zu.

Axel sagte: »Spitze, genau das Richtige zum Arbeiten, Kohlehydrate, bisschen süß, bisschen scharf, warte mal, ich schmecke, Banane, wie du sagtest, Reis, Chili, Käse, richtig?«

»Ja«, sagte Gregor, glücklich, wieder einen Bruder im Geiste gefunden zu haben. »Chili, ein Ei, Petersilie, etwas Öl und dann ausbacken.«

»Echt toll«, sagte Axel und griff wieder zu.

»Und was machen wir jetzt?«, fragte Diether, der mit geschlossenen Augen und blödem Grinsen im Sessel lag, »die sind besser als die von meiner Ex!«

»Ich schlage vor, du rufst sie später an und sagst: ›Du, ich musste heute ganz doll an dich denken‹«, meinte Gregor lächelnd, »und jetzt lasst uns anfangen, wer soll denn jetzt die Moderation machen?«

Axel holte einen Ordner aus seiner TheBridge-Tasche und schlug ihn auf. »Hermjo ist zwar ein Arsch, aber er riskiert was. Er hat den Sender dazu gebracht, dass sie eine Pilot-Sendung mit einem ungewöhnlichen Pärchen finanzieren: Es gibt in Amerika eine vielfach preisgekrönte Nachmittagsshow, ›Regis und Kelly‹. Darin werfen sich ein alter Sack und eine relativ junge Tusse die Bälle zu, ist 'ne echt spannende Kombi, und Hermjo hat sich für unser Projekt Chris Brause und Jenni Meister ausgeguckt. Er Anfang 60, sie Mitte 30, kennst du die beiden?«

»Klar«, sagte Gregor, »Chris hat vor Jahren mal eine tolle Spielshow gemacht mit Paaren, die verlobt waren, und die konnten ihre Hochzeit gewinnen, und die Brautjungfern waren auch dabei, und der beste Freund vom Bräutigam, und da hat doch einmal …«

»Ja, du kennst ihn also, und Jenni hat …«

»…so 'n komisches Jugendmagazin moderiert, war nicht so mein Ding, aber sie hat einmal Robbie Williams interviewt, und er hat erzählt, dass er auf der Bühne mal einen Schluckauf gekriegt hätte und er sich eine Braut auf die Bühne geholt hätte, die ihn erschrecken sollte, und da hat Jenni ihn gefragt, wenn er auf der Bühne einen Ständer kriegen würde, ob er sich dann auch eine Braut auf die Bühne holen würde, die das Problem beheben sollte, da war Robbie echt sprachlos, gute Nummer war das!«

»O. k., das ist ein tolles Beispiel, Gregor, das hatte ich gar nicht auf dem Schirm, damit sind eigentlich die Rollen schon klar: Er gibt den Gütigen, natürlich auch witzig, aber immer fürsorglich und gut informiert, sie ist die Kratzbürste, die den Kandidaten Zunder gibt, also ein bisschen wie good cop, bad cop, o. k.?«

»Ja klar«, sagte Gregor, »klingt gut, und sie sieht ja wirklich hinreißend aus!«

»Du sagst es, weiße Feder«, sagte Diether, aber dafür sieht er ja ganz schön alt aus, steht ihm aber irgendwie, sagt mal, ist das Echthaar oder hat der etwa einen Fiffi?«

»Was?«, fragte Gregor und betrachtete das Foto von nahem. »Glaub ich nicht!«

»Weiß man nicht, ist auch egal«, meinte Axel, »dann

machen wir uns mal an die Begrüßungsmoderation. Also, wir sind vor dem Hotel, wo alles stattfindet, da läuft so eine Veranda um den zweiten Stock rum, da können die beiden langlatschen, das sieht sicher toll aus, die Kandidaten könnten dann entweder aus dem Fenster gucken, oder sie stehen unten vor dem Haus – aber das wird Stefan entscheiden. Also, wir sehen die beiden Moderatoren, Chris sagt: ›Schön, dass Sie bei einer echten TV-Sensation dabei sein wollen ...‹, dann übernimmt Jenny und sagt den Titel. Und den haben wir noch nicht. Das wird das schwerste Stück Arbeit, denn erst müssen wir Hermjo überzeugen und der dann den Sender. Also los, Vorschläge, liebe Kollegen!«

Das Kind braucht einen Namen

Sie haben sich sicher schon gefragt, wo meine Frau bleibt, oder? Ich habe bis zu dieser Stelle gewartet und sie dann erst wieder lesen lassen, weil ich ehrlich gesagt keine Idee hatte, wie die Show heißen soll, und hoffte, ihr fällt was ein, was sie gleichzeitig davon ablenkt, nach Dingen zu suchen, die ihr nicht gefallen. Aber da hatte ich natürlich auf Sand gebaut.

»Diese kindischen Witze und Chuck-Norris-Rätsel könntest du dir echt sparen, außerdem finde ich, das Ganze wird jetzt zu fachlich. Die Welt besteht doch nicht nur aus Fernseh-Schaffenden!«

»Nein, aber aus Fernseh-Zuschauern, und die finden es sicher interessant, mal ansatzweise zu erfahren, wie so eine Sendung entsteht.«

»Quatsch, die Leute wollen Menschen, zu denen sie sich hingezogen oder von denen sie sich abgestoßen fühlen, sie wollen wissen, was die denken, fühlen, wen sie lieben und wie und was sie wem Böses tun wollen und wer es wie verhindert!«

»Aber das kommt doch alles noch, warte doch mal ab, durch wie viel Betten Lisa noch tobt! Mit der habe ich ganz große Pläne!«

»Wage es nicht! Wenn du Lisa zum Flittchen machst, kriegst du echt ein Problem mit mir! Das ist doch gerade so toll, dass sie den meisten Kerlen überlegen ist und ihnen nicht hinterherhechelt. Wehe, du gehst von dieser Linie ab. Diesen Hermjo kannst du ab und zu Scheiße bauen lassen, aber von Justus zum Beispiel kann ich mir gar kein Bild machen. Bis jetzt wissen wir nur, dass er Frauen immer aus der Patsche hilft, aber hat er eigentlich mal eine ernsthafte Beziehung zu einer gehabt?«

»Ja, natürlich hat er das, dazu kommen wir selbstverständlich auch noch, aber jetzt brauche ich erst mal einen tollen Titel für die Abnehm-Show.«

Und dann sagte meine Frau nur: »Das Pfund ist rund, Kampf der Kilo-Killer, die Fett-Fighter-Show, und das kostet dich jetzt was: toll essen gehen oder eine neue Jacke, die ich dringend brauche!«

Ich rang noch um Fassung, weil sie nicht merken sollte, wie begeistert ich war, bekam mich aber in den Griff und analysierte die Alternativen: Von einer Jacke hätte ich nichts, außer Ärger, weil ich natürlich nicht merken würde, wenn sie sie trüge, also nicht so etwas sagen würde, wie: »Steht dir wirklich super, das Teil!«, aber dafür hatte gerade ein neuer Edel-Vietnamese mit panasiatischer Küche aufgemacht, den ich ohnehin testen wollte, also sagte ich: »Heute Abend 19 Uhr.«

»Prima«, sagte sie, »und wir nehmen Uschi mit, die ist immer noch nicht über die Trennung von Angie weg, das wird ihr guttun.«

Wunderbar. Eine vegane Lesbe mit Liebeskummer, die keinen Alkohol verträgt, ihm aber gern und reichlich zuspricht! War der Titel eigentlich wirklich so toll?

Was wäre denn mit »Runde Pfunde, harte Hunde«, »Gewogen und zu schwer befunden« oder »Je schwerer, desto leichter« oder vielleicht »Fettkiller-Coach«?

Das war alles Scheiße, genau wie das Essen mit Uschi. Sie fing schon beim Aperitif an zu heulen: »Tut mir einen Gefallen und esst kein Fleisch heute Abend, denn dann müsste ich sofort an Angie denken!«

»Tust du doch sowieso die ganze Zeit«, dachte ich, »nur kommt dir nicht der Gedanke, dass du sie vielleicht mit deiner ewigen Gemüse-Nerverei in die Flucht geschlagen haben könntest!«

Sie wollte als Erstes einen Schnaps zum Prosecco, woraufhin ich erst mal zur Toilette ging und Diether bat, mich in zehn Minuten anzurufen und zu einer unaufschiebbaren Besprechung zu bitten. Das klappte wunderbar, unsere »Besprechung«, zu der auch Axel stieß, fand in einem Steakhouse statt. Drei Steaks später hatten wir auch den Titel: »Die Speckweg-Show« hatte sich knapp gegen »die Fett-Fighter« und »die Weight-Warriors« durchgesetzt.

Meine Frau sprach einen Tag nicht mit mir, aber alles hat seinen Preis.

B wie Böse

B. erwachte und schaute als Erstes auf den Wecker. 8.25 Uhr, in fünf Minuten würde er klingeln. B. stellte die Weckfunktion ab, sprang aus dem Bett, stellte die Kaffeemaschine an und begann mit einer Serie von Sit-ups, um die Verdauung in Gang zu bringen, was nach der 50. Wiederholung auch gelang. Danach zog B. das Tuch vom Papageienkäfig, begrüßte Nebukadnezar, so hieß der Ara, und nahm das Sprechtraining auf.

Seit zwei Jahren lernte der Vogel jeden Tag ein Fremdwort. Heute war Detumeszenz an der Reihe, also das Abschwellen des Gliedes nach der Ejakulation, was der Vogel schon nach 5 Minuten draufhatte. B. stammte aus sehr kleinen Verhältnissen und hatte in der Schule immer die Kinder beneidet, die aufs Gymnasium wechseln durften, um dort Latein oder gar Griechisch zu lernen. Nebukadnezar sollte es sozusagen besser haben als sein Herrchen. Das war nicht B.s einzige Macke, aber davon später mehr.

Das wird teuer

»Kaffee, Ursel, aber corretto con grappa bitte«, bellte Hermjo in Richtung Sekretärin, bevor er in seinem Büro verschwand und die Tür zuknallte. Aha, dicke Luft. Hermjo ließ sich mit seinem Produktionsleiter verbinden und brüllte: »Der Dengelbaum hat den Arsch so was von sperrangelweit auf, da würde meine Harley reinpassen!«

Hermjo gehörte zu den Gestörten, die sich am Wochenende in eine Lederkombi zwängten, um in dieser ergonomisch gesehen geradezu lächerlichen Haltung, die immer den Eindruck vermittelte, ein kleines Kind sei auf ein viel zu großes Fahrrad gesetzt worden, auf dem Motorrad einige Kilometer ins Umland zu gondeln, um in irgendeiner Dorfdisco einen Wet-T-Shirt-Contest mitzugestalten. Hermjo war dann der, der die T-Shirts befeuchtete und die Siegerurkunde überreichte, was er natürlich mit einer Anmache verband, die immerhin jedes zehnte Mal zum Erfolg führte. »Besser als in die hohle Hand geniest«, pflegte Hermjo zu sagen, wenn die Rede auf diese Eroberungen kam, wobei er selbstredend vor »niest« eine quälend lange Kunstpause machte.

Aber jetzt musste er seinem Finanzchef erklären, der U-Chef seines Haussenders habe urplötzlich einen Konkurrenten aus dem Ärmel geholt, der angeblich auch eine Abnehm-Show produzieren wolle, aber um einiges billiger.

»Wie viel Luft siehst du beim Minutenpreis?«

»Kaum was«, sagte Wolle, »ist sowieso ein ganz enges Höschen, du musstest ja diesem Gregor einen Super-Vertrag als Autor geben, den brauchen wir so nötig, wie ein zweites Loch im Arsch!«

»Wolle, die ganze Show ist seine Idee, dann hängen da Lisa und Justus und der Chef von diesem Sporthotel dran, das kriegen wir doch ganz günstig, oder?«

»Da würde ich schon was Billigeres finden, und dieser Justus muss auch nicht sein, aber du willst ja unbedingt Lisa schrubbern, da ist dir alles andere egal!«

»Quatsch, das sind fachliche Erwägungen, Justus kommt richtig gut über den Schirm, und Lisa ist für die Stimmung am Set unersetzlich, Fernsehen machen besteht nicht nur aus Kosten-Minimieren!«

»Träum weiter, mein Lieber. Also Klartext: Wir müssen auf 20 Prozent Gewinn verzichten, wenn du im Spiel bleiben willst!«

»Scheiß die Wand an, gut, dann muss es eben sein, mach die Kalkulation fertig und schick sie mir. Wo bleibt denn mein Kaffee!? Verdammt noch mal, bin ich denn hier nur von Deppen umgeben?«

»Nein, das ist eigentlich *Ihr* Alleinstellungsmerkmal«, hätte Ursel, seine Sekretärin, gern gesagt, knallte ihm stattdessen die Tasse auf den Schreibtisch, dass die Brühe spritzte.

Noch zwölf Stunden

Einige Wochen später trafen sich Lisa, Justus und Gregor zum Essen bei Gregors Lieblingsitaliener: Opa war der Chef, der Sohn kochte, und der Enkel kellnerte. Dabei verursachte er mit seinen 19 Jahren und seinen schwarzen Locken bei allen Damen knapp diesseits und jenseits der Menopause Hitzewallungen. Selbst Lisa zeigte sich geneigt und ließ sich eine eingehende Beratung angedeihen, bis der Padrone seinem Enkel in die Parade fuhr: »Signorina, musse Sie probiere de Fegato, de Lebere mitte Salbei, so ssart, ssergehte auffe SSunge!«

»Was gibt's dazu?«

»Wasse wolle, Signorina, Spaghetti al burro mitte bissje Parmigiano und kleine Kopfesalate mitte leichte süsse Dressing. Und vorher vielleischte die Zuppa di pesce, ganze frische gemachte!«

»Klingt toll, und suchen Sie mir einen schönen Weißen dazu aus, bitte.«

»Mache ische, wenne nischte schmeckte, gehte auffe Hausse, gute?«

Lisa gönnte ihm einen Blick, der ihm vom Auge direkt in die 72-jährigen Leisten fuhr und den rüstigen Neapolitaner leise aufstöhnen ließ. Justus nahm Saltimbocca und Gregor wie immer Vitello tonnato und Spaghetti alle vongole.

»Morgen ist die entscheidende Sitzung beim Sender«, berichtete Lisa, dann geht es um die Wurst: unser Konzept oder das von der Konkurrenz, aber bei denen brennt der Himmel.«

»Wieso?«, fragten beide wie aus einem Mund.

»Die haben doch einen jungen Moderator am Start, Falko Tönnies, bisschen zu jung für mich, aber ganz schnuckelig und Hollands neue Geheimwaffe, Anneke van Nijsdaal, sie haben sie aber nicht zusammen moderieren lassen, sondern getrennt …«

»Das ist aber ganz schön raffiniert«, warf Gregor ein, »da hat der Sender praktisch drei Optionen: sie allein, er allein oder beide zusammen, wie bei uns.«

»Das Problem ist nur, sie hat sich total in ihn verknallt und wollte ihm gleich an die Wäsche, er ist aber frisch verheiratet mit unserer neuen Tennishoffnung, und jetzt ist sie völlig von der Rolle und nervt alle, besonders Falko. Und so was braucht kein Mensch am Set. Von unserem Pärchen sind dagegen alle ziemlich begeistert. Der alte Chris hat's einfach drauf, und Jenny fühlt sich total wohl mit ihm und dreht richtig auf, tolle Chemie haben die beiden.«

Das Essen war hervorragend, danach gab es jede Menge »auffe Hausse«, dann landeten die drei noch in einer neuen Cocktailbar mit einem besonderen Clou: Der Barmann bot Drinks an, die er Parfums nachempfunden hatte, und als Lisa dann auch noch ihres auf der Karte entdeckte, war alles zu spät. Halb vier, um genau zu sein. Noch sechs Stunden bis zur Entscheidung.

B.

Nachdem Nebukadnezar sich mit dem Erlernen des Wortes »Xenologophilie«, also der Liebe zu Fremdwörtern, schwerergetan hatte, als es seine Art war, deckte B. zur Strafe die Voliere des laut protestierenden Aras ab, wobei vogelseitig die Worte Arschkeks, Ignorant und Pädobaptist fielen. Letztgenanntes bedeutet Anhänger der Kindstaufe, was zeigt, dass der Papagei nicht wirklich eine Vorstellung davon hatte, was er da von sich gab. B. begab sich in sein Lieblingscafé, bestellte das französische Frühstück, klappte sein Netbook auf und googelte »Nervengifte«.

Yes, we can

»Gregor!?« Hermjo brüllte so laut in sein iPhone, dass Gregor fast die Tasse mit Gunpowder-Tee aus der Hand fiel, »wir haben den Zuschlag! Der Sender will sofort mit der Produktion der Staffel anfangen, zehn Folgen, wir machen morgen um zehn Uhr eine Sitzung, ist das geil oder ist das geil?«

»Scheißt der Papst in seinen Hut?«, fragte Gregor zurück. Er hatte das den Schwager des Hauptdarstellers in einer der ersten Folgen von »Breaking Bad« sagen hören und brachte es nun bei jeder passenden und unpassenden Gelegenheit an.

«Schön, dass du dich auch freust«, bellte Hermjo, »also bis morgen, und bring Justus mit.«

Gregor beschloss, seinen Kumpel persönlich mit der Nachricht zu überraschen. Justus trainierte um diese Zeit im Boxgym. Als Gregor die große Sporthalle betrat, sah er gleich, dass Justus im Boxring sparrte. Sein Gegner war einen Kopf größer und gute 20 Kilo schwerer. Trotzdem schaffte es Justus, sich nicht in einer der Ringecken festnageln zu lassen, sondern behauptete die Ringmitte und hielt seinen Gegner mit Serien vor allem auf den Körper auf Distanz.

Gregor trat an den Ring heran und rief: »Justus, wir haben den Zuschlag.«

Justus drehte den Kopf mit dem Kopfschutz kurz in Gregors Richtung. Das reichte seinem Gegner, um Justus einen rechten Haken so an den Kinnwinkel zu hämmern, dass dessen Mundschutz quer durch den Ring flog. Das hätte er nicht tun sollen. Justus sah rot und prügelte den körperlich weit überlegenen Gegner dergestalt durch den Ring, dass der Trainer dazwischengehen musste.

»Justus, haste den Arsch uff, willste Bubi umbringen?«, brüllte der Coach in einem Tonfall, der stark an Ulli Wegner erinnerte, den großen alten Meistertrainer.

»Nein, Trainer, das ist nur die Freude, ich werde jetzt Fernsehstar!«

»Is ja super, aber erst läufst du 20 Runden um die Halle, machst 50 Liegestütz und 100 Sit-ups, klar?«

»Klar Trainer, sorry!«

Während Justus seine Strafrunden drehte, erklärte Gregor dem Trainer, was Justus überhaupt gemeint hatte.

»Is ja supi«, meinte der Trainer, »da könnte der Penner mit seiner Truppe doch mal hier trainieren, dit wär doch 'ne tolle Werbung für die olle Bruchbude!«

Das fanden die 15 anderen Jungs auch, die sich mittlerweile um den Coach und Gregor versammelt hatten. Nur Bubi beobachtete Justus, der inzwischen bei den Sit-ups angelangt war mit einem Blick, der jedem anderen Angst gemacht hätte.

Alle beschlossen, das Boxtraining für heute mal zu canceln und auf den freudigen Schreck gemeinsam ein paar Diätlimos zu trinken. Nur Bubi entschuldigte sich damit, dass er noch Vogelfutter kaufen müsse.

Casting

Eine Woche später war großes Casting. Die fünf Abnehmsportleiter, Gregor, Hermjo und die beiden Autoren sowie ein Redakteur des Senders sollten aus Hunderten Abnehmwilligen die 20 am besten geeigneten aussuchen.

Als Erstes sah sich die Rock 'n' Roll-Trainerin in einer Sinnkrise: »Bei allem Respekt, habt ihr Vollprofis mal einen Gedanken daran verschwendet, wie ein 120-Kilo-Kollege mit einer 100-Kilo-Elfe auch nur einen Einsteiger hinkriegen soll?«

»Was ist ein Einsteiger?«, fragten Gregor, Axel und Diether wie aus einem Mund.

»Also ich drücke es mal einfach aus: Der Mann formt mit den Händen ein Trittbrett, die Dame springt da drauf und katapultiert sich in die Luft, wo sie dann im Idealfall einen Rückwärtssalto macht.«

»Gibt es denn nichts Einfacheres?«

»Doch, aber das sieht natürlich nicht nach Rock 'n' Roll aus! Du kannst die beiden nicht die ganze Zeit Tanzfiguren machen lassen, wir leben von den Akrobatiken!«

»Was sind Akrobatiken?«

»Wie gesagt, der Einsteiger, dann, und das ist jetzt nur eine kleine Auswahl, Bombe, Grätschsitz, Lasso, Lift, Münchner, doppelte Liegepirouette, C-Kugel, Flieger, seitlicher Todessprung, Italiener, flacher Schwede, Rückenwurf, Schocksalto, Propeller, Taucher, Todessturz.«

»Und was davon könnten unsere Kandidaten lernen?«

»Nichts, ich meine, man käme doch auch nicht auf die Idee, diese Fettklopse rhythmische Sportgymnastik machen zu lassen oder Eiskunstlauf!«

»Und das fällt Ihnen alles jetzt erst ein?«, fragte Hermjo stocksauer.

»Das habe ich dem Redakteur des Senders sehr deutlich gesagt, und der meinte, das wüsste er alles, aber für die Show wäre das o. k.!«

Alle Köpfe fuhren zum Redakteur des Senders herum, einem schmächtigen Mittdreißiger mit dicker Hornbrille und Halbglatze.

»Dazu kann ich gar nichts sagen, der Kollege, der mit der Show befasst war, ist ganz kurzfristig zu unserem neuen Großprojekt abgezogen worden, und ich habe erst gestern erfahren, dass ich für die ›Speckweg-Show‹ arbeiten soll.«

»Arbeiten ist gut«, murmelte Hermjo. Dann sagte er laut: »Und was machen wir jetzt?«

»Hört mal, was ich gerade gegoogelt habe«, meldete sich Gregor, »bei Wikipedia steht: ›Der ursprüngliche Spielgedanke symbolisiert die Schlacht zwischen zwei Völkern, die sich unter ihren Königen in einem Vernichtungskrieg gegenüberstehen.‹ Klingt doch gut, oder?«

»Hey, lass mich raten«, sagte Diether, einer der beiden Autoren, »das ist das gute alte Völkerballspiel! Großartige

Idee, Alter, ich seh es schon vor mir, am Anfang kriegen die Fettsäcke noch leichte Plastikbälle, die dann nach und nach zu Leder werden, erst trocken, dann nass und am Schluss mit Sand gefüllt, das gibt richtig schöne blaue Flecken, und als Coach holen wir uns diesen legendären Handballtrainer mit dem Schnauzbart ...«

»Oder Kretsche, das ist doch eine tolle Type ...«

»Oder den Torwart mit der bildschönen Tatortkommissarin ...«, warf der Redakteur des Senders mit leuchtenden Augen ein.

»Was haben Sie eigentlich vorher betreut, ein Klatschmagazin?«, fragte Hermjo.

»Wir nennen es Boulevard-Magazin«, sagte Bernhard Löblein, so hieß der Redakteur, und errötete sacht.

»Dann kann ich mich wohl verabschieden?«, fragte die Rock 'n' Roll-Trainerin.

»Oh ja, natürlich«, sagte Hermjo und lächelte sie herzlich an, wobei es gut war, dass er nicht wusste, dass zwischen nicht weniger als drei Zahnzwischenräumen die Reste der Spinatquiche klebten, die er zum Brunch gehabt hatte.

Justus sagte: »Ich kann Ihnen nicht sagen, wie leid es mir tut, die einzige Konkurrentin zu verlieren, ich hoffe, wir sehen uns wieder, nehmen Sie auch Privatschüler?«

Gregor sagte: »Ich denke, Justus hat das ausgesprochen, was wir alle denken! Und darf ich Ihnen meine Karte mit meiner Mailadresse geben? Wenn Sie mir Ihren Ernährungsplan schicken könnten, wäre das zu nett, jetzt, wo ich mich nicht mehr in Ihre Gruppe schmuggeln kann!«

Sie lächelte ein wenig, und eine Welle von Stolz schlug über Gregor zusammen, denn es hatte ihn fast übermenschliche Kraft gekostet, nicht zu sagen: »Wir müssen unbedingt mal zusammen in eine Kneipe gehen, ich würde Sie zu gerne nackt zeichnen!«

Hermjo sagte: »O. k., nachdem wir das besprochen haben, sehe ich auch die Turngeschichte in einem anderen Licht, da brauchen wir auch eine andere Disziplin, Vorschläge?«

Diether meldete sich: »Da uns das klar war, haben wir schon mal gegoogelt, und da bietet sich eigentlich ein Mix aus den Strongman-Disziplinen an.«

»Den was?«

»Das Ganze kommt aus dem Zirkus, seit den 80er Jahren gibt's das aber auch als Meisterschaften in den verschiedensten Verbänden. Die Leute müssen Autos umschmeißen oder zumindest anheben, Lastwagen oder Busse ziehen, für den sogenannten Deadlift gibt es mehrere Varianten: Du hebst eine Langhantel mit sagen wir 200 Kilo an, dann wird die Zeit gemessen, in der du sie festhalten kannst, oder es wird gemessen, wie oft du das Ding in einer Minute hochkriegst.«

»Das gefällt mir!«, rief Hermjo begeistert.

»Beim Farmer's Walk musst du mit je einem schweren Gewicht rechts und links eine bestimmte Strecke möglichst schnell rennen …«

»Super, das seh ich richtig vor mir …«

»Bei den Final Fingers muss der arme Fettsack sowas wie einen Telefonmast aufrichten und umschmeißen, und dann gibt es auch so simple Sachen wie Fronthold, da kommt es darauf an, eine Bierkiste oder sowas möglichst lang mit gestreckten Armen vor sich zu halten.«

»Ja, aber das ist es doch, Kinder, warum sind wir denn nicht gleich darauf gekommen?«

»Weil du die Disziplinen vorgegeben hast, lieber Herr Produzent!«

Nun hatte Gregor aber doch einen Einwand: »Das hab ich natürlich auch schon bei Eurosport oder so gesehen, und deshalb weiß ich, dass die Athleten eigentlich eher dick wirken, obwohl das vorwiegend Muskeln sind. Und mit den neuesten Erkenntnissen darüber, was für die Wirbelsäule gut ist, lässt sich das auch nicht vereinbaren!«

»Das ganze Abnehmen ist ungesund, denn man weiß, dass mäßiges Übergewicht sowohl das Leben verlängert als auch die Folgen eines Herzinfarkts leichter verarbeiten lässt, aber unsere Zeit wird nun mal von Diktaten wie schneller, jünger, schlanker, sexier und so weiter beherrscht, also geben wir den Leuten, was sie wollen. Und wenn die Fettklöpse erst mal anfangen, Krafttraining zu machen, wird sich das schon positiv bemerkbar machen. Aber in erster Linie denke ich mal an die schönen Bilder, die das gibt, oh, ich sehe schon den Vorspann, wie einer beim Völkerball einen Ball in die Fresse kriegt, dass es spritzt, dann reißt einem der Oberschenkelmuskel beim Anheben eines vollbesetzten Schulbusses, dann sehen wir zwei völlig zermatschte Gesichter beim Boxen, und ein weiterer schreit beim Robben unter einem Stacheldrahtverhau durch nach seiner Mutter, weil die Stacheln ihm den Rücken zerfetzen ...«

»Hermjo, jetzt krieg dich mal ein, hast du wieder Substanzen zu dir genommen?«, fragte Axel, der Einzige, der sich so eine Frage leisten konnte, ohne einen Rauswurf zu riskieren. Der vielfach ausgezeichnete Turntrainer hatte inzwischen den Raum verlassen, ohne dass es in der allgemeinen Begeisterung aufgefallen wäre. Man würde also noch einen Strongman-Trainer suchen und einen der angesprochenen Handballcracks verpflichten müssen.

Hermjo sagte: »Dann denke ich, Justus, Ellroy und Kirk suchen die Kandidaten aus und verteilen sie auf die Gruppen, Herr Löblein, sie sind sicher gern dabei, oder?«

Löblein nickte ergeben. Ellroy hatte sich zu Beginn der Sitzung mit einem höchst beeindruckenden Video vorgestellt, das ihn beim Drillen von Anwärtern für die härteste Truppe der Welt, die berühmten US-Navy-Seals zeigte. Die abstoßende Kotzbrockigkeit, die dabei über den Schirm kam, stand in beeindruckendem Kontrast zu dem jungenhaften Spitzbubencharme, den sein ständiges breites Lächeln im normalen Leben verströmte.

Kirk wiederum hatte 13 Jahre in der NBA, der populärsten Basketball-Liga der Welt gespielt, unter anderem bei den Dallas Mavericks, den Chicago Bulls und den Toronto Raptors.

Beide sprachen recht gut Deutsch, sahen blendend aus und waren offenbar entschlossen, Justus zu zeigen, wo der Hammer hängt. »Mach du doch schon mal eine grobe Auswahl, wir beide gehen mal kurz zu Starbucks, der Kaffee hier ist ja eine Katastrophe«, sagte Ellroy.

»Wieso ich?«

»Du bist der Kleinste und der einzige Weiße.«

Meine Frau

»Nun, Weib, magst du nicht mal wieder in meinen Roman reinschauen?«, fragte ich, mit verführerisch geöffnetem Netbook am Tisch sitzend, an dessen anderem Ende meine Frau in einer Zeitschrift blätterte.

»Och nee«, sagte sie, »dieser Fernsehkram interessiert

mich nicht, und die ganzen Fachbegriffe, das finde ich auch ein bisschen angeberisch.«

»Aha«, aber es gibt doch auch jede Menge neuer attraktiver Personen mit großem erotischem Potenzial, und über allem hängt die Frage: Wen erwählt Lisa? Findest du das kein bisschen spannend?«

»Och, das weiß ich doch, wie das endet, nee, schreib du mal schön!«

»Mit anderen Worten, du interessierst dich nicht für das, was ich tue?«

»Du interessierst dich doch auch nicht für das, was ich tue!«

»Was tust du denn gerade, du liest Zeitung.«

»Muss man denn immer etwas tun, es ist doch auch schön, einfach mal zu sein.«

Ja, natürlich war ich beleidigt, wer wäre das nicht. Wäre Manuel Neuer auch, wenn er zu seiner Freundin sagen würde: »Hast du die drei Unhaltbaren gesehen, die ich heute Nachmittag gegen Dortmund pariert habe?«, und dann hören müsste: »Och nee, das ist doch immer dasselbe: Irgendeiner schießt einen Ball auf dein Tor, und du machst alle möglichen Verrenkungen, um ihn nicht reinzulassen, spiel du mal schön.«

Ja, natürlich höre ich jetzt den Einwand: »Glaubt ihr Kerle eigentlich, wir sind nur dazu da, eure Ego-Trips zu bewundern?«

Ja und nein, sage ich da. Nein, wenn die Frage so zu verstehen ist, ob die handelnde Person glaubt, einen Anspruch auf Bewunderung erheben zu können, ja, wenn die Person, um deren Bewunderung es geht, über das verfügt, was der Volksmund Lebensklugheit nennt. Den Abend bin ich dann noch in meine Stammkneipe gegangen und habe mehreren wildfremden Leuten von meinem Roman erzählt.

Bruce Darnell

»Zwei Bourbon Cola und einen Martini Dry bitte!«

Der Barkeeper nickte und machte sich an die Arbeit. Seit zwei Stunden hockten Ellroy, Kirk und Justus zusammen, tauschten Diätpläne aus und malten sich aus, welche Übungen die schönsten Fernsehbilder liefern würden. Sie hatten sich auf Anhieb gemocht. Die beiden schwarzen Hünen nannten Justus »kleiner weißer Bruder«, Justus revanchierte sich mit den Spitznamen Duty und Centerfold. Duty war doppeldeutig, es konnte das englische Wort für Pflicht sein, also das, was ein Soldat getreulich erfüllen sollte, was Ellroy ja getan hatte. Oder ein Akronym aus dark, ugly und tall, also dunkel, hässlich und groß, das Y machte es zum Kosenamen. Kirk war in seiner NBA-Zeit meist Center gewesen, also der Spieler, der in der Nähe des Korbs auf Rebounds, Abpraller, wartet. Und Centerfold ist das Ausklappbild im Playboy. Das fanden die beiden sehr witzig, und darauf hatte man verschärft getrunken.

Justus erzählte gerade, wie er vor kurzem Schachboxweltmeister geworden war, was die beiden Amis total spannend fanden, denn seit Bobby Fischer hatte wohl niemand mehr in den USA Schach gespielt, als Lisa und Gregor auftauchten. Die Freude war groß, man machte sich miteinander bekannt, und Lisa hatte nur noch Augen für die beiden schwarzen Riesen. Die registrierten das wohlgefällig, und Ellroy sagte: »Schade, dass wir mit dir beruflich nicht viel Zeit verbringen werden, wir haben ja schon genug Farbe auf der Haut, überall!«

Kirk lachte schallend, Justus und Gregor lächelten etwas verspannt. Lisa sagte: »Na, da täuscht ihr euch aber gewaltig. Der schwarze Hauttyp ist schminktechnisch recht heikel, weil die Haut an Kinn und Stirn oft dunkler ist als auf den Wangenknochen, das ist bei euch auch so, wie ich sehe, das muss ich durch zwei Foundations in unterschiedlichen Farben ausgleichen. Wenn ihr euch traut, könnte ich pinke oder blaue Wimperntusche probieren, das kann super aussehen!«

»Pinke Wimperntusche? Das kannst du mit Bruce Darnell machen, aber doch nicht mit uns«, protestierte Ellroy mit seinem dröhnenden Bass so laut, dass Bruce Darnell, der 20 Meter weiter mit einigen Leuten in einer Art VIP-Lounge saß, es hörte und sofort herüberkam.

»Wollt ihr ein Autogramm?«, fragte er.

»Lass mal stecken, Bruder, wir sind selber TV-Stars, jedenfalls bald«, beschied ihn Kirk, woraufhin Bruce sich Ellroy zuwandte. Wie sich herausstellte, waren die beiden sich während Darnells Zeit als Fallschirmjäger sogar mal begegnet, was natürlich begossen werden musste. Bruce verriet Lisa dann noch, dass seine Maskenbildnerin bei ihm auf eisblauen Lidschatten setzte, und sagte: »Halt dir fest, Schwester: Kajal in Metallic ist der Burner, das ist der Wahrheit!«

B.

Heute war B. kurz davor, den Papagei umzubringen. Dieser hatte sich beim Einstudieren des wirklich nicht besonders schwierigen Worts »Autochthon«, also Ureinwohner, dermaßen dämlich angestellt, dauernd neue Wörter gebildet wie: Autodrom, autonom, Auto-Gnom, dass B. die Stunde wütend abbrach, Wasser und Futternapf entfernte, den renitenten Vogel mit einer leistungsstarken Wasserpistole ausgiebig duschte und den Käfig mit einer Wolldecke vollständig verdunkelte. Daraufhin begann der Ara zu pfeifen. Schlagerkenner, zu denen B. nicht gehörte, hätten unschwer »In der Nacht ist der Mensch nicht gern alleine« erkannt, was Marika Rökk 1944 in dem Film »Die Frau meiner Träume« mit ihrem berühmten ungarischen Zungenschlag gesungen hatte. B.s Laune bedurfte immer noch der Hebung, also öffnete er das Fenster der im Souterrain gelegenen Wohnung, holte seinen Flitzebogen heraus und versuchte, Stöcke so zwischen die Speichen der verkehrswidrig auf dem Gehweg fahrenden Radler zu schießen, dass das Rad blockierte und der Fahrer im Idealfall über den Lenker abflog. Dieses Mal erwischte er ein Prachtexemplar, einen hageren Sportsmann in hautenger, neongrüngelber Gummipelle und Helm, der Sekunden vorher noch eine Oma mit zwei Einkaufstaschen beinahe umgemangelt hätte. Begeistert beobachtete der Rächer von hinter der Gardine, wie sein Opfer sich mühsam und aus mehreren Abschürfungen blutend aufrappelte, erfolglos versuchte, eine Erklärung für den Unfall zu finden, und sich schließlich hinkend mitsamt verbogenem Veloziped davonmachte.

Jeder, der schon mal erfolgreich Selbstjustiz geübt oder wenigstens einige der schönsten Charles-Bronson-Filme genossen hat, weiß, dass dieses Wohlgefühl mit zum Besten gehört, was die Neurochemie für uns bereithält.

So wird's gemacht

Alle Abnehmtrainer waren an Bord, die Spielregeln standen fest und sahen vor, dass das erfolgreichste Paar am Ende der Staffel 100.000 Euro kassieren würde. Deswegen würde es keine gemischten, sondern drei Männer- und zwei Frauenteams geben. Natürlich würde die Strongman-Abteilung männlich sein, ebenso wie die Box- und Military-Gruppe. Basket- und Völkerball würden die Damen zeigen. Erfolg bedeutete in diesem Fall eine Mischkalkulation: einmal die verlorenen Kilos im Verhältnis zum Ursprungsgewicht, zum anderen die gemeinsam erspielten Punkte in den verschiedensten Spieldisziplinen. Alle fünf Abnehm-Methoden samt der verschiedenen Ernährungspläne würden dokumentiert werden, wobei der Schwerpunkt auf dem jeweils schwächsten Glied der Kette läge, denn die Frage »Hält sie oder er durch?« machte einen Großteil der Spannung aus. In Folge 7 und 9 würde jeweils der oder die mit den schlechtesten Resultaten ausscheiden, sodass die Teams im großen Finale aus jeweils zwei Kandidaten bestehen würden, von denen dann einer übrig blieb. Ganz am Schluss würden dann drei Männer und zwei Frauen um die beiden Siegplätze kämpfen. Jeden Tag würden fünf Kamerateams alle sportlichen und privaten Aktivitäten sowie die Mahlzeiten aufzeichnen, die Moderatoren würden live und im Nachhinein kommentieren, jeweils am Mittwoch würde die an den Vortagen gedrehte Folge zu sehen sein.

Chris

Chris Brause stand kurz vor seinem 63. Geburtstag. Seine großen TV-Erfolge lagen nun etwa zwölf Jahre zurück, er absolvierte immer noch viele Galas, aber ungern. Es macht eben keinen Spaß, für ein Publikum zu arbeiten, dem man scheißegal ist. Für Leute, die gezwungenermaßen dasitzen, müde vom Essen, halb besoffen, und nur daran denken, ob hinterher an der Hotelbar mit der Neuen aus dem Vertrieb noch was geht. Oder dem Neuen. Und dabei musste man natürlich die ausrichtende Firma über den grünen Klee loben, den Chef beim Interview glänzen lassen, alles vermeiden, was irgendwie Anstoß erregen könnte, also harte Arbeit, karger Lohn, wie Freddy einst gesungen hatte. Natürlich sind 5000 Euro kein Schiss, aber davon gingen 20 Prozent ans Management, und dann kamen die Steuern, und mehr als zwei Galas im Monat waren es selten. Natürlich hätte er jede Menge Supermärkte oder Tankstellen eröffnen können, aber Chris wollte sich niveaumäßig nach unten noch Luft lassen, wie er seinem Manager immer sagte.

Dann schon lieber Kreuzfahrten, da konnte man neben den Moderationen der bunten Abende auch schon mal eine Lesung machen. Er hatte sich da ein hübsches Programm aus pikanten Stellen der Weltliteratur zusammengestellt, das er dann mit einem Quiz verband. Dabei holte er Leute auf die Bühne, die erraten mussten, von wem die jeweilige Textstelle stammte. Ein Beispiel: Von wem stammen die Zeilen: »Und hinten drein komm ich bei Nacht/Und vögle sie dass alles kracht«. Ist das aus einem anonymen mittelalterlichen Lied, das bei Bauernhochzeiten gern gesungen wurde, oder stammt es aus »Hanswursts Hochzeit« von Goethe oder aus dem Gedicht »Worum es wirklich geht« von Robert Gernhardt? Natürlich von Goethe, der ja auch gesagt hat: »Seid reinlich bei Tage und säuisch bei Nacht, so habt Ihr's im Leben am weit'sten gebracht«. Oder wer schrieb: »An der Stelle, wo andere moralisch sind, da ist bei ihr ein Loch«. Charles Bukowski, Erich Kästner oder Henry Miller? Es war Erich Kästner. Obwohl zwei Paare in ihren Achtzigern schon mal demonstrativ den Salon der MS »Aphrodite« verlassen hatten, in dem die Lesung stattfand, machte ihm diese literarische Form der Unterhaltung am meisten Spaß, obwohl er sehr leicht seekrank wurde und schon alle bekannten Behandlungsmethoden hinter sich hatte, von Akupressur über Pillen, Kaugummis bis hin zu Zäpfchen.

Begonnen hatte er seine TV-Karriere als Nachrichtensprecher, war dann ganz allmählich in die Unterhaltung gerutscht und feierte seinen größten Erfolg mit der Show »Ja, ich will«, in der Paare ihre Hochzeitsfeier gewinnen konnten, wenn sie in etlichen Spielrunden die meisten Punkte erzielten, in der es mehr um Improvisationstalent und Witz ging als um körperliche Geschicklichkeit, wobei der Apfelsinentanz oder das Eierlaufen für Shows dieser Art irgendwann doch unverzichtbar sind. Chris hatte durch seine souveräne, freundliche, nie anbiedernde oder gar übergriffige Art der Spielleitung viele Fans gewonnen, vor allem weibliche. Genau diese Tatsache hatte seine beiden Ehen zum Scheitern gebracht, im Moment war er solo oder wie er es ausdrückte »In der Lostrommel«. Und jetzt stand plötzlich ein berufliches Comeback ins Haus. Chris war finster entschlossen, sich bei den geplanten Quizteilen, die die Show enthalten würde, thematisch einzubringen, beispielsweise mit der Frage: Für welchen Dichter plant die Stadt Göttingen ein Denkmal in

Gestalt eines onanierenden Kragenbärs, Eilert, Knorr oder Gernhardt? Die Lösung ist natürlich Gernhardt. Chris malte sich schon seit Tagen aus, wie er vor erhofften fünf Millionen Fernsehzuschauern dessen vielleicht berühmteste Zeilen rezitieren würde: »Der Kragenbär, der holt sich munter, einen nach dem andern runter.«

Jenny

Jenny Meister war die Tochter einer Geigerin und eines Oboisten, der sich aber einer Kneipenwirtin zuwandte, als sie zwölf war. Jenny, nicht die Kneipenwirtin. Und wie es oft so geht: Jenny hatte irgendwann die Nase von klassischer Musik gestrichen voll, studierte erst ein paar Semester Anglistik, verknallte sich während eines Studienjahres in den USA in einen Folksänger und begleitete ihn auf seinen Tourneen durch kleinere Clubs, machte dabei reichlich Drogen-Erfahrungen und relativ schnell mit allem Schluss, Sänger, Drogen und Uni, kam zurück, machte ein Praktikum bei einem Radiosender, probierte es dann einige Male bei Open-Stage-Veranstaltungen als Komikerin, wurde dabei von einem Produzenten entdeckt und startete – ohne Umweg über sein Bett – eine TV-Karriere. Sie war fleißig, diszipliniert, neugierig und gehörte zu den Menschen, die man auf Anhieb mag. Dass sie auch sehr hübsch war, hatte sich bis jetzt noch nicht als Nachteil herausgestellt.

Anders als ihre überstürzt geschlossene Ehe mit einem Gagschreiber, der soff und darunter litt, dass er nicht selber auf die Bühne oder den Fernsehschirm konnte. Er war das, was man früher Garderoben-Komiker nannte. Im privaten

Rahmen produzierte er sich pausenlos, aber bei den drei Versuchen, vor ein Publikum zu treten, hatte er zweimal vorher gekotzt, beim dritten Mal war er gleich auf dem Klo geblieben. Aber er war ein wirklich guter Autor, um den Jenny viele beneideten. Die Moderationen, die er ihr schrieb, zum Beispiel für ihre Sendung »Wer will mich, ich möchte Haustier werden«, hatten viel Schönes. So pries sie etwa einen irischen Hirtenhund mit den Worten an: »Sie werden keinen größeren Hund finden, keinen, der so haart, und keinen, der schlimmer stinkt. Mit ihm an Ihrer Seite wird man Ihnen bereitwillig überall Platz machen, ob Bus, Bahn, Café oder Notaufnahme. Außerdem wird es nie langweilig, er jagt begeistert alles, was sich bewegt, vor allem Kinder, Niederwild und Amtspersonen, und macht die größten Haufen, die Sie je gesehen haben!«

Der Hund ging weg wie eine warme Semmel. Leider trank er, wie gesagt, der Autor, nicht der Hund, wurde ab einem bestimmten Pegel auch aggressiv, sodass Jenny irgendwann die Scheidung einreichte. Sie hatte sich gerade kurzzeitig mit einem älteren Kino-Regisseur getröstet, ein sehr kultivierter älterer Intellektueller, der sie wohl auf den Geschmack gebracht hatte, denn als das Angebot kam, gemeinsam mit Chris Brause die Abnehm-Show zu moderieren, hatte sie ihrer Freundin Lisa als Erstes gesimst: »Den habe ich schon als Kind gemocht und mir als Vater gewünscht, wäre das jetzt sehr pervers, wenn ich was mit ihm anfange?«

Alle an Bord

Hermjo hatte seine Fehler, aber Geiz gehörte nicht dazu, und wenn es darum ging, sein Team für eine größere Aufgabe in Stimmung zu bringen, guckte er nicht auf den Cent. Alle waren einen Tag früher angereist, hatten das ganze Sporthotel besetzt und feierten nun, am Vorabend des Produktionsstarts, eine rauschende Party. Auch die Abspeckkandidaten waren gehalten, tüchtig zuzulangen, denn: »Frische Pfunde schmelzen schneller«.

Das Trainerteam war nun komplett. Die Völkerballerinen, wie Diether sie getauft hatte, würde Paula Perlig trainieren, weil unter den Coaches natürlich auch eine Frau sein sollte. Paula hatte lange Jahre in der DDR-Handballauswahl gespielt, die dreimal Weltmeister war und 1976 bei den Olympischen Spielen Silber geholt hatte. Sie hatte raspelkurze graue Haare und eine unwiderstehliche Ostberliner Schnauze. Praktisch Katharina Thalbach meets Kurt Krömer. Florian Wessely, der Strongman-Trainer, sprach breitestes Hessisch und sah auch entfernt so aus wie Maddin Schneider, natürlich nur im Gesicht. Und er redete von nichts anderem als dem Strongman-Training, kriegte manchmal auch gar nicht mit, dass der Gesprächspartner schon gegangen war. »Ganz wichtig ist der Lumbalbereich, da kommt die ganze Belastung drauf, egal was du machst, Frame Carry, Steinheben, Log Lift, also Rumpfmuskulatur ist das A und O. Bizepstraining dagegen machen wir gar nicht, die werden durch die vielen Zugübungen mittrainiert und wären bei vielen Disziplinen auch nur im Weg. Und dann ist die Dosierung …« Da sprach er dann meist schon ins Leere.

Gregor, Axel und Diether saßen zusammen, jeder sein

Netbook vor sich, und stellten das Quizfragenprogramm zusammen. Man hatte sich darauf geeinigt, dass die Wettbewerbe, die die Teams am Ende jeder Folge gegeneinander bestreiten würden, rein verbal sein sollten, als Gegengewicht zu dem vielen Sport, der gezeigt würde. Ein Fragenschwerpunkt war natürlich Ernährung, neben dem sogenannten nutzlosen Wissen, das einen hohen Unterhaltungswert hatte und natürlich Gregors Spezialität war. Außerdem kreative Sprachspiele, weil die Fernsehzuschauer dabei auch mitmachen konnten. Sowas wie: Bilden Sie einen Satz aus einem Wort mit fünf Buchstaben, dessen Worte mit diesen fünf Buchstaben beginnen.

Gregor sagte: »Kommt, wir holen die beiden Moderatoren dazu, denn die brauchen ja witzige Beispiele oder Sätze für nachher, also wenn den Kandidaten nichts eingefallen ist.«

Jenny und Chris waren auch gleich Feuer und Flamme, und los ging's, wie bei Stadt Land Fluss. Jenny sagte »A« und dann stumm das Alphabet auf, Axel sagte: »Stopp.«

Jenny sagte »H«. Alle suchten ein Wort aus fünf Buchstaben, das mit H begann. Chris sagte: »Hilde«.

Als Erster war nun Diether an der Reihe. »Hurra, ich lecke den Eber.«

Gregor fuhr fort mit: »Häuser in Lüdenscheid dürfen einstürzen.«

Jenny beugte sich zu Chris hinüber, schaute ihm in die Augen und sagte: »Hallo, ich liebe dich endlos!«

Das inspirierte Chris zu: »Habe immer Lümmeltüten dabei, ehrlich.«

In das Gelächter hinein platzte Lisa, wurde rasch instruiert und hatte sofort einen Satz parat: »Herren im Liebesrausch denken eindimensional.«

Axel komplettierte die erste Runde mit: »Häufiger Intimverkehr lässt dich ermatten.« Diether hatte alle Beispiele ins Netbook gehackt und eröffnete den zweiten Durchgang mit: »Hier interessiert lediglich die Erektion.«

Gregor musste schon einen Moment länger überlegen, blieb aber noch innerhalb der Bedenkzeit mit: »Hoch ist leider der Everest.«

Jenny wurde diesmal etwas seriöser: »Huch, irische Lieder dauern ewig«, was Chris zu »Häufiger Inzest löscht die Erinnerung« inspirierte.

Dann kam Lisa mit: »Hab im letzten Date erbrochen«, woraufhin Gregor eine Diskussion anfing, ob man grammatikalisch gesehen nicht nur *während* eines Dates erbrechen könne. Er wurde dann aber einstimmig zum Korinthenkacker des Tages erklärt, und Axel schloss die Runde mit: »Horst inspiziert Leberwurst durchs Endoskop.«

Auch in der dritten Runde gab es keine Ausfälle, und Diether konnte notieren: »Hilde, ich liebe deine Eintöpfe, häufig im Liebesspiel donnert es, heute ist leider dein Ende, hier ist Liebe das Einzige, und Hermann, ich lasse dich einfrieren.«

Es wurden dann noch etliche andere Wörter durchgespielt, bis der Alkohol dem Spaß ein Ende machte. Die Runde beschloss dann, auch die gute alte Scharade in den Spielpool aufzunehmen, wie auch das Montagsmalerprinzip, wobei Malen und Kneten alternieren sollten. Irgendwann kam Hermjo und regte an, dass sich die beiden Moderatoren und die »Eierköppe«, wie er seine Autoren nannte, doch mal mit den Kandidaten bekannt machen sollten. Die acht Damen und die zwölf Herren brachten insgesamt leicht über 2000 Kilo auf die Waage und waren blendend gelaunt. Die Trainer hatten sie schon mal auf das Programm eingestimmt, und alle waren auch finster entschlossen, nicht nur zu gewinnen, sondern auch kräftig abzuspecken, und versprachen sich von der Tatsache, dass ihnen ein paar Millionen Leute dabei zuschauen würden, einen zusätzlichen Ansporn. Die meisten kamen über eine Casting-Agentur, die darauf spezialisiert war, Kandidaten mit den unterschiedlichsten Profilen für TV-Shows zu suchen. Einige hatten sich auch auf die Aufrufe hin gemeldet, die der Sender in den Werbepausen, im Internet und in einigen Printmedien gestartet hatte. Und zwei, Heide und Monty, hatte Lisa empfohlen. Sie fand, die beiden könnten die deutsche Antwort auf »Mike & Molly« werden, was Hermjo wiederum sehr gut gefiel.

»Du meinst also, das sollte unser Siegerpärchen werden?«

»Siegerpärchen der Herzen, Hermjo, erst mal sollen sie es ein bisschen knistern lassen, oder deutest du gerade an, dass du an den Ergebnissen der Wettbewerbe drehen willst?«

»Sei kein Lämmchen, Lisa, du weißt schon, dass das Publikum es gern sieht, wenn seine Lieblinge gewinnen, und wer Liebling wird, kann man steuern, zum Beispiel durch die Auswahl des gezeigten Materials. Apropos Material, wieso sieht man heute so wenig von deinem?«

»Weil ich wusste, dass ich dich treffen würde, und du hast doch sowieso zu hohen Blutdruck. Tschüs, ich muss meine Kolleginnen noch instruieren!«

Es geht los

Als Lisa am ersten Drehtag in der Suite ankam, die man als Schminkraum eingerichtet hatte, erfuhr sie als Erstes, dass einer der Kandidaten nackt durchs Hotel geschlafwandelt war. Aufgeweckt wurde er schließlich durch das Geschrei einer Putzfrau, die gerade in der Lobby staubsaugte. Der völlig verstörte Paul aus Gotha, Angehöriger der Boxtruppe, wurde dann in sein Zimmer zurückgebracht, das er mit einem Bayern teilte, der in der Zwischenzeit den halben Teutoburger Wald zersägt und nicht das geringste mitbekommen hatte.

Die Autoren waren kaum zu halten vor Begeisterung. Als Gregor den Frühstücksraum betrat, winkten Axel und Diether schon.

»Hier, hör dir das an, das wird die neue Anmoderation für Jenny und Chris: ›Wir begrüßen Sie zu einer specktakulären Show mit ck, in der Pfunde purzeln und Synapsen rattern sollen.‹ Und dann Jenny: ›Und offenbar können unsere Kandidaten es kaum erwarten. Einer ist heute Nacht schon nackt im Dummsuff durchs Hotel getapert …‹ ›…geschlafwandelt, Jenny, man sagt geschlafwandelt …‹, sagt dann Chris, und Jenny: ›Warum heißt es nicht schlafgewandelt, man sagt doch auch, ich bin Auto gefahren und nicht geautofahren? Egal, er war wie gesagt nackt, 124 unverhüllte Kilo, eine Putzfrau ist in Ohnmacht gefallen, und es war …‹ ›…einer von unseren Abspecksportlern …‹, übernimmt Chris dann wieder, ›die Sie gleich kennenlernen werden. Fünf Trainer stellen ihre Teams nacheinander vor und erklären, was sie mit ihnen vorhaben, nach einer kleinen Unterbrechung mit wertvollen Verbraucherhinweisen.‹«

Die beiden Moderatoren waren begeistert, Hermjo und der Regisseur auch. Der Redakteur Löblein presste die Lippen zusammen, blies gleichzeitig die Backen auf und straffte den leptosomen Körper, um etwas einzuwenden, als Hermjo ihm den Arm um die Schultern legte und kräftig zudrückte, sodass das meiste von der Luft, die er zum Sprechen gebraucht hätte, entwich.

»Schön, dass es Ihnen auch gefällt, Bernhard, ich wusste gleich, dass wir auf einer Wellenlänge liegen, das wird ein Knaller!«

Löblein nickte ergeben und lächelte so schief, wie Millionen von Idioten, die die Ziehung der Lottozahlen verfolgen und feststellen, dass sie wieder mal nichts gewonnen haben.

Also wurde der Anfang genauso gedreht.

Dann kam als Erster Justus. Er stellte sich und sein Team vor, als hätte er nie etwas anderes gemacht als Fernsehen. Und das Schöne: Er war richtig witzig, die Autoren brauchten ihn nur ein bisschen anzupiksen, und es sprudelte nur so aus ihm heraus. Seine vier Jungs stellte er so vor: »Sie sehen hier vier hochgezüchtete Killermaschinen. Hochgezüchtet heißt: zu schwer. Im Moment sind diese Maschinen noch im Parkmodus, der Killer ist auf Standby, aber nach drei Wochen Boxtraining werden Sie zuhause sich wünschen, nie einen von den vieren ohne Not zu verärgern. Paul, Monty, Hugo, David, was seid ihr?«

»Sieger!«, schrien die vier und taten so, als wollten sie auf die Kamera losgehen.

»An die Geräte!«, brüllte Justus, und die vier rannten los. Monty ging an den Speedball, eine Maisbirne, die knapp unter der Decke hängt und in hohem Tempo immer im Wechsel mit den Außenseiten der Fäuste in Bewegung gehalten wird. Das kennt jeder Fernsehzuschauer aus der Vorberichterstattung zu Boxkämpfen, man lernt es schnell, und es sieht nach was aus, ist aber kolossal anstrengend, und wenn der Anfänger nach etwa 30 Sekunden nicht mehr kann, ist die Kamera schon bei jemand anderem. Paul legte sich auf die

Hantelbank und drückte unter furchtbaren Geräuschen eine Langhantel mit zwei Gewichten, die nach 100 Kilo aussahen, aber aus Pappe waren, Hugo begann auf einen Punchingball einzuschlagen, eine frei bewegliche Boxbirne, die auf einem Gestell befestigt ist und federt. Sehr stark federt, sollte man hinzufügen. Die Birne befindet sich dabei in Kopfhöhe, und jetzt kam der zweite Gag: Hugo schlug, die Birne federte zurück, Hugo blockte ab, schlug, wich aus, schlug wieder, Justus rief: »Hugo!« Hugo drehte den Kopf, und die zurückfedernde Birne erwischte ihn voll am Kopf, woraufhin er aus dem Bild fiel.

Der letzte Joke war für David. David setzte sich auf eine Bank und holte einen Schokoriegel aus seiner Sporttasche, riss das Papier ab und begann zu essen. Justus ging zu ihm und sagte gefährlich leise: »Was wird das, wenn es fertig ist?«

David guckte unschuldig und sagte: »Ich bin unterzuckert, Trainer, und dann brauch ich sofort sowas!«

Justus blickte ernst in die Kamera und sagte: »Was Sie hier sehen, ist eine Ernährungstodsünde, die David nie wieder begehen wird. Um das zu gewährleisten, habe ich das hier.« Damit holte er ein Elektroschockgerät aus der Tasche. »Das wird David jetzt ein bisschen wehtun, und deswegen zeigen wir Ihnen das auch nicht, bis bald!«

Schnitt auf die beiden Moderatoren, aus dem Off hörte man einen grässlichen Schrei und einen dumpfen Fall.

Jenny: »Was war das denn?«

Chris: »Ein Taser, eine Distanz-Elektro-Impuls-Waffe, du willst mir doch nicht erzählen, dass du sowas nicht ständig in der Handtasche trägst, um dich vor den vielen Idioten zu schützen, die dir an die Wäsche wollen!«

»Stimmt Chris, aber in letzter Zeit hat das so nachgelassen, dass ich das Ding ganz vergessen hatte, aber jetzt, wo ich dich kenne, werde ich mal wieder frische Batterien reinmachen!«

Chris lächelte ein wenig gequält und sagte: »Dann wollen wir doch mal schauen, womit uns der zweite Coach schockt, hier sind Paula Perlig und ihre Völkerball-Truppe!«

Paula lächelte strahlend und berlinerte los: »Hi, ick bin die Paula, und dit is meine Truppe, Nancy, Gisela, Kathrin und Jutta.«

Die vier 90-Kilo-Grazien hoben den rechten Arm, winkten, lächelten und sagten: »Hallo, wir sind das Sieger-Team!« Alles total synchron. »Und det is unser bester und wahrscheinlich einziger Freund für die nächsten Wochen: Justav, unser Killer-Ball.«

Paula zeigte einen recht normal aussehenden Ball mit leicht gerippter Oberfläche. »Dit is een sojenannter Dodge-Ball, Durchmesser: zwonzwanzisch Ssentimeter, Gewicht: 550 Gramm. Er besteht aus 100 Prozent Microfaser Kunstleder, is also ooch für Vejaner jeeischnet, wat ja heutssutage nisch unwischtisch ist. Er wirkt freundlisch un harmlos, kann aber ooch anders. Chris, darf ick mal?«

Chris drehte sich um und beugte den Oberkörper leicht nach vorne, mit den Händen stützte er sich dabei auf die Knie. Paula warf, besser: schmetterte ihm den Ball auf die rechte Pobacke, er quiekte hell auf und hätte fast das Gleichgewicht verloren.

»Jut wa?«, fragte Paula, holte ein iPad raus, auf dem ein ungut aussehender blau-lila Fleck auf weißem Untergrund zu sehen war. »Dit is een Hämatom, wie et sich bei olle Chris in die nächsten Stunden herausbilden wird, wir ham ja nisch die Zeit, um uns det live anzugucken. Unsere Ziele in den nächsten Wochen werden also sein: Erlangung der nötigen Wurfkraft, um solche blauen Flecken bein Jeschner zu bewirken, und Erreischen der nötijen Reaktionsschnellischkeit, jepaart mit die nötije Gelenkischkeit, um diese Hämatome selber zu vermeiden. Dabei werden wir, damit det nisch langweilisch würd, abwechselnd mit dem Standardball arbeiten, mit dem Medizinball, den es in die Jewischtsklassen ein bis zehn Kilo jibt ...« (Zwischenschnitt auf die Bälle.)

»... mit een sojenannten Eierball, der anders fliescht, als man denkt, und mit einen sojenannten Kin-Ball, Durchmesser ein Meter zwonzwanzisch und ein Kilo schwer. Ick kann nur sagen, die Mädels und isch, wir freuen uns auf die nächsten Wochen und besonders den Siegerpokal und die Kohle. Fang mal, Jenny!«

Mit diesen Worten warf Paula den Riesenball Jenny an den Kopf, die daraufhin zu Boden ging. Chris, der bäuchlings auf einer Turnhallenbank lag, mit einem Eisbeutel auf dem Gesäß, sagte: »So weit Paula Perlig und ihre Völkerballmädels! Bevor wir nun gleich zur dritten Gruppe kommen, wollen wir mit dem Küchenchef unseres Sporthotels mal über die Ernährungspläne sprechen.«

TV geht durch den Magen

Peter Magin, der Chefkoch, war ein altes Küchenschlachtross im wahrsten Sinne des Wortes, denn er hatte als Pferde-Metzger angefangen, dann eine Kochlehre gemacht und sich durch halb Europa gebrutzelt. Seit drei Jahren war er Küchenchef im Sporthotel »Vogelsang«, wo er »schlanke« deutsche Küche anbot, wie zum Beispiel zwei Drei-Gang-Menüs unter 500 Kalorien, dafür aber über 50 Euro, natürlich auf Wunsch auch vegetarisch. Es gab aber auch eine Karte mit Hauptgerichten unter 25 Euro, vorwiegend mit Migrationshintergrund, etwa ein Curry von Schmorgurken und Mango mit Tomatenreis oder libanesisches Fladenbrot mit Kardamom-Hühnercreme gefüllt. Berühmt war auch seine Sparversion der Pekingente, Streifen von der marinierten und gebratenen Entenbrust, und anstelle der Mandarin-Pfannkuchen wurden blanchierte Weißkohlblätter gereicht, die man dann ganz klassisch mit Hoisin-Sauce bestrich und mit Entenstücken, Lauch- sowie Gurkenstreifen belegte. Das Ganze wurde zu einem Päckchen gerollt und aus der Hand gegessen. Ein weiterer Renner waren die im Ofen gebackenen halbierten Auberginen, die man mit Pfeffer, Salz und Zitronensaft würzte und auslöffelte. Mit Olivenöl und Knoblauchbrot war es noch viel leckerer, und es war schon zu erheblichen Verstimmungen gekommen, wenn der adipöse Vater und sein Ebenbild von Sohn sich seufzend vor Wonne die Luxusversion des Mittelmeergemüses reinschaufelten, während Mutter und Tochter, um die Bikinifigur ringend, die ungeölte Pampe ohne Brot löffelten, die hageren, sonnengegerbten Gesichter hassverzerrt. Der Satz: »Willst du nicht doch mal probieren, es schmeckt göttlich!«, hatte während Peter Magins Regentschaft bereits acht Weinkrämpfe und drei Gabelwürfe verursacht.

Für die Abnehm-Show hatte Peter einen zusätzlichen Sous-Chef eingestellt, der sich nur um die Diätkost der Kandidaten zu kümmern hatte, die Speisepläne waren mit den Trainern besprochen worden, wobei jeder seinen eigenen Stil hatte. Justus setzte, wie viele Boxer, auf Huhn, Gemüse und Reis, morgens gab es ein Müsli, abends Obst und Käse. Die beiden Amis schworen auf »No Carb«, also Fisch, Fleisch, Eier, Käse, Salat, Gemüse und keinerlei Sättigungsbeilagen.

Als der Chefkoch das hörte, seufzte er wissend, denn wer viele Diättreibende beobachten kann, weiß, dass die Laune ohne Kohlehydrate spätestens nach zwei Wochen im Keller ist. Das wusste auch Paula. In ihrer Völkerballtruppe gab es ein süßes Frühstück, also Brot, Brötchen, was auch immer mit Marmelade, oder Müsli, mittags eine Portion Nudeln mit Fleischsauce und abends ein Stück Fleisch oder Fisch mit Gemüse oder Salat. Also die gute alte »Schlank im Schlaf«-Diät.

Florian, der Strongman-Trainer stand auf einem sehr originellen Standpunkt: »Ich werde meine Jungs so rannehmen, dass sie auf einen Tagesumsatz von zwischen 4000 und 5000 Kalorien kommen, die können also essen, was sie wollen und – ganz wichtig für die Laune – abends à la carte. Und ein Glaserl Bier oder Wein is a no drin, da träumt man schön!«

Kick Ass

Als Nächstes wurde die Vorstellung von Ellroy Duncan, dem ehemaligen Drill-Sergeant der Navy Seals, gedreht. Er nannte seinen Namen und sagte dann sehr laut, während er auf seine Gruppe deutete, die wie vier nasse Säcke vor einer Holzwand standen: »Schaut euch diese Witzfiguren gut an, denn ihr werdet sie nach drei Wochen nicht wiedererkennen. Was glaubt ihr, schafft es einer von diesen Luftpumpen über die Holzwand, Jenny, was glaubst du?«

Jenny ließ ihr Gesicht skeptisch aussehen.

»Und du, Chris?«

»Als ich so alt war wie diese überernährten jungen Leute ...«

»Bist du aber nicht, old man, und beantworte meine Frage!«

Chris nahm Haltung an und brüllte: »No, Sir, keiner schafft es, Sir!«

»Richtig, es sei denn, ich mache ihnen Feuer unterm Arsch!«

Ellroy entzündete eine Fackel und trat zu der Gruppe. Umschnitt auf die Holzwand von vorne, ein gellender Schrei ertönte, und einer von den Kandidaten flog im Hechtsprung über die Wand und landete krachend auf dem Boden. Dieser Eindruck wurde natürlich nur akustisch erzeugt, in Wirklichkeit landete er sanft auf einem riesigen Luftkissen, das die Kamera nicht zeigte, ebenso wenig wie das Trampolin, mit dessen Hilfe die Kandidaten das Hindernis überwanden. In kurzen Abständen ertönten drei weitere Schreie, und die drei anderen Teilnehmer der Schleifergruppe flogen über die Mauer und landeten scheinbar hart im Dreck. Das Schlussbild: Alle vier krümmten sich mit schmerzverzerrtem Gesicht und qualmendem Hintern am Boden, der Sergeant trat dazu und donnerte: »Ich schwöre auf Gewalt, das lässt keinen kalt, und wer's nicht glaubt, wird hier nicht alt. Es sieht im Moment vielleicht noch nicht danach aus, aber hier liegen die Sieger. Stimmt's Männer?«

Und die vier Jammergestalten schrien: »Yes Sir!«

Jenny beugte sich zu Chris und wisperte: »Meinst du nicht, dass es da Proteste von irgendeiner Menschenrechtsorganisation geben könnte?«

»Jenny-Schatz, hat es die vielleicht wegen Dieter Bohlen gegeben, oder beim Dschungelcamp? Solange die Leute das freiwillig machen … sonst müsste Amnesty International auch bei mindestens 50 Prozent aller Eheschließungen einschreiten.«

»Sagt einer, der es wissen muss, nach zwei Versuchen: Gibt es eigentlich schon eine, die sich Hoffnungen machen kann, Nummer drei zu werden?«

»Lass mich dir eine Literaturfrage stellen: Wer hat gesagt: ›Sterben, auch langsam sterben, ist besser als heiraten?‹«

»Keine Ahnung, Florian Silbereisen?«

»Nein, Leo Tolstoi, und deswegen müsste man mir auch eine brennende Pechfackel an den Hintern halten, um mich noch einmal zum Altar zu treiben, so wie wir es gerade erlebt haben – und nun erleben Sie Werbung.«

Danach kam die zweite weibliche Kandidatengruppe unter Leitung des ehemaligen Weltklasse-Basketballers Kirk McKinney. Der stand im Smoking zwischen Jenny und Chris, die vier Damen saßen auf der Bank. Jenny stellte die erste Frage: »Kirk, Sie wollen wie auch die anderen vier Trainer gewinnen, das heißt, Ihre Mädels sollen mit Ihrer Methode am meisten abnehmen und bei den Quizfragen die meisten Punkte machen. Wie gehen Sie vor und warum der Smoking?«

»Das ist ein simpler psychologischer Trick: Die Girls assoziieren, wenn sie mich im Smoking sehen, keinen schweißtreibenden Sport, sondern einen Nachtclub mit sinnlicher Musik, sie stellen sich wahrscheinlich vor, wie sie mit mir tanzen und danach … und über diesen Gedanken kommen Sie auch schon ins Schwitzen, und dann arbeite ich ausschließlich mit Belohnungen und der Vermittlung von Erfolgserlebnissen. Das nächstliegende Erfolgserlebnis beim Basketball ist ein erfolgreicher Korbwurf. In Europa ist die Freiwurflinie 4,225 Meter von der Korbmitte entfernt, in der NBA, wo ich herkomme, sind es rund drei Zentimeter weniger. Komm mal mit, Jenny!«

Kirk führte sie zur Freiwurflinie und gab ihr den Ball. Jenny warf ungeschickt und verfehlte das Brett. Chris schaffte es mit dem Ball nicht mal die halbe Strecke bis zum Korb.

»Ich wusste nicht, dass der Ball so schwer ist«, moserte er.

»Ist er auch nicht«, grinste Kirk, »das ist ein Zweieinhalb-Kilo-Spezialball, für Gags wie diesen, und jetzt schaut euch mal die Mädels an!«

Die stellten sich hintereinander an die Freiwurflinie und versenkten einen Ball nach dem anderen im Korb. Überflüssig zu erwähnen, dass dieser Eindruck durch die Schnitttechnik erweckt wurde.

»Ich habe mit jeder etwa zehn Minuten trainiert, das reicht. Wer die meisten Körbe schafft, erwirbt das Recht auf einen großen Salatteller beim Abendbrot, die Schlechteste muss einen Burger mit Pommes essen. Der Salat steht also für Erfolg, Fastfood für Versagen. So ändert man in kurzer Zeit völlig stressfrei die Essgewohnheiten. Um möglichst viel Abwechslung zu bieten, spielen wir abwechselnd Streetball, Beachball, also barfuß auf Sand, und Einradbasketball. Nach vier Wochen wird sich jeder Zirkus um die Girls reißen! Ach noch was: Abends nach dem Training gehen wir tanzen, Tango, Salsa, Line Dance, Hip-Hop, die ganze Palette.«

»Das klingt richtig gut«, sagte Jenny, »dann wünschen wir euch viel Spaß!«

»Werden wir haben«, schrien die Mädchen zurück und trainierten weiter. Was die Kamera als Letztes sah, war, wie Rosalie versuchte, ein Einrad zu besteigen, und sich dieses umgehend in einen Totalschaden verwandelte.

Für die Präsentation der fünften, der »Strongman-Gruppe«,

hatte die Requisite einen riesigen Holztisch mitten auf die Wiese gestellt, der mit allem gedeckt war, was lecker und kalorienhaltig ist, von Pizza über Hot Dogs, Frikadellen, Kartoffelsalat, Spaghetti bis zu Muffins und Sahnetorte. An dieser Schlemmertafel saßen Jenny, Chris und der Trainer Florian Wessely und hauten rein.

»Florian«, sagte Jenny, »Ihr Credo ist: Die Kandidaten können essen, soviel sie wollen, im Training werden sie das Doppelte verbrennen und deshalb geradezu stürmisch abnehmen und trotzdem noch Muskulatur aufbauen.«

»Das werden sie«, sagte Florian in breitem Hessisch, »und jetzt zeig ich euch mal, zu was die Buben imstande sind, wenn wir e bissi trainiert haben.«

Florian stand auf und trat neben den Tisch, die Kamera zog auf, und man sah zwei seiner Kandidaten bäuchlings auf dem Boden liegen, um die Leibesmitte spannte sich ein breiter Gurt mit einem Griff. Florian stellte sich zwischen die beiden liegenden Kolosse, ging in die Knie, packte die beiden Griffe, stemmte sich schulmäßig aus den Oberschenkeln hoch und rannte mit den beiden 120-Kilo-Burschen eine lockere Runde um den Tisch, dann legte er sie vorsichtig ab.

»Des werden die Bube aach können, aber natürlich zehnmal um den Tisch rum, dann werden wir zur Entspannung Karten spielen.«

Florian nahm ein normales Skatspiel zwischen beide Hände, konzentrierte sich kurz, nahm einen tiefen Atemzug und zerriss es. Dann sagte er: »Kommt mal mit, ihr zwee«, und ging mit Jenny und Chris fünf Meter weiter, wo zwei große Traktorreifen nebeneinander lagen.

»Das Schöne ist, man kann die meisten Übungen wettkampfmäßig Mann gegen Mann ausführen, das holt immer noch mehr aus einem raus. Los, Jungs, wer's zuerst 10-mal schafft!«, schrie er, und die beiden anderen Gruppenmitglieder machten sich daran, jeder einen Reifen hochzuheben und umzuwerfen.

»Was wiegen die Reifen?«, fragte Chris. »150 Kilo, das ist natürlich eine leichte Ausgabe, aber damit kann man die meisten Anfängerübungen machen«, erklärte der Trainer. Inzwischen hatten die beiden Sportler die Reifen dreimal umgedreht und klappten synchron zusammen.

»Los, Bodo, Ingo, legt die beiden Luschen ab, und dann will ich den Farmer's Walk sehen!«

Die beiden Angesprochenen zerrten die völlig erschöpften Kollegen zur Seite, stellten sich in die Reifen, packten die beiden am oberen Rand angebrachten Griffe, stemmten sich hoch und liefen inmitten der Reifen los. Es sah aus, als trügen sie Ballonröcke, nur dass die Bewegungen wenig Anmutiges hatten, und nach etwa zwanzig Metern stürzten beide zu Boden.

»Prima Jungs, das war zwar nichts, aber wer will, kann ein Stück Torte essen!«

Daraufhin erbrachen Bodo und Ingo wie aus einem Munde. Die Kamera ging sofort wieder auf die Sahnetorte, und über diesem schönen Bild hörte man Chris fragen: »Florian, was ist das Besondere an dieser Sportart, die ja offensichtlich immer mehr Freunde gewinnt?«

»Man braucht keine teure Ausrüstung. Alte Reifen wirft einem jeder Schrottplatz oder Reifenhändler hinterher, die sind froh, wenn sie die entsorgt kriegen, Baumstämme findet man im Wald genug, große Steine sind auch kein Problem, man trainiert an der frischen Luft und im Gegensatz zu den Fitnessstudios mit unhandlichen Dingen, wie im Leben. Im

Lebensmittelgroßhandel muss ich ein paar Hundert Geträn-
kekisten am Tag hochheben und keine Langhanteln. Und
wie gesagt: Fast alles geht wettkampfmäßig: Wer schleudert
einen 30-Kilo-Stein am weitesten über den Kopf nach hinten? Aufwärmen tun wir uns, indem wir fünf Minuten mit
einem Vorschlaghammer auf unsere Reifen einschlagen,
danach ist keiner mehr aggressiv. Und die kleinen Partytricks
springen praktisch als Zückerle dabei raus. Am Ende des
Lehrgangs wird jeder einen Zimmermannsnagel verbiegen
und ein Telefonbuch zerreißen können, die Dinger braucht
ja sonst sowieso keiner mehr.«

Der Mensch ist nur da ganz Mensch, wo er spielt (Schiller)

Jede der einstündigen Folgen würde aus der ausführlichen
Dokumentation der Trainingseinheiten sowie Mahlzeiten
bestehen, dazu die Kommentare der beiden Moderatoren,
Statements der Trainer, Physiotherapeuten und Ärzte, denn
es war natürlich mit dem einen oder anderen Wehwehchen
zu rechnen; und Trainingseinheiten für das geistige Kräfte-
messen, bei dem ja auch Punkte zu gewinnen waren. Dazu
kämen dann noch Interviews mit Trainern, Kandidaten und
ausgewählten Familienangehörigen. Die letzte, die zehnte
Show, so hatte sich Hermjo mit dem Sender geeinigt, würde
ein dreistündiges Live-Event sein, bei dem dann auch die
Zuschauer mitvoten konnten. Da würden dann die Teams
gegeneinander spielen. Die dabei erreichten Punkte, die
Abnehmleistungen und die Sympathiepunkte der Zuschauer

würden dann hoffentlich ein eindeutiges Endergebnis bringen. Vielleicht würde man noch eine prominente Jury einladen, deren Mitglieder einen Betrag X auf ihr Favoritenteam setzen konnten, da war man sich noch nicht einig.

Jetzt ging es erst einmal um die Montagsmalerrunde. Gregor, Axel und Diether hatten eine Liste von Begriffen erstellt, Hermjo, die beiden Moderatoren und der Redakteur Löblein sollten sie nun testen. Letzterem hielt Axel einen Zettel mit dem ersten Begriff hin und erntete einen verzweifelten Blick.

»Wie soll man das denn zeichnen?«

»Na so, dass wir es raten können«, feixte Hermjo.

»Lassen Sie mal sehen«, sagte Chris, »Ah, was für ein hübscher Begriff!«

Er zeichnete ein Bett und ein großes altmodisches Gewicht, auf das er noch 100 kg malte.

»Bett!«, rief Jenny, Chris nickte und zeigte auf das Gewicht.

»Bettgewicht, Bett-Doppelzentner, ah, Bettschwere, oder?«

»Toll, Jenny!«, rief Chris.

»Also ich glaube nicht, dass abstrakte Begriffe für unser Publikum das Richtige sind. Die Leute wollen doch mitraten können«, moserte Löblein.

»Wenn ich es errate, erraten die Leute es auch«, meinte Jenny, »ich finde, es ist ein prima Wort, lass mich mal eins malen.«

Diether hielt ihr eine Karteikarte hin. Sie lächelte und malte, ohne zu überlegen, eine schwarze Katze und den Oberkörper eines Mannes mit Hut und Maske, in der erhobenen rechten Hand ein großes Messer. »Katzenmörder«, brüllte Hermjo. Jenny wackelte ablehnend mit dem Zeigefinger und malte eine Flasche mit der Aufschrift Gin.

»Toll, Jenny«, rief Chris wieder, »ist es Kater-Killer?«

»Yes«, jubelte Jenny.

Löbleins Gesichtsausdruck signalisierte das völlige Fehlen von Freude.

»Ich kann nur warnen, Sie haben Ihren Spaß an solchen Begriffen, aber unser Publikum bleibt außen vor. Wie sagte der große Dr. Thoma: Der Wurm muss dem Fisch schmecken, nicht dem Angler! Ich muss die Liste mit den Begriffen erst dem Sender vorlegen, so kann ich das nicht greenlighten!«

»Ein Mann muss tun, was ein Mann tun muss«, sagte Hermjo ungerührt und zwinkerte den anderen zu. »Also prima, Montagsmaler spielen wir mit zehn Begriffen, sag ich mal. Und was kommt dann?«

»Komposita korrigieren«, sagte Gregor. »Jeweils zwei Kandidaten spielen gegeneinander, jeder hat einen Block mit fünf Reihen, in denen jeweils vier Komposita stehen, also zusammengesetzte Substantive, die aber falsch zusammengesetzt sind. Und wer als Erster die richtigen Kombinationen findet, macht den Punkt. Wir machen mal ein Beispiel.«

Axel ersetzte den Malblock auf der Staffelei durch einen anderen, noch zugeklappten, Diether brachte eine zweite Staffelei mit einem Block.

»Wer spielt gegen wen?«, fragte Gregor, »vielleicht Jenny gegen Herrn Löblein?«

Der Redakteur biss sich auf die Lippen und stellte sich vor eine Staffelei, die feixende Jenny vor die andere. Jeder bekam einen Filzer, und dann wurden gleichzeitig die Wörter enthüllt. Beide sahen: Dauerständer, Priesterspiegelung, Kleiderwurst, Magenweihe.

Löblein fragte: »Und was soll ich jetzt machen?«

Gregor setzte an, um es ihm noch einmal zu erklären, da rief Jenny: »Fertig!«

»Na dann schauen wir doch mal«, sagte Gregor und las vor: »Dauerwurst, richtig, Priesterweihe, richtig, Kleiderständer, richtig, Magenspiegelung, perfekt!«

Löblein sagte: »Aber man könnte doch auch anders kombinieren, zum Beispiel Priesterständer ...«

»Also das aus Ihrem Mund, lieber Herr Löblein, überrascht mich nun aber doch, wobei es einen Priesterständer sicherlich gibt, aber bei Kleiderweihe, Dauerspiegelung und Magenwurst wird es eng. Superspiel, habt Ihr noch ein paar Beispiele? Ich möchte auch mal, jetzt gegen Chris.«

Die Filzstifte wurden übergeben und neue Beispiele aufgedeckt: Weihnachtsfliege, Warmloch, Eintagsbaum, Schlüsselduscher.

Beide schrien fast gleichzeitig: »Fertig!«, wobei Hermjo einen Tick früher war.

»Na, dann wollen wir doch mal schauen«, sagte Gregor, schaute und meinte: »Das kann doch kein Mensch lesen!«

»Wieso das denn, da steht glasklar: Weihnachtsbaum, Warmduscher, Schlüsselloch und Eintagsfliege.«

»Ja, für dich ist es vielleicht glasklar, aber wenn der Kandidat der Einzige ist, der das lesen kann, gilt das nicht. Guck mal, wie schön lesbar Chris das geschrieben hat, also der würde den Punkt kriegen.«

Axel warf ein: »Spielt aber sowieso keine Rolle, weil wir mit Magnettafeln arbeiten werden, auf denen die Wortbestandteile in Druckschrift stehen.«

In dem Moment klopfte es kurz, und Lisa kam herein.

»Was macht ihr, Spiele proben? Kann ich mitmachen? Ach, ich sehe schon, Komposita kombinieren, das ist mit vier Wörtern aber echt pupsig, lasst uns mal mindestens sechs nehmen, ich spiele gegen Herrn Löblein.«

Der wurde ziegelrot, stand auf und sagte: »Tut mir leid, ich muss ein paar dringende Telefonate führen, Sie haben das ja hier im Griff, ich persönlich glaube nicht, dass das unsere Zielgruppe flasht, aber bitte.«

Damit verließ er eilig den Raum.

Lisa sagte: »Na, wer will, aber ich warne euch, sowas spiele ich sehr gern und nicht schlecht.«

Jenny rief: » Na dann, Löblein war ja nur Kanonenfutter, aber jetzt wird es spannend.«

In der Zwischenzeit waren die Blocks mit sechs Begriffen bestückt worden, und es ging los: Zauberdienst, Hackluder, Pferdekloster, Boxenfleisch, Nonnenkuss, Liebesstab.

Lisa rief nach circa 40 Sekunden: »Stopp!«, worauf Jenny mit »Ach Scheiße!« antwortete.

Tatsächlich hatte sie aber nur ein Wort Vorsprung: Zauberstab, Hackfleisch, Pferdekuss, Boxenluder, Nonnenkloster stand gut lesbar auch bei Jenny, Lisa hatte auch noch Liebesdienst.

»Sauber«, sagte Jenny und klatschte Lisa ab.

Hermjo meinte: »Schönes Spiel, aber meint ihr nicht, es ist spannender, wenn wir acht Begriffe nehmen, und die Kandidaten müssen nicht rumfummeln, sondern nennen die Begriffe, und zwar nacheinander, also jeder nur eine Kombination, und das Team, das in der kürzesten Zeit alle acht Begriffe richtig nennt, gewinnt.«

»Klingt gut«, sagte Chris, »sollten wir auf jeden Fall mal probieren.«

Das taten sie und stellten fest, dass diese Version tatsächlich für alle Beteiligten und vor allem für den Zuschauer spannender war.

B.

Nebukadnezar fraß nicht mehr und weigerte sich auch, Wörter nachzusprechen. Er saß aufgeplustert und teilnahmslos auf der Stange und starrte vor sich hin.

B. brüllte ihn an: »Nebukadnezar, ich sage es jetzt zum letzten Mal: Nutrigenomik oder Hyperphagie, eines von diesen beiden Wörtern will ich in einer Minute hören, oder ich übe Luftpistolenschießen auf lebende Ziele.«

Der Vogel blickte nicht einmal auf. B. gehörte in Gewaltfragen nicht unbedingt zu den Bedenkenträgern, auch war sein Zeitgefühl etwas unterentwickelt, und so schoss er bereits nach 45 Sekunden auf die Voliere. Der Wassernapf zersplitterte, Nebukadnezar kreischte entsetzt auf und flatterte durch den Käfig. »Du Blödmann willst Bewegung, o. k., fliegende Ziele sind auch schwerer zu treffen«, knurrte B. voller Vorfreude und machte sich an der Käfigtür zu schaffen. Mit ungeahnter Wucht und Präzision hieb der Papagei seinen Schnabel in B.s linke Zeigefingerkuppe, was diesen erst mal auf andere Gedanken brachte: Wo ist Verbandszeug, wann lässt der Schmerz nach, können Papageien Tollwut haben, und was ist mit der Papageienkrankheit?

Nachdem er den Finger verpflastert hatte, googelte B. Papageienkrankheit und fand, dass sie Psittakose heißt und beim Menschen im Ansteckungsfalle unter maßgeblicher Beteiligung der Lungen abläuft, also eine Bronchopneumonie verursacht. Beide Wörter setzte B. erst mal auf Nebukadnezars Lernliste. Halb versöhnt schaute er auf den leeren offenen Käfig, dann fiel sein Blick durch das offene Fenster. Es dauerte ein wenig, bis er begriff: Sein Papagei würde vielleicht nie wieder ein Fremdwort mit ihm reden.

Die Frau

»Na, hast du was Schönes geschrieben? Lies doch mal vor!«, sagte meine Frau, als sie mein Zimmer betrat. Alle Alarmglocken schrillten. Gewalt gegen Tiere ist für sie ein absolutes No-Go. Sie gehört zu den Frauen, die einen nachts wecken und schreien: »Da ist eine Spinne, mach die weg!« Und wenn ich sie dann mit dem Pantoffel erledigen will, schreit sie: »Was machst du denn da? Hol ein Glas und einen Bierdeckel, fang sie und bring sie in den Garten!«

Einmal waren wir im Kino, dieser kitschige Kinderfilm, wo drei Tiere über 2000 Kilometer nach Hause laufen, da hat sie so geheult, dass ich sagte: »So gehe ich mit dir jetzt nicht essen, die Leute denken doch, ich hätte dich verprügelt!«

Und ostentatives Interesse an meiner Arbeit bedeutete schon mal gar nichts Gutes. Entweder ein Blechschaden am Auto oder eine überteuerte Occasion auf dem Damenoberbekleidungssektor. Ich klappte mein Laptop zu und sagte: »Wie war dein Tag?«

»Ich wollte es dir eigentlich nicht sagen, aber wir haben eine Beule im Auto, keine Ahnung, wie die da hingekommen ist, und ich bräuchte mal deine EC-Karte, diese Schuhe suche ich seit 20 Jahren und dann den Blazer dazu mit Jeans, du wirst dich neu verlieben!«

Schärft die Entwicklung von Romanfiguren die Intuition, oder war die bei mir schon immer so ausgeprägt?

Der Triumph

Das ganze Team samt Kandidaten saß im riesigen Konferenzraum des Sporthotels, um sich die Ausstrahlung der ersten Folge der »Speckweg-Show« gemeinsam anzuschauen. Es gab Fingerfood, mit Rücksicht auf die Kandidaten auch vegetarisch und fettfrei, sowie Getränke bis zum Abwinken. So erlebten einige den Vorspann nur noch unscharf. Es war eine schwere Geburt gewesen. Löblein und der Sender hatten genervt, wo sie konnten, aber Hermjo hatte mit bewundernswertem Stehvermögen alles durchgepaukt. Das Medien-Interesse war riesig, auch weil Hermjo einige Sequenzen von den Dreharbeiten unter der Hand und dem Siegel der Verschwiegenheit ausgewählten Medienpartnern hatte zukommen lassen. Ein paar Privatvorführungen mit erlesenem Catering taten ein Übriges. Infolgedessen waren die Werbezeiten teuer und trotzdem restlos ausgebucht. Wenn jetzt noch die Quote stimmte, war Hermjo erst mal König, bis zu dem Tag, wo sie nicht mehr stimmte. Die Reaktionen der Zuschauer, die noch nichts von den Dreharbeiten gesehen hatten, hätten nicht besser sein können. Das Moderatorenpaar harmonierte wunderbar. Jeder Gag saß, Axel, Diether und Gregor klatschten sich pausenlos ab, die Stunde verging wie im Fluge.

Hermjo genoss Kommentare wie: »Hammer, Hut ab, Alter, krass, ey, geile Scheiße, ey« und: »Na, dann warten wir mal die Quote ab.«

Der letzte Spruch kam natürlich von Bernhard Löblein, dem Redakteur des Senders, der konsequenterweise nicht ein einziges Mal gelacht hatte.

Bei den versammelten Damen gab es nur ein Thema: Justus.

»Mein Gott, hat der eine Ausstrahlung, und er sieht aus wie der junge Erol Sander!«

»Du musst es ja wissen, den hast du ja noch erlebt, also mich erinnert er mehr an George Clooney.«

»Habt ihr Tomaten auf den Klüsen? Der sieht haargenau aus wie Russell Crowe in Gladiator.«

»Mädels«, meinte der Regisseur Stefan Tümler, »also ich sehe da ganz eindeutig Rock Hudson!«

Es wurde ein rauschendes Fest, zumindest für Hermjo, der den Abend in einem Nobelpuff ausklingen ließ, allerdings unverrichteter Dinge, wenn man von der strammen Leberleistung absah. Er ging dann gar nicht mehr erst ins Bett, sondern sah sich noch einige Folgen von »Modern Family« an, seiner Lieblings-Sitcom. Noch bevor er gegen 8.30 Uhr die Einschaltquoten abrufen konnte, klingelte es. Es war Bernd Dengelbaum, der Unterhaltungschef: »Herzlichen Glühstrumpf, mein lieber Hermjo, zu diesem Erfolg!«

»W-Was hammer d-denn?«, lallte Hermjo.

»21 Prozent Marktanteil in der Zielgruppe, das hatten wir auf diesem Sendeplatz seit Menschengedenken nicht, wenn wir das halten können, wäre es eine echte Sensation. Habe auch meinem Redakteur schon gratuliert, Sie beide haben da etwas ganz Großartiges auf die Beine gestellt, und nun feiern Sie schön!«

»Danke sch-schön, sch-schon gesch-schehen«, nuschelte Hermjo und schlief auf der Stelle ein.

Justus

Für Justus kam es knüppeldick. Eigentlich war er mit seinem Trainerjob, den er sehr ernst nahm, voll ausgelastet. Aber als erklärter Frauenliebling der neuen Show, von der mittlerweile drei Folgen mit stetig wachsendem Erfolg gelaufen waren, bekam er Berge von Fanpost, die meisten mit Bitten um ein Autogramm oder, besser noch, ein Date.

Und dann war da ja auch noch seine Privat-Detektei, die »J.-Investigations«. Seine Sekretärin rief an und sagte: »Justus, ruf bitte diese Frau an, die nervt ohne Ende, es wäre ganz dringend.«

Was Justus auch umgehend tat. Eine hinreißende Frauenstimme sagte: »Dengelbaum?«

»Das ist ja ein Zufall, haben Sie etwas mit dem Unterhaltungschef von High5 zu tun?«

»Ja, das ist mein Mann, besser gesagt mein zukünftiger Ex-Mann, wenn Sie gute Arbeit leisten. Das Schwein betrügt mich!«

»Das ist jetzt ein bisschen blöd, Ihr Mann hat mir gerade die Hauptrolle in einer Kampfsportserie angeboten.«

»Würden Sie sich denn wenigstens mit mir treffen, damit ich Ihnen meine Sicht der Dinge darlegen kann?«

Lisa

»Justus, das kannst du nicht machen«, sagte Lisa, »die Frau des U-Chefs! Vielleicht bildet sie sich das alles nur ein, und wenn dann rauskommt, dass sein momentan bestes Pferd im Stall ihn ausspioniert, ist Holland in Not!«

»Es scheint aber zu stimmen, sie hat Quittungen für Schmuck gefunden, Abbuchungen vom gemeinsamen Konto in großer Höhe, er hat eine neue Frisur, hat sich neue Klamotten gekauft, rennt nur noch in Galerien und Museen, liest Kunstbücher, seine Neue malt nämlich. Und Barbara ist nebenbei eine ziemlich tolle Frau. Irgendwas an ihr geht bei mir ganz tief rein.«

»Besser als umgekehrt«, warf Gregor ein, »und jetzt kommt essen, es gibt Lachsfilets in Pumpernickel-Panade mit Rote-Bete-Sauce und Rucola-Kürbis-Risotto!«

»Findest du diese Barbara toller als mich?«, fragte Lisa, nachdem sie mit einem Glas Jahrgangs-Taittinger angestoßen hatten.

Justus verschluckte sich erst mal, um Zeit zu gewinnen, also fuhr Lisa fort: »Ich habe mir nämlich vorgenommen, mir einen von euch Trainern zu gönnen. Dieser bekloppte Wessely-Waldschrat scheidet natürlich aus, Paula auch, bleiben du und die beiden Dunkelmänner, die ich auch wirklich sehr schnittig finde, aber wenn du jetzt sagst, dass du mir das nie verzeihen würdest, könnte das meinen Entscheidungsprozess abkürzen.«

»Warum bin ich eigentlich nicht auf deiner ›to-do-with-Liste‹«, fragte Gregor, und sein Tonfall ließ offen, ob er es ernst meinte.

»Ach Gregor, du bist doch nichts für eine Nacht, dich muss man heiraten!« Gregor, und Justus sahen sich an.

»Wer hat jetzt eigentlich die Arschkarte«, fragte Gregor, »der, der nur für eine Nacht taugt, oder der, der nur zum Heiraten taugt?«

Horst, Lisas Mops, und Waldmeister, Gregors Dackel-Basset-Mischung, bestiegen einander indes lautstark im Wechsel und in aller Unschuld.

B.

»Wie geht es Ihnen heute?«, fragte Dr. Geza von Treutlein seinen Klienten, wie Psychiater ihre Patienten gern euphemisierend nennen.

»Schlecht, Herr Doktor, ganz schlecht, Nebukadnezar ist weg.«

»Ihr Papagei, dem Sie immer Fremdwörter beibringen, richtig?«

»Genau, ich habe die Voliere geöffnet und nicht darauf geachtet, dass das Fenster offen stand, und da ist er abgehauen, das Mistvieh.«

»Nun, wir sollten uns davor hüten, das natürliche Verhalten eines Vogels als strafwürdiges Vergehen zu werten.«

»Was würden Sie denn denken, wenn Ihr Papagei, der ja ganz nebenbei auch einen Haufen Kohle gekostet hat, plötzlich abhaut?«

»Ich würde denken, Geza, du Dummerchen, da hast du versehentlich das Fenster aufgelassen, und der Vogel hat sich natürlich gefreut, dein Fehler.«

»Ihr Problem, aber wenn ich die Scheißkrähe erwische, kann sie sich freuen.«

»Gut, ihr Aggressionslevel ist noch unverändert, aber das kann man auch positiv sehen, es hätte sich auch erhöhen können. Bearbeiten wir heute mal ein anderes Feld: Stellen Sie sich vor, Sie stehen zusammen mit einer anderen Person vor einem Spiegel, der eine von beiden Personen nackt zeigt, die andere bekleidet. Welche Personen möchten Sie sein?«

»Natürlich die bekleidete, die Frau soll nackt sein.«

»Woher wissen Sie, dass es eine Frau ist?«

»Sagen Sie mal, wollen Sie mir jetzt auch noch unterstellen, dass ich schwul bin? Erst aggressiv, jetzt schwul, lieber Doktor, bei allem Respekt, es hängen Ohrfeigen in der Luft.«

»Nun, mein Lieber, seinem Arzt körperliche Gewalt anzudrohen ist dann doch ein Zeichen für ein inakzeptables Aggressionslevel, aber bleiben wir beim Thema: Was wäre so schlimm daran, schwul zu sein?«

»Nichts, solange ich es nicht bin und die Schwuppsis unter sich bleiben, ich möchte nur nicht nackt mit einem vor dem Spiegel stehen.«

»O. k., Sie möchten also, dass die andere Person eine Frau ist, und sie soll nackt sein, richtig?«

»Moment, Freundchen, es war Ihre Idee, dass der Spiegel eine Person nackig macht, und ich hatte die Wahl, wer das ist, daraus lasse ich mir jetzt keinen Strick drehen!«

»Nichts läge mir ferner, als Ihnen zu nahe zu treten, ich möchte nur wissen, warum möchten Sie die Frau nackt sehen, sich selbst aber nicht zeigen?«

»Weil ich weiß, wie ich nackt aussehe, die Frau kenne ich bis jetzt nur angezogen, so einfach ist das, sieht die Frau das eigentlich auch, dass sie nackt ist, oder nur ich?«

»Warum fragen Sie?«

»Na, wenn sie scheiße aussieht, müsste ich ja sagen, zieh dich wieder an, das ist ja furchtbar!«

»So würden Sie das formulieren?«

»Ich bin ein Freund klarer Worte.«

»Auch wenn Sie dabei die andere Person verletzen?«

»Ich kann den Spiegel auch mit meinem Baseballschläger kaputthauen, dann sehe ich sie auch nicht mehr, wenn Ihnen das lieber ist.«

»Andere Frage: Was machen Sie, wenn die Frau Ihnen gefällt?«

»Dann ziehe ich mich auch aus, und wir gehen zur Sache!«

»Ohne vorher ihr Einverständnis einzuholen?«

»Aber sie hat sich doch schon ausgezogen, wie viel Einverständnis muss ich denn noch einholen?«

»Ich möchte gern das Thema wechseln: Welche erotischen Spiele mögen Sie?«

»Oh, ich spiele sehr gern Verstecken!«

»Da gibt es aber in einer Einzimmerwohnung, wie Sie sie haben, doch nicht allzu viele Möglichkeiten, oder?«

»Haben Sie eine Ahnung! Ich kann mir zum Beispiel ein Moorbad zubereiten, da bin ich völlig unsichtbar, kriege Luft durch einen Strohhalm, und wenn die Perle dann nach mir tastet, schnappe ich sie und ziehe sie unter Wasser, bis sie zappelt …«

»Tut mir leid, unsere Zeit ist um, wir sehen uns in einer Woche wieder.«

Jenny und Chris

Neben Justus stand natürlich auch das Moderationsteam im Fokus der medialen Aufmerksamkeit. Hatten die beiden was miteinander oder nicht? Die Frauenzeitschriften von »Farbig« bis »Frau im Koma« waren sich mehrheitlich sicher, dass Jenny heftig an Chris baggerte, weil sie sich häufig an ihn lehnte, seine Hand nahm oder einen seiner Gags über Gebühr belachte. Tatsache war, dass Jenny tatsächlich Gefühle für den beinahe doppelt so alten Herrn hegte, die aber mit großer beruflicher Wertschätzung einhergingen. Sie mochte seine väterliche, aber nie großspurige Art, sein Vermögen, auch den dummen Jungen zu geben, wenn's passte, seinen verbindlichen, freundlichen Umgang mit den Kandidaten, seine Intelligenz und seinen omnipräsenten Mutterwitz. Natürlich wurde auch Hermjo als Produzent dauernd gefragt: »Glauben Sie, dass zwischen den Moderatoren was läuft?«

Seine Standardantwort war dann: »Es gibt eine Regel in der Arbeitswelt: Hauskaninchen schießt man nicht! Aber das gilt natürlich nicht in der Welt der Kunst, wozu ich auch die Fernsehunterhaltung zähle. Wir halten es mit Shakespeare und sagen: ›Wie es euch gefällt!‹«

Und wie sie ihm gefiel! Natürlich war Chris in Jenny verschossen, wie jeder, der sie näher kennen lernte. Sie war hochprofessionell, liebte Menschen, also auch die Kandidaten, ließ aber auch keinen Gag liegen, solange er keine persönliche Kränkung darstellte.

»Habt ihr Munition für die Interviews mit den Trainern morgen?«, fragte Hermjo.

»Aber nanatütürlich«, riefen Axel und Diether unisono, von einem Albernheitsflash geschüttelt. »Fangen wir mit Paula Perlig und ihren Völkerballerinen an. Frage von Chris: ›Es wird immer viel über Benachteiligung von Frauen in unserer Gesellschaft geredet: Wenn der Ball mit der nötigen Wucht eine bestimmte Stelle am Körper des Mannes trifft, ist er für eine gewisse Zeit kampfunfähig, hat der weibliche Körper auch eine solche Stelle?‹ – ›Natürlich, es ist im Grunde derselbe Teil des Körpers, sie sind bei Frauen und Männern nur unterschiedlich gelagert, ich rede vom Denkzentrum.‹ Das ist der Einstiegsgag, ab dann übernimmt Jenny, ihr Part endet mit der Frage: ›Können Frauen der Gegnerin gegenüber dieselbe Härte entwickeln wie Männer?‹ Und egal, was Paula antwortet, Chris kann dann mit der Info kommen, dass in Fällen, in denen die häusliche Gewalt von der Frau ausgeht, das männliche Opfer in der Regel die schwereren Verletzungen aufweist, so hat er auf jeden Fall den Schlussgag.«

»Das muss ich natürlich erst gegenchecken, bevor ich ...«

»... das greenlighte«, sprachen alle im Chor, woraufhin Löblein die Farbe wechselte und sagte: »Ich telefoniere ohnehin gleich mit dem Unterhaltungschef, da habe ich jetzt ein Thema mehr!«

Dann verließ er den Raum, knallte sogar die Tür.

»Ist der auf Droge? Wann wird dieser Schnarchlappen begreifen, dass wir hier einiges richtig machen? Wenn das noch lange so geht, werde ich Dengelbaum nach einem anderen Redakteur fragen! Könnt ihr euch diese Pfeife beim Sex vorstellen?«

»Aber lebhaftestens«, rief Axel und fuhr fort: »Sie: ›Na Brummbär, soll ich dir einen blasen?‹ – Er: ›Das kann ich nicht greenlighten, mehrmals am Tag duschen ist gar nicht gesund und auch nicht gut für die Ökobilanz, und außerdem hatten wir diesen Monat schon einen GV.‹«

Meine Frau

Ich brauchte eine Pause, ging in meine Stammkneipe auf ein Bier, traf dort Felix, einen alten Kumpel aus dem Studium, der mittlerweile an der Uni Deutsch für Ausländer unterrichtete, und wir quatschten uns ein bisschen fest. Ich hatte das auch mal ein paar Jahre gemacht und erinnerte mich an die total bescheuerten Texte, mit denen ich die Studenten quälen musste: »Bei der Kernverschmelzung wird ein Atomkern mit solcher Geschwindigkeit auf den anderen geschossen, dass er den Coulombwall durchbricht und in den Potenzialtopf fällt.«

Es war halt eine technische Universität, an der man aber auch Geisteswissenschaften studieren konnte, nicht jeder und vor allem nicht jede wollte Elektroingenieur werden. Und dann fingen wir eben an, Beispielsätze für zeitgemäße Deutschbücher zu bilden: »Herr Calatoglu, ich habe eben zufällig beobachtet, wie Sie ein altes Kleinradio in den Hausmüll geworfen haben!«

»Ach, haben Sie mir wieder nachspioniert, Sie alte Hexe?«

»Sondermüll muss in Deutschland bei einer kommunalen Sammelstelle abgeliefert werden.«

»Danke für die Auskunft, das mache ich dann beim nächsten Mal, und Sie gebe ich gleich mit ab.«

Oder: »Möchten Sie mit mir schlafen?«

»Nein.«

»Was heißt das?«

»Nein heißt nein!«

»Finden Sie mich hässlich?«

»Nein.«

»Warum wollen Sie dann nicht mit mir schlafen?«

»Das muss ich nicht begründen, nein heißt nein!«

»Ich dachte, das gilt nur für Frauen, die von einem Mann angemacht werden.«

»Nein, auch für schwule Männer, die von Frauen angemacht werden.«

»Na dann nicht, aber Sie sollten keinen Kaugummi auf die Straße spucken, weil langhaarige Hunde das sonst zwischen die Zehen bekommen, und das verklebt ihnen alles. Wahrscheinlich schmeißen Sie auch Sondermüll in den Hausmüll!«

Und darunter stehen dann die Aufgaben:

Wie kann man »Möchten Sie mit mir schlafen?« anders ausdrücken?

Setzen Sie die aktiven Sätze ins Passiv.

Was bedeutet: »Sie alte Hexe«?

Welches Schimpfwort für einen Mann entspricht der Bedeutung von Hexe am ehesten? Arschloch, Kackbratze, Sackgesicht, alter Zausel, Penner, Hurensohn, Saftsack?

Das hat uns großen Spaß gemacht und – ja, wir haben die Zeit darüber aus den Augen verloren, und Alkohol war auch im Spiel, aber das gibt meiner Frau nicht das Recht, ohne meine Zustimmung meinen Computer zu öffnen und in meinem Buch zu lesen. Sie war offenbar so gebannt von dem Text, dass sie mich nicht nach Hause kommen hörte.

»Was machst du denn da?«

»Wonach sieht es denn aus? Wassergymnastik?«

»Ich bin doch sehr verwundert, dass du heimlich meine Sachen liest.«

»Tu ich doch gar nicht! Ich lese sie ganz offensichtlich, und du siehst es, obwohl du ordentlich angeballert bist!«

»Und wie findest du es?«

»Ich glaube nicht, dass du in der Verfassung bist, eine sachliche Kritik angemessen zu würdigen, wir reden morgen darüber, aber das mit Lisa und den Dunkelmännern lasse ich dir nicht durchgehen!«

Meine Frau mag nicht immer die Konsequenz in Person sein, aber einer so gearteten Drohung hat sie doch stets Taten folgen lassen. Also trat ich beim Frühstück die Flucht nach vorne an: »Was ist verkehrt an Lisa und den Dunkelmännern?«

»Erst einmal ist es mir zu gewollt witzig und aufmüpfig, da klingt so durch: Hey, bin ich nicht ein mutiger Autor, ich würde auch Neger sagen, sag ich aber nicht, weil ich ja so witzig bin und dann ...«

»Du weißt schon, dass das, was ein Autor eine seiner Figuren sagen lässt, nicht seine persönliche Meinung oder Ausdrucksweise ist, denn dann müsstest du ja auch befürchten, von mir im Badezimmer in einem Moorbad ertränkt zu werden, wenn ich mal an die Stelle mit B. erinnern dürfte. Und außerdem würde ich dann ja auch jeden meiner beruflichen Erfolge im Puff feiern, wie Hermjo, also sag schon, was dich wirklich stört! Oder nein, ich sag es dir: Du willst nicht, dass Lisa sich irgendeinen Typen durch den Schritt zieht, weil sie einfach rattig ist! Für dich ist sie die weibliche Lichtgestalt in diesem Buch, aber ich möchte einfach eine interessante Figur mit vielen Facetten und auch Brechungen haben.«

»Ich schiebe deine Ausdrucksweise mal auf den Restalkohol, und ansonsten fände ich es – und das werden die meisten Frauen so sehen – einfach romantischer, wenn sie sich in jemanden verliebt, mit dem man sich als Leserin auch eine Beziehung vorstellen kann!«

»Wie jetzt: willst du dir eine Beziehung mit einer meiner Romanfiguren vorstellen, oder möchtest du, dass Lisa eine Beziehung eingeht, die deiner Meinung nach tragfähig ist?«

»Sie kann zwischen Justus und Gregor schwanken, aber sie lässt weder Hermjo noch die beiden Amis ran, damit das klar ist! Und wenn doch, will ich nichts weiter von deinem Geschreibsel lesen. Und jetzt muss ich zum Friseur!«

Ich resümiere: Meine Frau ist durch meinen nicht einmal halbfertigen Roman erregt. Das ist gut. Sie will den sexuellen Spielraum meiner weiblichen Hauptfigur einengen. Das ist nicht gut. Fazit: Vermenge nie Dichtung und Privatleben, doch dazu ist es wohl zu spät. Aber das ist immer noch mein Buch.

Gregor

» Hallo? Axel, grüß dich, was gibt's?«

»Hermjo hat gerade angerufen. Er wird im Moment mit Anfragen zugeschissen, aber ganz dringend ist wohl eine ultraharte Version von »Versteckte Kamera«, die High5 im Spätprogramm senden will, die wollen bis heute Abend ein paar Vorschläge, ich treffe Diether in einer Stunde, bist du dabei?«

»Aber klar, kommt doch einfach zu mir, ich koche sowieso gerade eine Mulligatawny-Suppe, das trifft sich doch gut!«

Anderthalb Stunden später sagte Diether: »Das ist die beste indische Hühnersuppe, die ich in meinem ganzen Leben gegessen habe, was ist der Trick?«

»Kein Trick, du brauchst 300 Gramm Hühnerbrust, 200 Gramm rote Linsen, eine große Zwiebel, zwei Knofelzehen, zwei walnussgroße Stücke Ingwer, einen Esslöffel Vindaloo-CurryPaste hot, am besten von Pattaks, einen Dreiviertelliter Hühnerbrühe, den Saft einer Zitrone, einen guten Schuss Weißwein, drei Stiele Koriandergrün, circa 200 Milliliter Kokosmilch, reichlich Butterschmalz zum Braten und Cumin, Kurkuma, Koriander und eine gute Currymischung zum Nachwürzen. Knofel und die Zwiebel musst du fein würfeln und in Ghee, ersatzweise Butterschmalz, obwohl es nicht dasselbe ist, anschwitzen, den Ingwer schälst du und reibst ihn mit der Küchenreibe dazu, dann gibst du die Currypaste dazu, gut verrühren und noch mal ein paar Minuten braten, das in mundgerechte Stücke geschnittene Fleisch dazu, noch mal ein paar Minuten braten, die Brühe mit den Linsen dazu, aufkochen und circa 15 bis 20 Minuten bei mittlerer Hitze köcheln, bis die Linsen sich geöffnet haben, aber noch knackig sind, ach so, und klein geschnittenen frischen Chili gibst du dazu, nach Geschmack, ich habe jetzt zwei Schoten genommen, weil die ein bisschen lasch sind, dann die Kokosmilch dazu, noch mal kurz durchkochen und mit den Gewürzen und dem Wein abschmecken, wenn ein bisschen Tiefe fehlt, noch etwas Sojasauce dazu. Das ist es und nennt sich Mulligatawny, zu Deutsch Pfefferwasser. Man kennt es ja aus dem Dinner for One. Es gibt natürlich viele verschiedene Rezepte, wie bei allen Klassikern.«

»Echt irre, du bist der Hammer, Gregor, und jetzt los, die wollen eine hammerharte Show, ich habe fast den Eindruck, sie sind auf einen Skandal aus«, sagte Axel.

»Den Leuten kann geholfen werden«, meinte Diether und grinste breit, »apropos ›helfen‹: Ich habe den Eindruck, wir sollten unsere Kandidaten mal mit ein paar Gags füttern und nicht nur die Trainer, ein bisschen Aufmüpfigkeit wird immer gern genommen, und die vierte Show ist ein guter Zeitpunkt, um noch mal ein neues Element reinzubringen, oder?«

»Absolut d'accord«, sagte Gregor, »aber diese neue ›Versteckte Kamera‹-Geschichte, soll die aufwendig sein, oder wollen die mehr so kleine Straßengags, wie man sie im Flieger immer sieht?«

»Nee, die wollen wohl durchaus Geld in die Hand nehmen, also think big«, sagte Axel.

»Gut, wie ist das, also jetzt nur so neben die Tüte gekotzt: Wir suchen Mütter kurz vor der Entbindung, die gegen ein stattliches Honorar, was zu diesem Zeitpunkt ja immer hochwillkommen ist, bereit sind, ihren Mann reinzulegen. Der Mann müsste natürlich einer von den Vätern sein, die unbedingt bei der Geburt dabei sein wollen. Dann steht er da, kriegt etwas zur Beruhigung, das sind natürlich K.-o.-Tropfen und wenn er wach wird, ist schon alles vorbei, und er findet sich im Krankenhaus in einem Bett liegend.«

»Aha, sehr gut«, sagte Diether, »und dann kommt der Arzt und erzählt ihm, er wäre ziemlich lange bewusstlos gewesen, die Geburt wäre schon vorbei, die Frau wäre gerade auf der Toilette und ob er sein Kind mal sehen wollte. Will er natürlich, und dann bringt die Schwester ein schwarzes Baby, wie findet ihr das?«

»Kann man machen«, meinte Axel, »sie kann natürlich auch mit einem circa einjährigen Kind kommen, und der Arzt sagt, er wäre wirklich ungewöhnlich lange bewusstlos gewesen.«

»Nee, sagte Gregor, das ist zu gewollt, aber drei oder vier Babys wären doch schön!«

»Geht nicht, das wäre ja beim Ultraschall aufgefallen, also das nimmt uns keiner ab. Aber wie findet ihr das: Er wacht in einem Krankenbett auf, und neben ihm, in einem zweiten Krankenbett, liegt eine schwarze Mutter mit einem weißen Baby, und die Ärzte und Schwestern sind auch alle schwarz, und sie reden ihm ein, er wäre in Kenia und das wären seine Frau und sein Kind.«

»Schräg, sehr schräg, aber gut, das halten wir schon mal fest. Was Ähnliches könnte man im Knast machen. Wir suchen uns einen nicht allzu schweren Jungen, von dem die Wärter aber wissen, er besorgt sich Drogen. Dem geben wir dasselbe wie dem Vater, und wenn er wach wird, ist er in einer anderen Zelle, es kommen lauter amerikanische Wärter und holen ihn zur Hinrichtung ab, und dann kommt er auf den elektrischen Stuhl, der Geistliche fragt, ob er noch was sagen will, und der Gefängnisdirektor gibt das Zeichen, und dann kommt die Frau von dem Knacki und klärt alles auf, und wenn er verspräche, dass er einen Entzug macht, werden ihm die letzten 24 Stunden Haft, die er nur noch hatte, erlassen, und er darf sofort mit ihr nach Hause, da kriegt das Ganze auch noch so einen sozialen Dreh!«

»Großartig, und was Ähnliches machen wir dann mit einem Jäger, bei einer Großwildjagd irgendwo im Ausland, den lassen wir auf irgendwas Größeres schießen, sind natürlich Platzpatronen, der Oberjagdleiter redet ihm ein, er hätte das Tier, das natürlich wegrennt, getroffen und sie müssten es verfolgen, und dann so nach zwei Kilometern finden sie einen Eingeborenen, den die Maske auf schwer verletzt geschminkt hat, und der Oberjagdleiter, der die Blutspur verfolgt hat, sagt, den hätte er wohl angeschossen und, oh oh, was er da durchs Fernglas sähe, mache ihm doch Sorgen, da käme das halbe Dorf, aus dem der Angeschossene stamme, mit allen möglichen Waffen, und er empfehle rasche Flucht. Und dann wird er von denen tatsächlich umgebracht.«

»Spinnst du? Wo ist denn da der Gag?«

»Der Gag ist, dass wir alle drei Filme natürlich getürkt haben, und die eigentlichen Opfer sind die Handvoll Kritiker, denen der Sender die neue Show angeblich vorab zeigen wollte, und die Show sind einmal die Filme und die anschließende Diskussion mit Machern und Senderchefs, ist das gut oder ist das gut?«

Der Rest des Abends verlor sich im Alkoholnebel.

Bei Navy Seals

Die Aufzeichnungswoche für die vierte Show hatte begonnen, Lisa als Chefin der Make-up-Artist-Abteilung drehte ihre Runde bei den fünf Aufzeichnungsteams. Im Moment schaute sie Ellroy zu, der seine Schäflein über den Hindernis-Parcours jagte.

» Stopp, stopp, stopp, ich brauche mehr Wasser, wir haben ja gar keinen Matsch mehr, das sieht doch nach gar nichts aus, Pause für euch!«

Die Wässerungsaktion nutzte das Drehteam, um Chris und Jenny ein paar Blitzinterviews mit den Kandidaten führen zu lassen:

Jenny: »Hunor, hast du einen Moment Zeit für uns, erst mal die Frage: Wie geht es dir nach drei Wochen Training?«

Hunor: »Ich war selbst Soldat, aber was Ellroy mit uns veranstaltet, ist das Härteste, was ich je erlebt habe. Aber was soll's, sechs Kilo sind schon runter, ich fühle mich großartig, und der Muskelkater wird auch immer weniger.«

Jenny: »Wir haben ja schon einige Trainingseinheiten von euch gezeigt, aber wie sieht ein kompletter Tag aus?«

»Ellroys Tagesziel sind 6-mal 30 Push-ups, also Liegestütze und 3 mal 10 Pull-ups, also Klimmzüge, 10-mal 25 Sit-ups, also die normale Bauchübung, und 10-mal 15 Dips, also sich am Barren runterlassen und hochstemmen, das schafft natürlich noch keiner auch nur annähernd, wir sind ja schließlich alle zu fett, dann sollen wir irgendwann mal zehn Kilometer am Stück laufen, das ist auch noch Zukunftsmusik, aber vorstellbar, und dann gibt es etliche Circles mit unterschiedlichem Ganzkörpertraining ohne Geräte …«

In diesem Moment kam Ellroy Duncan in seinem

todschicken und blitzsauberen Kampfanzug dazu und sagte: »Was höre ich da, du Pfeife? Irgendwann zehn Kilometer laufen? Das werdet ihr, und zwar alle in der achten Woche, in 50 Minuten, genau wie 200 Meter schwimmen mit Kampfanzug und Stiefeln! Eigentlich im Meer, das haben wir leider nicht, aber Gott sei Dank hat der Hotelpool eine Gegenstromanlage.«

Jetzt nahm die Kamera Chris ins Bild, der mit gespielt ungläubigem Gesicht sagte: »Das ist nicht dein Ernst, Ellroy, oder?«

Ellroy: »Nein, das wird von angehenden Navy Seals in der achten Ausbildungswoche erwartet, aber ich würde meine vier Schäfchen wirklich gerne durch die Aufnahmeprüfung bringen, und dazu müssen sie …«

»… 500 Meter in 12,3 Minuten schwimmen«, rief Jenny, »das habe ich gegoogelt, 42 Liegestütz in 2 Minuten, 50 Sit-ups in 2 Minuten, 8 Klimmzüge und 2400 Meter in 11,3 Minuten laufen. Ich denke, das kriege ich hin, bis auf die Liegestütze, das geben meine Stricknadelärmchen nicht her!«

» Na, das ist doch ein Wort, Baby, da freue ich mich schon auf die Prüfungssession, und wie ich Chris kenne, macht er für dich die Liegestütze, richtig?«

»Moment, wie viele waren das?«

»42 in zwei Minuten. Wir können ja mal den aktuellen Leistungsstand abrufen.« Und plötzlich brüllte Ellroy los: »Und runter! Und eins …«

Chris ließ sich wie ein Kartoffelsack fallen und stemmte sich ächzend in den ersten Liegestütz.

»Und zwei!«

Der zweite ging auch noch, und dann war Feierabend.

»Na dann viel Vergnügen, das waren jetzt 30 Sekunden

für zwei Push-ups, dann hast du noch anderthalb Minuten für die restlichen 40, also ich habe ein gutes Gefühl! So ihr Lieben, genug gelacht, der Parcours sieht gut aus, Fatih, Tom, Lutz und Hunor an den Start, diesmal möchte ich eine Zeit unter drei Minuten. Ready, steady, go!«

Dann pfiff Ellroy ohrenbetäubend in seine Spezialtrillerpfeife, und die vier stürzten sich in die 15 Meter lange Matschbahn, durch die sie robben mussten, dann war eine zwei Meter hohe Holzwand zu überwinden, dann kam zehn Meter hangeln, dann kam eine 100 Meter lange Hindernisbahn mit niedrigen Hürden, die zu überspringen waren, und den Schluss bildeten vier zehn Meter lange Balken, auf denen man balancieren musste, was mit den matschigen Stiefeln nicht einfach war, besonders weil jeder, der abrutschte, wieder an den Anfang des Parcours geschickt wurde.

Lisa renovierte gerade Chris, der von seinen beiden Liegestützen doch arg ins Schwitzen gekommen war, und sagte: »Ich brauche mal deinen Rat: Wenn du ich wärst, würdest du dann lieber mit dir oder mit Ellroy ausgehen?«

Chris brauchte einige Sekunden, um seine Gesichtszüge wieder aufs gewohnte Gleis zu bekommen, und sagte: »Was für eine Frage! Wann soll ich dich wo abholen?«

Justus

Justus atmete tief durch. Obwohl er nie geraucht hatte, stellte er sich gerade vor, wie er tief inhalierte und den Rauch langsam und genüsslich ausstieß.

»Das ist ja der Hammer: Du bist die Barbara, der ich damals auf dem Schulhof die Puppe zurückgeholt habe, die dieser Arsch dir geklaut hatte. Du kamst mir zwar gleich irgendwie bekannt vor, aber ich habe mehr in Richtung eine meiner Klientinnen gedacht. Du weißt schon, dass ich tierisch verknallt in dich war?«

»Ich weiß nur, dass ich dich auf der Stelle heiraten wollte, du warst schließlich der erste Prinz, dem ich begegnete, oder Superheld, wie immer man das nennen will, sowas vergisst ein Mädchen nie. Und jetzt könntest du mich wieder retten, und dann könnten wir noch mal über das Heiraten reden.«

»Barbara, ich habe dir doch schon erklärt, wie schwierig die Situation ist, wenn es nur mich beträfe, würde ich keine Sekunde nachdenken, aber da hängt ein ganzes Team dran, und mit einigen bin ich richtig befreundet, ich kenne da einen Kollegen, der würde den Job genauso gut machen wie ich, den könnte ich anrufen, was hältst du davon?«

»Justus, das ist magisch zwischen uns, merkst du das nicht? Wir haben auf der feinstofflichen Ebene eine ganz tiefe Verbindung, als ich in Indien war, habe ich bei diesem Swami ...«

»Barbara, entschuldige, das ist jetzt so gar nicht mein Ding, dieser Esoterik-Shit geht mir echt auf den Zwirn, ich hatte mal eine Klientin, die ...«

Barbara unterbrach ihn mit einem gediegenen Weinkrampf, nach dessen Abklingen sie zehn Minuten lang bejammerte, dass sie ihre Klangschalentherapie jetzt nicht durchführen könne, das Einzige, was ihr im Zustand höchster Erregung helfe, wieder runterzukommen, und ob Justus sie nicht doch nach Hause begleiten wolle, um eben diese Therapie durchzuführen, und danach könne man doch vielleicht weitersehen ...«

»Barbara, entschuldige, es tut mir leid, dass es dir nicht

gut geht, aber ich kann dir da einfach nicht helfen, und jetzt muss ich leider zum Set, wir drehen gleich meine Boxtruppe, war trotzdem toll, dich wiederzusehen, und wenn du die Hilfe meines Kollegen in Anspruch nehmen willst, ruf an, jederzeit.«

Justus küsste sie flüchtig auf beide Wangen und verließ das Café. Es war gut, dass er den Blick nicht sah, mit dem sie ihn bis nach draußen verfolgte.

»Hast du irgendwas?«, fragte Lisa ihn wenig später beim Schminken?

»Nein, wieso, habe im Moment nur wirklich viel um die Ohren, ich bin so viel Aufmerksamkeit ja nicht gewöhnt.«

»Nee, is klar, kommst wohl auch gerade von einem Date, oder?«

»Wie kommst du denn darauf?«

»Man riecht es, Schatzi, das ist »Rebirth control«, das tragen im Moment alle Frauen, die auf dem Eso-Trip sind, furchtbares Zeug, Patschuli und Rosenwasser, damit kannst du mich jagen. Wie hältst du es bei so einer Tusse im Bett aus?«

»Gar nicht, deswegen war ich gar nicht erst drin, es beschäftigt mich aber trotzdem.«

»Wie jetzt?«

»Kann nicht drüber reden, ist eine ziemlich heikle Sache.«

»Ist Justus ready? Wir wollen drehen«, rief Cindy, eine der Aufnahmeleiterinnen.

»Komme«, sagte Justus.

Lisa nahm ihm den Schminkumhang ab und besprühte ihn großzügig mit Rasierwasser. »Muss ja nicht jeder mitkriegen, dass du jetzt auf Durchgewehte stehst!«

Am Set wartete eine weitere unangenehme Überraschung:

Fred Nussig, sein Boxtrainer, und Bubi, sein Intimfeind, standen da, in Sportkleidung und geschminkt. Beide unterhielten sich angeregt mit Herrn Löblein, dem Redakteur.

»Schön euch zu sehen«, sagte Justus misstrauisch, »wollt ihr zugucken, oder was?«

»Nein, Herr Löblein hat uns für heute engagiert, damit deine Leute auch mal einen vernünftigen Sparringspartner haben«, sagte Bubi.

»Wieso hat Hermjo das nicht mit mir besprochen?«

»Weil er das noch nicht weiß«, sagte Herr Löblein forscher als gewöhnlich, »es ist Wunsch des Senders, mal ein bisschen frischen Wind in die Show zu bringen.«

In diesem Moment fuhr der Bus mit Jenny und Chris vor, die beim heutigen Dreh wieder ihre Interviews führen sollten.

»Wusstet ihr was davon?«, fragte Justus, der sich nur noch mühsam beherrschte. »Nein, ich meine, ja, Herr Löblein hat eine Mail geschickt, dass ein Trainer und ein Boxer dabei sind, denen wir ein paar Fachfragen stellen könnten«, sagte Chris.

»Fachfragen, ah ja. Ich rufe jetzt Hermjo an und frage, was das soll.«

»Das halte ich für völlig unnötig, lieber Herr Lenz, wenn der Sender …«

»Ich habe einen Vertrag mit Allround-TV und nicht mit dem Sender, meine Ansprechpartner sind Gregor Zöller als Erfinder der Show und Hermjo als Produzent, und ich denke, es ist völlig in Ordnung, wenn ich mich rückversichere, ob irgendwelche Sendereinfälle in seinem Sinne sind, in meinem sind sie es nämlich nicht, und für meinen Bereich bin ich, wie auch die anderen Trainer, hauptverantwortlich.«

Während seines Wutausbruchs hatte Justus Hermjos Nummer gewählt.

»Hey Hermjo, Justus hier, hör mal, mein Trainer steht hier mit Bubi, sie sagen, Löblein hätte das angeordnet, was soll das? Ja, natürlich, ich geb ihn dir.«

Während der Handyübergabe an Herrn Löblein drückte Justus auf Lautsprecherwiedergabe, sodass jeder im Umkreis von fünf Metern das Gespräch verfolgen konnte.

»Löblein, guten ...«

»Sagen Sie mal, wer hat Ihnen eigentlich ins Gehirn geschissen, was ist das für eine ungeheuerliche Eigenmächtigkeit ...«

»Verzeihung, Herr Benek-Söderbaum, es gibt keinen Grund, ausfallend zu werden, der Unterhaltungschef hat ...«

»... hat mir versichert, dass ich angesichts des exorbitanten Erfolgs dieser Staffel sein volles Vertrauen und absolut freie Hand habe, was bedeutet, dass ich auf Ihr dämliches Greenlighten scheiße und mir jede Einmischung verbitte, und jetzt nehmen Sie Ihre Gäste und begeben sich hinter die Zuschauerabsperrung. Ich bin in 20 Minuten da und kontrolliere das.«

»Schade«, sagte Bubi, »ich hätte den Jungs gern mal gezeigt, was ein guter Boxer ist.«

Lisa war unbemerkt hinter Justus getreten und flüsterte ihm ins Ohr: »Warum zeigst du ihm das nicht? Eine Runde echtes Boxen mit ehrlichen Gefühlen könnte ein weiterer Knaller in der Show sein.«

Plötzlich musste Justus grinsen und sagte: »Eigentlich eine tolle Idee. Wir zeigen unseren Kandidaten und den Zuschauern mal, wie das im echten Training zugeht. Macht euch fertig, Chris und Jenny können kurz mit dem Trainer reden, Bubi und ich bandagieren uns die Hände, das könnt ihr auch mal kurz zeigen, Paul, Monty, ihr holt euch Hocker, Handtuch, Wassereimer, zwei Trinkflaschen, Schwamm und spielt die Betreuer in den Ringpausen, David nimmt Zeit und betätigt die Glocke, Hugo schreibt schnell Tafeln mit den Zahlen 1, 2 und 3. Chris ist Ringsprecher, Jenny macht das Nummerngirl, der Trainer ist der Ringrichter und kommentiert den Kampf in den Pausen.«

Zehn Minuten später hatten Jenny und Chris schon mal ein tolles Interview mit dem Trainer im Kasten.

Jenny: »Herr Nussig, Sie trainieren die beiden Kontrahenten, seit wie vielen Jahren sind Sie Trainer?«

»Von die beeden?«

»Nein, überhaupt.«

»Na eigentlisch überhaupt nisch, ick bin dazu jekommen wie die Jungfrau zu den Kinde, ick war Amateurboxer, war sojar mal Vierter bei Deutsche Meisterschaften, also im Osten jetze, denn fiel die Mauer, und ick war Maurer, und der Bauunternehmer hatte ein Gym als Abschreibungsobjekt gekauft, und da hat er durch Zufall mitjekriegt, dat ick boxen konnte, weil ick dem Vorarbeiter, der den Lehrling immer jetriezt hat, mal wat auf die Fresse jejeben habe ...«

»Wir wären so weit«, brüllte der Aufnahmeleiter, die beiden Moderatoren verließen den Ring, der Trainer rief Justus und Bubi zu sich und sagte: »So, Männer, ick möschte hier einen sauberen Kampf, Bubi, wenn du nach dem Trennkommando wieder nachschlägst, trifft disch der Blitz beim Scheißen, und Justus, du provozierst nisch wie sonst mit dein ewijet Auspendeln, sondern hältst die Deckung oben, damit die Leute sehen, wat jutet Boxen ist, klar? Und los!«

Die beiden Kämpfer schlugen die Handschuhe gegeneinander und gingen in ihre Ecke. David brüllte: »Ring frei,

Runde 1!«, und haute auf die Glocke, Bubi stürmte auf Justus zu und deckte ihn mit einem Schlaghagel ein, der natürlich komplett auf die Deckung ging, Jenny aber erst mal einen kleinen spitzen Schrei abnötigte, Justus schob Bubi mit seiner Doppeldeckung weg, ging lehrbuchmäßig nach rechts raus, weg von Bubis Schlaghand, brachte zwei gestochene linke Gerade, von denen eine auf Bubis Nase landete, die sofort zu bluten anfing, was Jenny den zweiten Schrei entlockte. Bubi verlor sofort seine Linie und versuchte Justus mit wilden Schwingern zu treffen, was natürlich aussichtslos war, Justus boxte äußerst diszipliniert, tauchte unter den Heumachern weg und brachte immer wieder die Linke durch, meist auf Bubis Nase, die rechte Schlaghand hatte er noch nicht einmal eingesetzt. 30 Sekunden vor Rundenende löste sich bei Justus ein Stück Tape am linken Handschuh, für den Ringrichter immer ein Grund abzubrechen, weil das zu Verletzungen am Auge des Gegners führen kann, der Trainer rief also: »Stopp!«, Justus ließ die Fäuste sinken und trat einen Schritt zurück, und Bubi donnerte ihm eine Rechte ans Kinn.

Justus ging zu Boden, der Trainer an die Decke: »Bubi, du blödet Arschloch, wat habe ick jesagt? Ick habe jesagt, du sollst nicht nachschlagen, habe ick det jesagt, oder nisch? Jeh in deine Ecke und bete, dat Justus disch jleisch leben lässt!«

Jenny war inzwischen mit einem Pappschild, auf dem eine 2 stand, im Ring und fragte den Trainer: »Was ist passiert?«

»Ja wat is da wohl passiert? Bubi, die dumme Sau, hat nach dem Trennkommando nachjeschlagen, det macht er jerne, det krischt man einfach nich raus aus dem Saftsack, ick weeß nich, wie viele Strafrunden der schon geloofen ist, von die Liejestütze janz zu schweigen, so und nu raus, Frolleinchen, et jeht weiter. Justus, wat is, kannste wieder? Bubi krischt natürlich eene Verwarnung, also Punktabzug, Justus hat die Runde mit 10 zu 8 jewonnen!«

Jenny rief von außerhalb des Rings: »Wieso 10 zu 8? Das müssen Sie uns in der nächsten Ringpause mal erklären, bitte!«

Der Trainer verdrehte die Augen und gab David ein Zeichen. Der rief: »Ring frei, Runde 2«, und schlug die Glocke. Bubi stürmte aus seiner Ecke, umklammerte Justus mit beiden Armen und zog das rechte Knie hoch.

Justus stöhnte furchterregend auf, ging zu Boden und krümmte sich. Der Trainer schrie: »So, Bubi, det war et jetze, du bist disqualifiziert und brauchst disch ooch im Gym nich mehr sehen lassen, ick habe die Schnautze endjültisch voll!« Einen Moment sah es so aus, als wolle Bubi auf den Trainer losgehen, aber er beherrschte sich.

In diesem Moment rief David, der Zeitnehmer: »Trainer, darf ich mal eine Runde gegen Herrn Bubi ran?«

Der Trainer guckte verdutzt und sagte: »Moment, du hast doch wenigstens 120 Kilo druff und Bubi 83, dit is jejen die Regeln!«

»Aber die Regeln haben Bubi doch bis jetzt auch nicht interessiert«, meinte David mit seinem holländischen Akzent. Er war jahrelang Türsteher in der heißesten Disco Scheveningens gewesen und vorher holländischer Meister im Thai-Boxen, bis ihn eine Verletzung zwang, mit dem Sport aufzuhören, und zack, hatte er innerhalb von zwei Jahren 25 Kilo mehr auf den Rippen, weil er zu allem Übel auch noch mit dem Rauchen aufgehört hatte. Man könnte also sagen, David war ein wenig aus der Übung, aber das würde er durch seine Empörung über Bubis Unsportlichkeit wettmachen.

Bubi fixierte ihn und sagte: »Du bist Holländer, ja? Du Kaaskopp, dich mach ich zu Frikandel, sodass du zwei Wochen deinen Wohnwagen nicht mehr verlassen kannst, los, zieh Handschuhe an!«

Der Trainer brüllte: »Kommt jar nich infrage, Boxen ist immer noch Sport und keene Völkerschlacht bei Leibniz, verstanden?«

Justus hatte sich in der Zwischenzeit erholt und meinte: »Lassen Sie die beiden ruhig kämpfen, Trainer, David ist ein harter Hund, ich mache den Ringrichter, und wenn Bubi irgendetwas Linkes gegen meinen Mann probiert, breche ich ihm beide Arme, dann ist Schluss mit Popoputzen, ist das angekommen, du unfaires Arschloch?«

Chris nutzte den Moment für ein kurzes Statement in die Kamera: »Meine Damen und Herren, damit wir uns recht verstehen: Nichts von dem, was Sie in den vergangenen Minuten gesehen haben, ist inszeniert oder abgesprochen gewesen, Sie waren also Zeuge, wie ein spontaner Trainingskampf plötzlich eskalierte, aus Gründen, über die wir nur spekulieren können, und es sieht jetzt so aus, als wolle einer unserer Kandidaten seinen Trainer rächen. Aber können wir es wirklich riskieren, dass ein zwar viel größerer und schwererer, aber doch auch weniger trainierter Sportler einem skrupellosen Psychopathen ins Messer läuft?«

Jenny, die die Brisanz der Situation natürlich raffte, setzte noch eins drauf: »Chris, ich bin da echt gespalten, die verantwortungsvolle Moderatorin Jenny sagt: ›Nein, können wir nicht‹, aber der Charles-Bronson-, Clint-Eastwood- und Liam-Neeson-Fan in mir sagt: ›Ja, auf geht's, bring ihm Manieren bei.‹«

In diesem Moment ertönte die Glocke, und der Kampf

begann. Mit einer faustdicken Überraschung. David setzte Bubi einen wunderbaren High Kick an die Schläfe, will sagen, er donnerte ihm ansatzlos den rechten Fuß an den Kopf, dass es Bubi zwei Meter weit durch den Ring katapultierte. Ein Aufstöhnen ging durch die Zuschauer, wovon Bubi aber nichts mehr mitbekam. Zwei Wassereimer später kam er zu sich, David kniete neben ihm und sagte: »Tut mir furchtbar leid, ich bin so lange raus, da hab ich glatt die Sportarten verwechselt, sorry, kommt nicht wieder vor. Wollen wir weitermachen?«

Bubis Blick ging ins Leere, als er sagte: »Ihr Kinderlein kommet, heilige Nacht, schneise lieselt der See ...«

Dann sackte er wieder weg. Die Sanitäter verfrachteten ihn gerade in den Notarztwagen, als das Taxi mit Hermjo vorfuhr. Dessen hochroter Kopf verhieß nichts Gutes, als er ausstieg und brüllte: »Herr Löblein, ich hätte Sie gerne unter vier Augen gesprochen!«

Die Versöhnung

Barbara hatte ihren Noch-Ehemann zu Hause angetroffen und, aufgewühlt, wie sie war, erst mal ins Bett gezerrt, von wegen: Lieb mich noch ein letztes Mal. Dann hatte sie ihm versichert, sich das Leben nehmen zu wollen für den Fall, dass er sein billiges Flittchen nicht sausen ließe, woraufhin der Unterhaltungschef von High5, der sich während des tränenreichen GVs durchgerechnet hatte, was ihn eine Scheidung tatsächlich kosten würde, meinte, man könne doch über alles reden, und so richtig ernst sei es ihm ja eigentlich nie gewesen mit dieser anderen Frau, eher so was wie Mitleid.

Das entsprach jetzt nicht ganz den Tatsachen, denn »diese andere Frau« war immerhin seine zweite Gattin, die mittlerweile einen weltweit renommierten Schönheitschirurgen geehelicht hatte, der sie als Erstes komplett runderneuert, daraufhin aber jedes körperliche Interesse an ihr verloren hatte. Die Scheidung hatte er sich drei Millionen kosten lassen, die Kullerbäckchen, wie Dengelbaum sie während ihrer Ehe genannt hatte, nach eigener Aussage finster entschlossen war, mit ihm, Dengelbaum, durchzubringen, jetzt, wo er eine leitende Position in Deutschlands erfolgreichstem Privatsender innehatte und nicht mehr Filialleiter eines Supermarktes war.

»Du machst mich so glücklich«, hauchte Barbara, »und dabei hätte ich fast einen Privatdetektiv auf dich angesetzt!«

»Was?«, fragte Dengelbaum entsetzt.

»Ja und du rätst nie, wer es ist: dein Justus, dem du gerade die Hauptrolle in deiner Serie angeboten hast!«

Dengelbaum, der gerade einen tiefen Schluck vom 18 Jahre alten Malt-Whisky genommen hatte, zerbiss den Eiswürfel, den bekanntlich nur ein Vollbanause in so ein Getränk tut, derart harsch, dass ein Keramik-Inlay im Backenzahn zerbarst.

Drunter und drüber

Die vierte Folge der »Speckweg-Show« mit dem Boxspektakel ging quotenmäßig durch die Decke und mobilisierte nahezu die gesamte Presse von Bild bis FAZ.

Die Bild-Zeitung brachte als Erste ein Interview mit Hermjo, Justus und dem Unterhaltungschef von High5, Bernd Dengelbaum.

Bild: »Meine Herren, die sozialen Netzwerke sind über die letzte Folge von ›Speckweg‹ geteilter Meinung: Eine Hälfte sagt: ›Endlich mal echte Gefühle, wie man sie sonst nur aus dem Kino kennt‹, die andere Hälfte beklagt, dass durch die ungefilterte Zurschaustellung von Gewalt, Rachsucht und Unsportlichkeit ethische Wertvorstellungen mit Füßen getreten werden.«

Dengelbaum: »Die Tatsache, dass die Show stark polarisiert, spricht zunächst einmal dafür, dass der Nerv der Zuschauer getroffen wird. Und wir wollen nicht vergessen: Das eigentliche Thema der Show ist die Verbesserung der Gesundheit der Kandidaten und damit auch der Zuschauer, denn sie werden auf überaus unterhaltsame Art angehalten, sich bewusster zu ernähren und mehr zu bewegen. Darüber hinaus steht gerade High5 dafür, nicht ein geschöntes Menschenbild zu vermitteln, sondern echte Charaktere zu zeigen, mit allen Ecken, Kanten und Brüchen.«

Bild: »Muss man denn aber alles ungefiltert zeigen, was während der Dreharbeiten passiert?«

Hermjo: »Machen wir ja nicht, sie sehen keine Leute, die vor Erschöpfung kotzen, ihre Trainer blasphemisch beschimpfen, wir lauern auch dem Schlafwandler in unseren Reihen nicht auf, der nahezu jede Nacht das Zimmer verlässt und irgendwo hinpinkelt.«

Dengelbaum: »Wir sind uns sicher einig, dass die letzte Äußerung des Produzenten nicht für die Öffentlichkeit bestimmt war, oder?«

Bild: »Nein, sind wir nicht, Sie zensieren ihr Material nicht, wir ebenso wenig.

Justus, Sie sind sozusagen der Shooting Star der Serie, man hört von Säcken von Fanpost, von einigen interessanten

TV-Angeboten, Till Schweiger soll an Ihnen interessiert sein, wie erklären Sie sich die Attacke Ihres Sportkameraden?«

Justus: »Er ist einfach das, was die Amerikaner ›A Pain in the Ass‹ nennen. Der wird sich auch nicht mehr ändern, man kann einfach nur auf der Hut sein, wenn man mit ihm zu tun hat, und wenn er mir das nächste Mal dumm kommt, wird es das letzte Mal sein.«

Bild: »Kann man das als Drohung auffassen?«

Justus: »Nein, das *muss* man so auffassen.«

Es gab noch viele weitere Interviews, darunter auch eins, das nicht abgedruckt wurde, zwischen »Frieda«, Deutschlands führender Zeitung für Frauenfragen, und Paula Perlig, der Dodge-Ball-Trainerin.

Frieda: »Vier männliche Trainer, eine Frau. Ist diese TV-Show nur ein weiteres Abbild unserer zutiefst frauenfeindlichen Gesellschaft?«

Paula: »Denk ick nisch. Männer sind nun mal im Durchschnitt muskulär besser ausjestattet und deswejen ooch in der Spitze schneller und stärker als Frauen, deswejen hat der Zuschauer bei Sportshows mehr davon, wenn er Männer kiekt. Nehmen wir mal unsere Strongman-Gruppe: Da müssen Se lange suchen, bis Se eene Frau finden, die diese jroßen Reifen rumwuchtet, et will ja ooch keene, weil se sich mit dem Sport die Fijur versaut, also lassen wir det die Männer machen. Oder die Militärschleiferjruppe, welche Frau will sich denn im Fernsehen ooch noch anbrüllen und rumkommandieren lassen, det Verjnüjen haben ja viele privat schon jenuch.«

Frieda: »Und warum lässt man Sie dann mitmachen?«

Paula: »Weil et bei Dodge-Ball nicht nur um rohe Kraft jeht, sondern um Geschicklichkeit, und weil der Sport dem

Zuschauer viele komische Situationen bietet, da isset also ejal, ob Mädels oder Jungs spielen.«

Frieda: »Sie lassen sich also widerspruchslos für ein antifeministisches Unternehmen einspannen?«

Paula: »Wie Sie det nennen, jeht mir am Arsch vorbei, et is 'ne jute Show, die uns und die Zuschauer jede Menge Spaß macht, die Kollegen sind dufte, und ick kann für meinen Sport werben, fertisch.

Frieda: »Und wie gehen Sie mit der unverhohlenen Demonstration männlicher Aggression unter Hintansetzung aller ethischen Prinzipien um, wie wir sie in der vierten Show erleben mussten?«

Paula: »Fand ick jut, det se det drinjelassen haben. Die beeden haben irjendwat zu loofen, det hat man jemerkt, und Boxer haben den Vorteil, det se det in eene Klopperei bereinijen können, der normale Zeitjenosse muss det über Umweje machen, Liebesentzuch, üble Nachrede, gefrorene Hundescheiße in Briefkasten werfen, all sowat. Und et is ja nich so, det et bein Dodge-Ball keene Aggressionen jäbe, im Jejenteil! Wenn Patti Nadine uff'n Kieker hat, wat jerne mal vorkommt, denn freut se sisch wie Bolle uff'n Milchwagen, wenn se ihr die Pille voll uff die Möpse semmeln kann, also det nimmt sich nüscht. «

Frieda: »Und der Frauengedanke interessiert Sie gar nicht?«

Paula: »Hallo? Ick bin lesbisch, und zwee von meine Mädels ooch, wat wollen Se denn noch? Und wie wäre et jetze mal mit 'ner Frage nach dem Sport oder den Ernährungsplänen und warum wir jewinnen werden?«

Frauenpower

Wie üblich endete auch die fünfte Ausgabe von »Speckweg«
damit, dass drei Teams gegeneinander in Wortspielen antra-
ten, heute Paulas »Dodge-Daysies« gegen Ellroy »Duty«
Duncans Rekruten und Florian Wesselys »Strongmänner«.

Der Wettstreit fand im großen Saal des Hotels statt, das mit
120 amüsierbereiten und mit Sekt vorgeglühten Zuschauern
gefüllt war. Der Warm-Upper hatte am Ende seiner Ausfüh-
rungen ein Paar und einen sehr dicken Mann auf die Bühne
geholt und gesagt: »Wir vier spielen jetzt einen Witz zusammen. Sie beiden sind Lehrerin und Rektor, und Sie«, damit
wandte er sich an den Dicken, »sind der kleine Uwe.«

War schon mal ein Brüller. »Ich bin der Erzähler und gebe
Ihnen immer vor Ihrem Einsatz die Tafeln mit Ihrem Text,
o. k.? Und es geht los: Eine Grundschullehrerin geht zu
ihrem Rektor und beschwert sich.«

Mit diesen Worten reichte er der Lehrerin eine Papptafel
mit ihrem Text. Die entpuppte sich als durchaus talentierte
Schauspielerin und las mit der richtigen Gemütslage, also
leicht verärgert: »Mit dem kleinen Uwe aus der ersten Klasse
ist es kaum auszuhalten! Der weiß alles besser! Er sagt, er ist
mindestens so schlau wie seine Schwester, und die ist schon
in der dritten Klasse! Jetzt will er auch in die dritte Klasse
gehen!«

Der Rektor bekam seinen Text und las grottenschlecht:
»Beruhigen Sie sich. Wenn er wirklich so schlau ist, können
wir ihn ja einfach mal testen.«

»Gesagt, getan«, übernahm der Warm-Upper, »am nächsten Tag steht der kleine Uwe zusammen mit seiner Lehrerin
vor dem Rektor.« Der Zuschauer bekam seine Texttafel und

las: »Uwe, es gibt zwei Möglichkeiten. Wir stellen dir jetzt ein paar Fragen. Wenn du die richtig beantwortest, kannst du ab heute in die dritte Klasse gehen. Wenn du aber falsch antwortest, gehst du zurück in die erste Klasse und benimmst dich, verstanden?« Der dicke kleine Uwe reagierte natürlich nicht, und der Warm-Upper stieß ihn an. »Der Rektor hat gefragt, ob Sie das verstanden haben!«

»Joa«, antwortete er, und man ahnte anhand der Intonation, dass der kleine Uwe aus dem tiefsten Sachsen kam. Jetzt war der Rektor wieder dran: »Wie viel ist 6 mal 6?« Der Warm-Upper gab ihm keinen Text, sondern nickte ihm nur aufmunternd zu. Uwe sagte in breitestem Sächsisch: »Kann ich die Frage noch mal hören?« Das Publikum amüsierte sich bereits prächtig, der Rektor blickte den Warm-Upper hilflos an. Der zeigte auf seinen Text. Endlich begriff der Mann und wiederholte: »Wie viel ist 6 mal 6?«

Uwe holte sein Handy raus, rief die Rechnerfunktion auf, tippte die Aufgabe ein und sagte: »36.« Der Saal tobte. Der Warm-Upper, der übrigens Christian hieß und einer der Besten seiner Zunft war, reichte dem Rektor eine weitere Pappe. »Wie heißt die Hauptstadt von Deutschland?« Uwe: »Dräsdn.« Das Publikum tobte. »Das wor een Spass, es ist Berlin!« Weitere Pappe für den Rektor: »Wie schreibt man Goethe«? Uwe, ohne Pappe: »Mit th, wie Brathering!« Nächste Pappe: »Wie lautet Goethes Vorname?« Uwe, ohne Pappe: » Den hatte ich noch nie gehört, bis zu diesem Film: ›Fack Ju‹, richtig? Das woar natürlich een Spaß, er heißt Friedrich, oder war das der Schiller, der mit den Locken? Des woar ooch'n Spaß, er heißt »Von« mit Vornamen, Von Goethe, Freunde nennen ihn aber ooch Johann Wolfgang, kurz Jowo!«

Nachdem die Leute sich einigermaßen beruhigt hatten, sagte Christian: »Der Rektor sagt zur Lehrerin:« »Ich glaube, Uwe ist wirklich weit genug für die dritte Klasse«, las der Rektor von seiner Pappe ab. Nun bekam die Lehrerin eine Pappe: »Darf ich ihm auch ein paar Fragen stellen?« Rektor: » Bitte schön.«

Lehrerin: »Uwe, wovon habe ich zwei, eine Kuh aber vier?«

Uwe bekam diesmal auch eine Pappe, las sie und bekam erst mal einen Lachflash. »Das ist gut, supper ist das!« Christian: »Sie müssen es uns schon sagen:« »Beine.« Lehrerin: »Was ist weiß, macht ›muuh‹ und sitzt am Brunnenrand?« Uwe: »Ein Frosch im Nachthemd mit Sprachfehler.«

Lehrerin: »Was ist hart und rosa, wenn es reingeht, aber weich und klebrig, wenn es rauskommt?«

Uwe: »Kaugummi.«

Lehrerin: »Gut, Uwe, eine Frage noch. Sag mir ein Wort, das mit F anfängt, mit N aufhört und etwas mit Hitze und Aufregung zu tun hat!«

Uwe las wieder seine Pappe und geriet schier außer sich: »Das ist gut, supper ist das: Feuerwehrmann!«

Das letzte Schild bekam der Rektor: »Also von mir aus kann Uwe auch in die vierte Klasse gehen oder gleich aufs Gymnasium. Ich hätte die letzten vier Fragen falsch beantwortet.«

Riesenbeifall, Christian verabschiedete die drei Publikumskandidaten, das Pärchen nahm wieder Platz, Uwe verließ den Saal, um sich seine Gage abzuholen, er war natürlich ein arbeitsloser Schauspieler, den die Produktion für diese Nummer engagiert und gebrieft hatte, denn ein Impro-Spiel mit drei Unbekannten kann natürlich auch mal schiefgehen.

Christian rief: »Und nun, meine sehr verehrten Damen

und Herren, begrüßen Sie das heißeste Moderationsteam dieser Tage: Jenny Meister und Chris Brause!«

Nach dem üblichen anderthalbminütigen Applaus und einer launigen Begrüßung begann die Show. Die erste Aufgabe hieß: vorne oder hinten anbauen. Ein dreiteiliges zusammengesetztes Wort wurde vorgegeben, in diesem Fall »Ohrfeigenblatt«. Die Teams saßen bunt gemischt in einer Reihe und mussten ein Wort, das inhaltlich zu seinem Nachbarwort passte, vorn oder hinten hinzufügen, anbauen eben. Natürlich musste jeder das komplette Wort wiederholen, sodass, je länger das Spiel dauerte, auch die Gedächtnisleistung hinzukam.

Der Erste sagte: »Nadelohr«.

Jenny korrigierte sanft: »Nein, nein, das geht nicht, Nadel passt nicht zu Ohr, sondern zu ›Öhr‹, außerdem soll immer das komplette Wort wiederholt werden.«

Nach acht Durchgängen lautete das Wort Altweiber-Sommer-Grippe-Mittel-Ohr-Feigen-Blatt-Läuse-Kamm-Garn-Knäuel. Alle acht Jungs waren ausgeschieden, sei es, weil sie das Wort nicht korrekt wiederholen konnten, sei es, weil ihnen innerhalb von fünf Sekunden nichts zum Anbauen einfiel. Die Dodge-Daysies hatten damit zehn Punkte. Die zweite Vorgabe lautete »Ölbaumharz«. Jetzt spielten nur die Strongmänner gegen die Rekruten, um den Finalgegner für die Daysies zu ermitteln.

Fatih war der Erste: »Öl, Scheiße, was gibt es denn für Öl, hier: Sonnenblumenölbaumharz!«

Chris schritt sofort ein: »Nein Fatih, Sonnenblume ist ja selbst schon ein zusammengesetztes Wort, wir brauchen aber ein einfaches Wort!«

»Dann eben Blumenöl.«

Jenny: »Ein wunderschönes Wort Fatih, aber ich fürchte, das finden wir im Duden noch nicht, probier mal das andere Wort!«

»Welches?«

»Na, Sonne!«

»Ölsonne?«

»Andersrum!«

»Andersrumöl? Was ist das denn, Öl für Schwule, oder was?«

»Fatih, Sonnenöl!«

»Ja, gut, das nehm ich!«

»Jetzt bitte das ganze Wort!«

»Welches Wort?«

»Na Sonnenölbaumharz.«

»Sonnenölbaumharz.«

»Toll, weiter, Henry!«

»Äh, Sonnenölbaumharz vier!«

»Henry, Harz vier ist kein Kompositum!«

»Kein was?«

»Kein zusammengesetztes Wort! Das wird auseinanderge-schrieben, und Harz wird außerdem mit tz geschrieben!«

»Gar nicht, da steht Harz ohne T!«

»Weil es nicht dasselbe ist, Harz ist klebrig, und Hartz vier kommt von Peter Hartz mit tz!«

»So, die Zeit ist jetzt um, Henry ist leider raus, Lutz macht weiter, bitte!«

»Sonnenölbaumharzer Käse.«

»Harzer Käse sind auch zwei Wörter, das gilt nicht!«

»Harzöl!«

»Ja, das würde gehen, aber Öl haben wir schon.«

»Harzgewinnung!«

»Das ganze Wort, bitte.«

»Sonnenölbaumharzgewinnung.«

»Gott sei Dank, weiter geht's mit Hunor.«

»Sag mal, geht's noch? Was soll ich denn mit Gewinnung für ein Wort bilden?« »Das ist doch wohl dein Problem!«

»So, die Zeit ist um, ich erinnere daran, dass man nicht zwangsläufig hinten anbauen muss, der nächste ist Ingo aus dem Team ›Strongman‹!«

»Höhensonnenölbaumharzgewinnung!«

»Super, weiter mit Tom aus dem Rekrutenteam!« »Anhöhensonnenöldingsbums.«

»Nein, Tom, ›An‹ ist kein Substantiv.«

»Aber Anhöhe gibt es!«

»Natürlich, es gibt auch Angeber, Anrichte, Anfang, Analphabet, aber ›an‹ ist eine Vorsilbe, kein Substantiv!«

»Verstehe ich nicht.«

»Und deswegen bist du auch raus, der Nächste bitte!«

Jenny klang schärfer, als man es von ihr kannte, aber jeder Zuschauer teilte ihre Gefühle, oder zumindest die meisten. Letztendlich gewannen dann die Rekruten diesen Durchgang und traten im Finale gegen die Daysies an, und zwar bei dem Spiel: Finde den Fehler. Jeder Spieler hatte einen Buzzer, wer zuerst die Antwort zu wissen glaubte, haute drauf und sagte die Lösung. Zu erraten war die korrekte Formulierung eines Sprichworts oder einer Redewendung, bei der ein Wort gegen ein falsches ausgetauscht worden war.

Die erste Redewendung lautete: »Er fühlt sich auf den Schlauch getreten.«

Lutz haute blitzschnell auf den Buzzer und schrie: »Sir, es muss heißen: auf dem Schlauch stehen, Sir!«

Chris sagte: »Ruhig, Brauner, ich bin nicht Ellroy, sondern

Chris, also brüll nicht so, und jetzt die schlechte Nachricht: Die Antwort ist leider falsch ...«

»Denn«, übernahm Jenny, »ihr sollt das eine falsche Wort finden, das ausgetauscht ist, nicht die Redewendung, in der dieses Wort auch vorkommt, verstehst du?«

»Nein, Sir«, brüllte Lutz und guckte entsprechend.

»Also: Der Punkt geht schon mal an die Daysies, und die Redewendung lautet: ›Er fühlt sich auf den Schlips getreten.‹«

Lutz erntete drei Ellbogenchecks von seinen Kameraden, nach denen sich normale Menschen hätten krankschreiben lassen, aber nach vier Wochen Drill mit Ellroy »Duty« Duncan spürte man sowas gar nicht mehr.

Jenny rief: »Hier kommt die zweite Aufgabe: Welches Wort ist falsch? ›Du stehst da wie der Ochs vorm Walde.‹«

Blitzartig ertönte ein Buzzer.

»Ja, Tom, welches Wort ist falsch?«

»Ochs ist falsch, es muss heißen: ›Ein Männlein steht im Walde‹, richtig?«

»Richtig ist, dass es ein Volkslied mit diesem Titel gibt, dumm ist nur, dass wir das nicht suchen. Also noch mal: Wir suchen das eine falsche Wort in jedem Beispiel, und das ist in diesem Fall ... meine Damen, wissen Sie es?«

»Walde«, antworteten die vier Daysies wie aus einem Mund.

»Richtig«, jubelte Jenny, »und wie heißt das richtige Wort?«

»Berge«, riefen die Damen unter dem Jubel des Publikums.

»Da wir Best-of-Five spielen, können die Daysies sich mit dem nächsten Beispiel schon die nächsten zehn Punkte und damit den Gesamtsieg holen, hier kommt es: ›Alte Liebe kostet nicht‹.«

Wieder buzzerte einer der Jungs als Erster, Hunor, der Ungarn-Deutsche.

»Nicht ist falsch, es muss grammatikalisch korrekt ›nichts‹ heißen, also ›Alte Liebe kostet nichts‹.«

Siegesgewiss blickte er um sich.

Das Publikum stöhnte auf, Jenny rief: »Wie heißt das Sprichwort, Mädels?« Vierstimmig kam ein: »Alte Liebe rostet nicht«.

»Richtig«, sagte Chris, damit geht der Sieg an die Daysies, Glückwunsch, Männer, möchtet ihr noch irgendwas sagen?«

»Ja«, rief Fatih«, »hinten kackt die Ente! Die Girls haben vielleicht mehr Sprichwörter drauf, dafür haben wir am Ende mehr Kilos runter!«

Das Problem

»Scheiße«, brüllte Hermjo. »Scheiße, Scheiße, Scheiße!«

Justus war zum Drehbeginn von Folge sechs nicht auf dem Set erschienen, Ellroy Duncan, der Drill-Sergeant, der natürlich auch über Box-Kenntnisse verfügte, hatte die Gruppe notdürftig eingewiesen und auf die Geräte verteilt, damit das Drehteam wenigstens etwas Material in den Kasten kriegte, aber das war keine Dauerlösung. Justus war verschwunden, er ging nicht ans Handy, öffnete die Wohnungstüre nicht, im Boxgym wusste auch keiner was. Bubi hatte auf Befragen nur geantwortet: »Justus ist verschwunden? Na hoffentlich hat er mal ordentlich den Arsch vollgekriegt, ich war leider nicht dabei!« Woraufhin ihn der Trainer erst mal 20 Runden um die Halle drehen ließ, gefolgt von 50 Sit-ups und 100 Liegestützen, denn: »Det is nie verkehrt!«

Gregor und Lisa hatten auch nichts von ihm gehört.

»Da ist was passiert«, sagte Gregor, »sowas ist nicht seine Art, vielleicht ist es ein Racheakt einer der Ehemänner, denen er auf die Schliche gekommen ist, oder die Russenmafia wegen seines Schachboxsieges, ich habe kein gutes Gefühl.«

»Da gibt es noch ganz andere Möglichkeiten«, meinte Lisa, »denk mal an ›Fantasy unlimited‹, die Produktionsfirma, die uns ausbooten wollte, oder einer von den vier anderen Coaches, der vielleicht den aussichtsreichsten Konkurrenten ausschalten will, oder vielleicht kann ihn einer seiner Kandidaten nicht ausstehen und hat ihn aus dem Verkehr gezogen. Hat Hermjo die Polizei schon eingeschaltet?«

»Keine Ahnung, fragen wir ihn.«

Hermjos Gesichtsfarbe hatte einen ungesunden Himbeerton, als die beiden sein Büro betraten, die beiden Autoren waren auch schon da, und natürlich Löblein als nach wie vor verantwortlicher Redakteur.

»Die Polizei sagt, bei einem Erwachsenen nimmt sie erst nach 48 Stunden eine Vermisstenanzeige auf, und jetzt sind es noch nicht mal zwei Stunden, was können wir also machen?«

»Aus Sendersicht schlage ich vor, dass wir uns sofort nach einem Ersatzmann umsehen, ich habe schon mal recherchiert: Was ist mit Ricki Bilbao, dem Ex-Weltmeister, oder Olli Degenhardt, dem alten Meistertrainer?«

»Ricki steht andauernd vor Gericht oder sitzt in der Entzugsklinik, und Olli passt nun wirklich nicht in unsere Zielgruppe, also das überrascht mich nun doch sehr, da mache ich aber nicht mit, sorry. Und außerdem gebe ich nicht so schnell auf. Ich habe eine Detektei auf den Fall angesetzt, die gehen im Moment jeder Spur nach.«

»Und? Haben sie schon was Konkretes?«

»Lieber Herr Löblein, sie haben vor 45 Minuten den Auftrag bekommen, Wunder gibt es zwar, wie wir wissen, immer wieder, aber nicht so schnell. In der Zwischenzeit dokumentieren wir die Gruppe ohne Justus, die Moderatoren machen Interviews nur mit den Kandidaten, und wir beschäftigen uns etwas intensiver mit den vier anderen Trainern. Die sechste Folge ist also nicht gefährdet.«

»Ich muss das natürlich erst mal dem Sender kommunizieren, bevor ich das …« »…greenlighten kann«, fiel ihm Hermjo ins Wort, »geschenkt, Herr Löblein, und jetzt muss ich an die Arbeit«, als sein Handy klingelte. »Ah, das ist der Privatdetektiv!«

Justus

Als Justus aufwachte, war es dunkel. Der Grund war eine blickdichte Kapuze oder was auch immer wer auch immer ihm über den Kopf gestülpt hatte. Daran konnte er auch nichts ändern, denn er war an Händen und Füßen gefesselt. Und er saß auf einem Stuhl. Und er musste dringend pinkeln. Und hatte Kopfschmerzen. Und einen Filmriss. Das Letzte, an das er sich erinnerte, war, dass er nach dem Joggen ins Auto steigen wollte und sich wunderte, dass auf dem Dach seines Kombis ein Papagei saß, der dauernd »Hyperphagie« krächzte, nur ab und zu unterbrochen von »Nutrigenomik«.

Der Privatdetektiv

»Ich kann definitiv ausschließen, dass Herr Lenz aus seiner Wohnung entführt wurde, denn da hätte es Kampfspuren gegeben, es sieht eher danach aus, dass er joggen war, denn seine Straßenkleidung lag über einem Sessel im Wohnraum, und im Regal mit den Sportschuhen fehlte ein Paar, zwischen den Boxstiefeln und den Tennisschuhen, das könnten also Laufschuhe sein. Im Backofen war eine fertig gebackene und wieder erkaltete Tiefkühlpizza, und auf dem Tisch stand eine geöffnete, aber volle Flasche Nero d'Avola. Er hat also offensichtlich die Zeitschaltuhr des Backofens zum Pizzabacken benutzt und den Wein atmen lassen, um sich nach dem Laufen eine Mahlzeit zu gönnen, möglicherweise vor dem Fernseher. Und offensichtlich wollte er sich die fünfte Folge nicht allein anschauen, denn auf dem Tisch standen zwei Gläser. Und das Bett war frisch bezogen. Das muss nichts bedeuten, kann aber. Zu seinem Verbleib kann ich im Moment natürlich noch nichts sagen, dazu müsste ich erst mit einigen Leuten in Ihrem Team reden.«

»Na schön«, brummte Hermjo, »das haut mich ja nicht wirklich um, er will nach dem Joggen die Show gucken, essen und dann einen wegstecken, fragt sich nur, bei wem!«

»Wir könnten gemeinsam noch mal in seine Wohnung fahren, das Schloss stellt ja kein Problem dar, und uns seinen Anrufbeantworter anhören, da sagt eine weibliche Stimme: ›Bis gleich, Justus, freu mich schon ganz doll auf dich!‹ Vielleicht erkennen Sie ja die Stimme.«

»Das ist eine gute Idee, das machen wir! Sonst noch irgendetwas Interessantes?«

»Möglicherweise. Meine Recherche beim Standesamt

seiner Geburtsstadt hat ergeben, dass Justus einen Zwillingsbruder hat, Marvin, er lebt in Bochum und arbeitet als Koch in einer Gaststätte namens ›Löffelchen‹«.

»Donnerwetter, das ist ja schon mal ein Hoffnungsschimmer, den können wir auf jeden Fall als Double nehmen, natürlich nicht beim Training, aber man könnte ihn in ein Krankenhausbett stecken, wo er angeblich was weiß ich auskuriert und die Leistungen seines Teams und seines Stellvertreters kommentieren kann. Kompliment, Sie sind Ihr Geld wirklich wert. Also fahren wir erst in Justus' Wohnung und dann nach Bochum, ist ja nur ein Katzensprung.«

Kirk »Centerfold« Mc Kinney

Wie Hermjo dem Redakteur Löblein schon erläutert hatte, legte er in der sechsten Folge von »Speckweg« den Schwerpunkt auf die anderen Trainer, im Mittelpunkt sollte Kirk Mc Kinney, der Streetball-Trainer mit seinen »Street-Cats«, wie er die vier Damen nannte, stehen. Lisa hatte Gregor gesteckt, dass alle vier sich verzweifelt bemühten, den dunkelhäutigen Modell-Athleten ins Bett zu kriegen, Gregor hatte es seinen Co-Autoren weiter erzählt, woraufhin der Plan entstand, die Folge mit Sex aufzupeppen, zumal die Quote der fünften Ausgabe etwas abgesackt war. Kein Wunder, denn sie war gegen ein Fußball-Länderspiel mit deutscher Beteiligung gelaufen, was aber bei der Berechnung der Durchschnittsquote am Staffelende erfahrungsgemäß niemanden interessierte.

»Was haltet ihr davon, wenn Lisa und Daggi, unsere Kostümtante, mit den vier Girls shoppen gehen, richtig geile Outfits, Lisa schminkt sie entsprechend, und dann drehen wir in einem Straßencafé mit entsprechenden Komparsen, wie sie blitzartig angebaggert werden?«

»Ich würde sie lieber im Pool zeigen, beim Schwimmtraining mit Kirk, und anschließend in der Sauna«, sagte Axel.

»Dann machen wir doch beides«, meinte Diether, »erst shoppen, anbaggern und dann Sauna!«

»Nein«, sagte Gregor, »erst schwimmen und Sauna, dann sexy Outfits und anbaggern, und der Rest ist Kopfkino«.

Und genauso wurde es gemacht, es gab nur ein bisschen Stress, weil Kirk nicht mit in die Sauna wollte, die Damen aber darauf bestanden, woraufhin der Trainer einen leichten Klaustrophobie-Anfall erlitt, der aber aussah wie gespielt. Trotzdem empfand Kirk es ein bisschen wie Majestätsbeleidigung und nahm seine Truppe in der regulären Trainingseinheit, die gleich im Anschluss gedreht wurde, besonders hart ran.

»Ladies, heute spielen wir ›Twenty-one‹, ihr stellt euch hintereinander an die Freiwurflinie. Fatima ist die Nummer 1, Slawica die 2, Ireti die 3 und Alina die 4. Die 1 wirft auf den Korb, trifft sie, gibt es zwei Punkte, und sie darf noch mal werfen, trifft sie nicht, muss die 2 den Ball in der Luft fangen, oder nachdem er einmal aufgetitscht ist, von dort wirft sie auf den Korb, wenn sie trifft, gibt es einen Punkt, denn zwei gibt es nur von der Freiwurflinie aus, und so geht es weiter. Wer 21 Punkte hat, macht Pause, Schluss ist, wenn alle 21 Punkte erreicht haben. Und jetzt die schlechte Nachricht, bei einem Air-Ball, der weder Brett noch Korb trifft, werden alle erreichten Punkte für die Betreffende gestrichen, und es geht bei 0 wieder los. Alles klar? Los geht's.«

Damit pfiff Kirk an, und die Mädels brauchten 24 Minuten, bis auch Fatima, die schwerste, 21 Punkte hatte.

»O. k., Ladies, trinkt was, und dann geht es weiter mit Trick-Training. Wir lernen heute den Backbreaker, bei dem der Ball quer hinter dem Rücken durch die eigenen Beine gedribbelt wird. Die Haltung ist dabei etwas gebeugt. Stellt euch hintereinander, jede versucht, mir den Ball abzunehmen, und los.«

Dabei entstanden natürlich Action-Sequenzen von erhabener Schönheit. Als Nächstes demonstrierte Kirk den Boomerang. Dabei wird ein Pass über den Kopf des Gegners vorgetäuscht, dazu muss man dicht an ihn ran und hält den Ball mit einer Hand fest, schwingt ihn hinter den Kopf des Gegners wieder zu sich zurück. Der Gegner denkt, der andere hat gepasst, und dreht sich um, woraufhin man an ihm vorbeigeht. Für Kirk mit seinen Riesenpranken war das kein Problem und sah natürlich super aus, aber die Damen mit ihren viel kleineren Händen taten sich sehr schwer.

Anschließend gab es noch ein Spiel zwei gegen zwei, es wurde nur gepasst, ohne Korbwurf, wenn der Ball fünfmal hin und her ging, ohne dass die gegnerische Mannschaft ihn abfangen konnte, gab es einen Punkt. Bei fünf Punkten war Schluss. Dann wurde ausgiebig gedehnt, und dann ging es zum Duschen, danach war Mittag. Wie bereits erwähnt, gab es bei den beiden Teams unter amerikanischer Leitung »No carb-Food«, also Fleisch, Fisch und Gemüse, was für Fatima und Alina als Vegetarierinnen besonders bitter war.

Heute hockten sie schmollend vor zwei panierten Sellerieschnitzeln, gebratenem und mit Sojasauce, Sake und Sesamöl gewürztem grünem Spargel und geschmorten Kirschtomaten, während Slawica und Ireti dieselben Beilagen mit einem kleinen Filetsteak genossen. Der Trainer aß statt des Steaks eine gegrillte Brust von der Maispoularde und sagte: »Ich habe eine kleine Überraschung für euch, es gibt nach dem Nachmittagstraining noch einen Nachtdreh. Ich habe da einen halbprivaten Salsa-Tanzclub, da lassen wir fünf es heute krachen. Und warum? Weil ihr alle jetzt 13 Kilo runterhabt, herzlichen Glückwunsch.«

Die Tanzbilder waren einfach hinreißend, dagegen sah »Let's Dance« aus wie ein Ü60-Schwoof. Man konnte nur mutmaßen, welches der vier Girls den Trainer als Erste rumkriegen würde.

Einen wunderbaren Kontrast dazu bot die Halbzeit-Party, die Florian Wessely mit seinen »Strongmännern« feierte. In einem auf bayrisch getrimmten Bierkeller gab es Weißwürste und Grillhaxen bis zum Abwinken, dazu Weißbier. Die Abnehm-Charts führte Henry an mit sagenhaften 19 Kilo. Der Oberknaller war natürlich, dass diese Truppe, schon ordentlich angebrütet, ebenfalls in dem Salsa-Keller aufschlug und sich mit der Biegsamkeit von Brechstangen zu den heißen Rhythmen wiegten, wobei sie die »Street-Cats« mehr vor sich hertrugen. Stefan, der Regisseur murmelte ein ums andere Mal: »Grimme-Preis, hundertprozentig.« Lisa, die natürlich das hinreißende Make-up der Damen persönlich besorgt hatte, blieb noch, als die längst im Bett und die Dreharbeiten abgeschlossen waren. Ach ja, Kirk blieb auch.

Justus' Zwillingsbruder

Die Frauenstimme auf Justus' AB kannte Hermjo nicht. Also fuhren er und der Privatdetektiv nach Bochum ins »Löffelchen«, um den Zwillingsbruder zu treffen. Marvin war optisch erst mal eine gelinde Katastrophe. Er hatte kaum noch Haare, eine äußerst ungesunde Gesichtsfarbe und figürlich wenig gemein mit seinem austrainierten Zwillingsbruder.

»Wann ich Justus zuletzt gesehen habe? Keine Ahnung. Ich denke, auf der Beerdigung unserer Eltern vor elf oder zwölf Jahren, die sind ja gemeinsam tödlich verunglückt bei einem Autounfall. Wir waren auch nie die typischen Zwillinge, können uns nicht mal besonders leiden, deswegen sind wir auch auf verschiedene Schulen gegangen. Und was macht er jetzt, sagen Sie? Fernsehen? Justus ein Star, na guck mal einer an. Und was wollen Sie jetzt von mir?« Hermjo erklärte es ihm noch einmal: »Justus ist verschwunden, keiner weiß, was passiert ist. Für die Produktion ist das eine Katastrophe, weil er der Star der Show ist. Ich möchte also so tun, als habe er sich verletzt, könne aber die Show weiter verfolgen und kommentieren und so das Training seiner Truppe praktisch von ferne leiten.«

»Aber ich habe von diesem Sportscheiß nicht die mindeste Ahnung, interessiere mich auch nicht dafür, wie soll ich da was kommentieren oder leiten?«

»Die Texte schreiben Ihnen unsere Autoren, die müssen Sie nicht mal lernen, sondern können Sie von Tafeln ablesen, die wir Ihnen neben die Kamera halten.«

»Aber ich bin Koch, ich muss mich tagsüber um den Einkauf kümmern und all das!«

»Aber das ›Löffelchen‹ ist doch jetzt kein Sterne-Restaurant, den Einkauf können Sie delegieren, wir brauchen Sie circa fünf Stunden pro Woche, und für jede Stunde kriegen Sie 200 Euro! Und vielleicht beziehungsweise natürlich hoffentlich taucht Justus ja ganz schnell wieder auf, dann ist der Spuk vorbei.«

»Und wenn ich das nicht mache, haben Sie ein richtiges Problem?«

»Ein ernsthaftes Problem, aber Sie könnten uns im Moment wirklich unheimlich helfen.«

»Dann sollten wir jetzt mal wirklich unheimlich ernsthaft über Geld reden!«

Es muss weitergehen

Hermjo konnte sich auf der Heimfahrt lange nicht beruhigen.

»Und ich Trottel habe gedacht, das ist ein harmloser Idiot, dabei hat der es faustdick hinter den Ohren, hat sofort gecheckt, dass ich ihm jede Summe zahlen muss, weil wir sonst am Arsch sind. Meine Güte, 5000 die Woche, und einen neuen Trainer brauchen wir auch, aber da hole ich den alten Trainer von Justus, das können wir auch prima emotional verkaufen.«

»Mir hat der Typ überhaupt nicht gefallen«, brummte der Privatdetektiv, »ich würde dem gerne noch mal auf den Zahn fühlen, würde mich nicht wundern, wenn der sogar was mit Justus' Verschwinden zu tun hat, ist nur so ein Gefühl.«

»Wie Sie meinen, aber vergraulen Sie mir den Burschen nicht, ohne ihn wären wir im Moment wirklich aufgeschmissen.«

Meine Frau hat tatsächlich schon wieder meinen Computer geöffnet und weitergelesen, ich brauche wirklich dringend ein Passwort!

»Ich will nur eins wissen«, fragte sie, ohne auf meine Vorhaltungen auch nur ansatzweise einzugehen, »hat Lisa mit diesem Streetball-Trainer geschlafen oder nicht?«

»Warum sollte ich diese Frage jetzt beantworten?«

Diese geniale Antwort war mir gerade noch rechtzeitig eingefallen und nicht, was mir fast rausgerutscht wäre: »Woher soll ich das wissen?« Das nämlich hätte dann eine längere Diskussion nach sich gezogen, was ich denn wohl für ein Autor wäre, der nicht mal weiß, mit wem seine Hauptfiguren Körperflüssigkeiten austauschen.

Ich hätte dann geantwortet: »Ich weiß es doch, aber ich habe meine Gründe, es jetzt noch nicht zu verraten, und die Tatsache, dass du dich so aufregst, zeigt mir, dass das eine sehr gute Entscheidung ist. Außerdem«, hätte ich mit erhobener Stimme gesagt, »gibt es im Moment ganz andere Probleme. Wie dir vielleicht entgangen ist, wird die Hauptfigur vermisst, wir haben hier also ein Kapitalverbrechen, und das ist doch wohl wichtiger als die Frage, wen Lisa ranlässt!«

»Für dich vielleicht und für noch ein paar Kerle, die genau so schlicht gestrickt sind wie du, aber für Frauen ist das die zentrale Frage!«

So ungefähr wäre das Gespräch gelaufen, und das braucht nun wirklich kein Mensch.

Aber ich hatte ja zum Glück gefragt: »Warum sollte ich diese Frage jetzt beantworten?« Und ich fuhr fort: »Aber wo du es nun schon mal gelesen hast – wer steckt deiner Meinung nach hinter Justus' Entführung?«

»Für wie blöd hältst du mich eigentlich?«, hohnlachte meine Frau. »Du hast nämlich selbst keine Ahnung, und ich soll dir jetzt weiterhelfen, aber Pustekuchen, mein Lieber!«

Lisa

Lisa und Kirk hatten sich außerordentlich nett unterhalten, der Coach hatte ein Taxi bestellt, sie nach Hause gefahren und beim Abschied gesagt: »Du bist eine wunderbare Frau, wenn ich schon nicht auf Platz eins oder zwei deiner Liste stehe, kann ich mir dann wenigstens Hoffnungen auf Platz drei machen?«

»Ich denke, die Aussichten sind gut, aber da muss ich natürlich noch deinem Freund Ellroy auf den Zahn fühlen«, lachte Lisa.

»Shit, wie viel Leute muss ich denn noch aus dem Verkehr ziehen, erst Justus, dann Gregor und jetzt auch noch meinen Buddy Ellroy, aber o. k., man weiß ja, dass die meisten Verbrechen aus Leidenschaft begangen werden.«

Der Detektiv

»Man weiß, dass die meisten Verbrechen aus Geldgier geschehen«, sagte der Detektiv. »Ich habe Marvin, Justus' ungleichen Zwillingsbruder, noch mal gecheckt, und siehe da: Er hat Spielschulden. Der Mann ist seit Jahren spielsüchtig und steht bei einem illegalen Geldverleiher hoch in der

Kreide, 30.000 Euro. Außerdem ist er wegen Diebstahl und betrügerischem Konkurs vorbestraft, ich weiß wirklich nicht, ob Sie sich mit diesem Strolch einlassen sollten.«

»Ich habe keine Wahl«, sagte Hermjo und nippte energisch an seinem Negroni. »Wenn Justus nicht in irgendeiner Weise in Folge sechs vorkommt, können wir einpacken, ich fahre jetzt zum Dreh, Justus' alter Trainer hat zum Glück zugesagt, das Training für die Boxgruppe zu übernehmen, die Autoren gehen sofort an die Texte für Marvin, die drehen wir dann morgen früh und haben damit zumindest Zeit gewonnen.«

»Freuen Sie sich nicht zu früh: Meine Erfahrung sagt mir, dass wir jeden Moment von den Entführern hören werden.«

Bubi

»Was will der denn hier noch?«, brüllte Hermjo und ging auf Bubi zu, der gerade mit Paul aus Gotha beim Einzeltraining war. Bubi trug Pratzen, große Handschuhe mit dicken Polstern auf der Innenfläche, gegen die der trainierende Boxer mit voller Kraft schlagen soll. Das trainiert Schlagkraft, Ausdauer und soll dem Boxer auch die Scheu nehmen, im Kampf durchzuziehen.

»Jetze hau doch mal, du Vogel«, schrie Bubi und drosch völlig unerwartet Paul die rechte Pratze an den Kopf, sodass der in die Seile flog.

»Pratze findet sich schon im Wörterbuch der Gebrüder Grimm und kommt aus dem Romanischen«, hatte Gregor gerade Axel und Diether erklärt.

»Bubi, du sollst bei die Pratzenarbeit nich selber hauen, nur antäuschen, wie oft muss ick det noch sagen! Los, 20 Runden um die Halle, 50 Sit-ups und 100 Liegestütz!«

»Herr Nussig, was macht dieser Psychopath hier, ich hatte doch gesagt, ich will den nie wieder hier sehen!«, brüllte Hermjo.

»Ick weeß, aber wenn ick Ihre Milchbubis vernünftig trainieren soll, brauche ick einen erfahrenen Boxer als Sparringspartner. Bubi hat die richtige Figur für ihre Mastochsen, und er hat tagsüber Zeit, meine anderen Boxer haben alle andere Jobs.«

Paul hatte sich mittlerweile ein bisschen erholt und träumte in der Ringecke lächelnd vor sich hin. Das Schlafwandeln hatte sich völlig gelegt, er war einfach zu kaputt vom Training.

»Aber mal wat anderet«, versuchte der Trainer Hermjo zu beruhigen, »hamse schon mal über einen Vergleichskampf zwischen zwei von Ihren Gruppen nachjedacht? Die Strongmänner zum Beispiel sehen ja alle vier zum Fürchten aus, haben aber keene Chance jejen meine Truppe, da hat Justus richtig jute Arbeit jeleistet, haben Se eijentlich schon irjendwat jehört? Hat der Erpresser sich schon jemeldet?«

Gregor und die beiden Autoren, die den Dialog gehört hatten, sahen sich an. »Wie kommt der Trainer auf Erpresser? Darauf gibt es doch überhaupt keinen Hinweis«, flüsterte Gregor. Axel und Diether nickten zustimmend.

Hermjo kam auf sie zu und sagte: »Das ist eine tolle Idee, ich fahre gleich mal zu den Strongmännern in den Wald und frage, ob sie sich das vorstellen können, das wäre möglicherweise der Knaller, der uns für Folge sechs retten könnte. Schreibt Marvin in seinen Text, dass er, also Justus, die Idee hatte.«

Marvin

Lisa hatte ein kleines Wunder gewirkt. Die Perücke entsprach haargenau Justus' Frisur, der Teint stimmte, alle waren angenehm überrascht, zumal sich Marvin unerwartet professionell anstellte. Er saß aufrecht in einem verstellbaren Krankenhausbett, Jenny und Chris saßen rechts und links von ihm und befragten ihn zu seinem angeblichen Hexenschuss, der ihn bewegungsunfähig gemacht, ihm aber keinesfalls die Kreativität, was die Show anging, geraubt hatte. Marvin hatte ein ausgesprochenes Talent dafür, Text von Karten abzulesen, aber so, dass es nicht wie abgelesen wirkte. Als das Pflichtprogramm im Kasten war, inklusive Ankündigung des Vergleichskampfs Boxtruppe gegen Strongmänner, gegen das Florian Wessely, der Trainer, sich mit Händen und Füßen gesträubt hatte, allerdings vergeblich, hatte Jenny noch Lust, ein bisschen zu improvisieren, und sagte: »Justus, ich muss dir nicht sagen, dass du der Liebling unserer Zuschauerinnen bist, hast du vielleicht noch eine kleine Botschaft für deine weiblichen Fans?«

»Klar doch, ich bin ja im Moment außer Gefecht, ihr müsst euch also mit euren Männern oder Freunden trösten, hier ist ein kleiner Snack für vor dem Ins-Bett-Gehen: eine Avocado, die auf Druck schon leicht nachgibt, halbieren, entkernen, ein Löffel Forellenkaviar in die Kernhöhlung, mit Limonensaft und frisch gemahlenem Pfeffer würzen, dazu einen schönen Verdejo aus Rueda, oder einen neuseeländischen Sauvignon, oder einfach einen schlichten Champagner, das hilft dem Papa auf die …«

»Zeit ist um, wunderbar, Justus, ich bin sicher, du bist bald wieder der Alte, wir freuen uns schon darauf, dass du das Training wieder aufnimmst.«

Gefangen, gefangen, in ....

»Goldenen Ketten, Ketten der Liebe halten mein Herz, ich bin gefangen, gefangen, für immer gefangen, heiß brennt die Sehnsucht, süß ist der Schmerz.«

Justus wurde diesen Schlagerrefrain aus dem Jahre 1965 nicht mehr los. Er ordnete ihn Sacha Distel zu. Gregor hätte ihn sofort eines Besseren belehren können: Den Song hatte natürlich Jean Claude Pascal gesungen. Justus war wieder einigermaßen klar im Kopf. Er hatte sich mithilfe eines flexiblen kleinen Teppichmessers, das in sein Uhrenarmband eingearbeitet war, befreit. Und mit einer Minitaschenlampe, die er immer bei sich trug, hatte er sich in seinem Gefängnis Orientierung verschafft: ein offenbar unterirdischer Kellerraum, zwei mal drei Meter groß, feuchte Wände, solide Stahltür, keine Fenster, keine Einrichtungsgegenstände außer dem Stuhl, an den man ihn gefesselt hatte, und ein Metalleimer mit Deckel, daneben eine Klorolle.

Justus hatte sich erst von seinen Fesseln, dann von dem Druck in seinem Verdauungstrakt befreit und hatte dann erst mal ein scharfes Gymnastikprogramm absolviert, um seine Blutzirkulation in Schwung zu bringen, 50 Sit-ups, 100 Liegestütze, 100 Kniebeugen mit hinter dem Kopf verschränkten Armen und ein Dehnprogramm. Nun saß er neben der Tür und wartete, irgendwann musste ja mal jemand kommen, und dann hatte er das Überraschungsmoment auf seiner Seite.

Dachte er.

Auf einmal aber hörte er eine unfreundliche Stimme: »Du kriegst gleich Essen, setz dich an die Wand gegenüber der Tür, und komm nicht auf dumme Gedanken, wenn du was versuchst, werden wir dir sehr weh tun, capisce?« Irgendwas an dem Tonfall kam ihm bekannt vor, obwohl er offensichtlich elektronisch verzerrt war, wahrscheinlich durch eine Art Vocoder, war es vielleicht dieses »Capisce«? Erst einmal tat er wie ihm geheißen und machte ein paar Entspannungsübungen.

Lisa

Gregor merkte natürlich, wie sehr Lisa wegen Justus' Verschwinden besorgt war, also sagte er: »Lischen, wir machen uns alle Sorgen, aber geteiltes Leid ist halbes Leid, soll ich was Schönes kochen, und wir gucken uns ein paar Filme oder eine Serie an? Oder ich lade Axel und Diether und Jenny und Chris mit ein, und wir machen einen Spieleabend, die Grübelei nützt ja doch nichts!?«

Lisa entschied sich für den Spieleabend, Gregor kochte eine schnelle Variante von Coq au Vin von Maispoulardenbrüstchen, in mundgerechte Stücke geschnitten, was die Kochzeit erheblich verkürzte. Der Clou war die Beigabe von halbierten kernlosen Trauben. Als Beilage gab es verschiedene Brotsorten, natürlich selbstgebacken, bis auf die Baguettes. Die Begrüßungsvorspeise war ein eisgekühlter trockener Sherry mit einem Zahnstocher mit einer grünen kernlosen Olive und einem Stückchen Manchego-Käse. Die kaut man gemeinsam, ohne den Zahnstocher natürlich, und spült sie mit dem Sherry runter. Das Coq au Vin, oder der Hühner-Weintopf, wie Gregor seine Version nannte, mundete allen vorzüglich, dazu wurde derselbe Wein getrunken, den er auch zum Kochen benutzt hatte.

Chris fragte auch gleich: »Sehr lecker, was ist das, jedenfalls kein Bordeaux-Wein, richtig?«

»Absolut«, sagte Gregor und freute sich über das Interesse, wir haben hier einen Corbières, das ist ein Anbaugebiet im Languedoc, in dem seit den 90er Jahren auch höherwertige Weine angebaut werden. Dieser ist ein Cuvée aus Syrah, Grenache und Mourvèdre.«

»Erstaunlich, ich hätte auf Rotwein getippt«, meinte Axel, merkte aber gleich, dass der müde Scherz fehl am Platze war. »Sorry, einmal Komiker, immer Komiker«, entschuldigte er sich, »ist wirklich lecker. «

»O. k.«, rief Gregor, »zu Beginn des heutigen Spieleabends, der nur von Käse und Dessert unterbrochen wird, schlage ich eine Runde ›Aha‹ vor, ein schnelles Psycho-Spiel, das den Vorteil hat, dass jeder Spieler immer involviert ist. Sieht so aus: Lisa zieht eine Spielkarte und stellt Diether, ihrem Nachbarn zur Linken, eine Frage. Ich ziehe mal eine als Beispiel: ›Dein Kollege liebt Knoblauch über alles und verzehrt zum Mittagessen in der Pause täglich mehrere rohe Knoblauchzehen, wie kommst du damit zurecht?‹ Drei Möglichkeiten: A, du bittest des Öfteren um eine Kostprobe, B, du verbittest dir den Verzehr im gemeinsamen Büro, C, du kommst im Vampirkostüm ins Büro.«

»Darf ich auch eine vierte Möglichkeit wählen?«, fragte Diether gleich.

»Das Spiel sieht es nicht vor, können wir aber einbauen, dann schreiben wir für jeden eine D-Karte und haben noch ein kreatives Moment gewonnen, tolle Idee! Jedenfalls würde Diether die Karte mit seiner Entscheidung verdeckt ablegen, und die anderen tippen, was er genommen hat, man kann auch Chips darauf setzen, dass man richtigliegt. Diether kann ebenfalls Punkte machen, indem er auf einen Mitspieler setzt, von dem er meint, dass der ihn richtig einschätzt. Wir spielen das mal eine halbe Stunde, und wer dann die meisten Chips gewonnen hat, ist Sieger.«

Die erste reguläre Frage stellte dann Diether an Jenny: »Wann hast du das letzte Mal ein Kribbeln im Bauch verspürt: A, bei einem Kuss, B, jedes Mal, wenn du eine bestimmte Person siehst, C, du kannst dich nicht erinnern, und D, eine freie Antwort.«

»Ui«, sagte Lisa, »das wird schwer, B scheidet praktisch aus, weil diese Antwort Spekulationen auslösen würde, C scheidet auch aus, weil das keiner glauben würde, also wird sie mit Sicherheit D wählen und dann sowas schreiben wie: Das geht euch einen Scheißdreck an!«

»Du kennst mich ja besser als ich mich selbst«, sagte Jenny und grinste, »aber hilfst du den Jungs damit nicht zu sehr, die sich natürlich nicht so schnell in die weibliche Psyche einfühlen können wie wir zwei beiden?«

»Moment mal«, rief Diether, »ich bin bi, schon vergessen? Ich kann mich in alles einfühlen, was circa 36° Körpertemperatur hat, bin also praktisch von euch Halblaien nicht zu schlagen, und deswegen weiß ich auch drei Dinge: 1. Lisa versucht nur, uns auf falsche Fährten zu setzen, 2. das Spiel gefällt mir jetzt schon und 3. wer so kocht wie Gregor und solche Abende veranstaltet, wird in naher Zukunft von mir angebaggert werden und 4. Jenny, ich weiß, was du tippst, kannst getrost zehn Chips auf mich setzen!«

»Meine Güte«, rief Chris, »ich bin 62, über dem ganzen Gesabbel habe ich die Frage vergessen, kann ich die noch mal hören?«

»Sei nicht so kokett, Chris«, sagte Jenny grinsend, »du

willst nur Zeit gewinnen, also, wann hatte ich das letzte Mal Hummeln im Bauch, bei einem Kuss, jedes Mal bei derselben Person, keine Ahnung und eine vierte freie Antwort!«

»Entschuldige Jenny, das kann ich so nicht durchgehen lassen, hier liegt eine sogenannte Kontamination vor, wie wir sie ja auch in unseren Wortspielen verwenden, du hast zwei Redewendungen miteinander verquickt, Hummeln im Hintern und Schmetterlinge im Bauch«, rügte Gregor.

»Oder Flugzeuge, wie einst Grönemeyer sang«, rief Axel, »dann wäre das Gegenstück Flugzeuge im Hintern, auch schön, aber jetzt sollten wir uns mal entscheiden, glaube ich!«

»Warte«, rief Diether, »das bringt mich auf: Was hat Gregor heute hinten? Korinthen, Korinthen!«

»Häh? Ach so, wegen Korinthenkacker, ja, ist ja gut, ich halte mich zurück!« Alle platzierten die Abstimmkarten, und Jenny hatte sich doch tatsächlich für Antwort B entschieden: jedes Mal, wenn du eine bestimmte Person siehst. Das hatte keiner von den anderen getippt, auch Lisa nicht, auf die wiederum Jenny getippt hatte als diejenige, die ihren Tipp erraten würde. Also bekam niemand einen Punkt, und Diether hatte fünf Chips verloren, die anderen hatten nichts riskiert.

»Also ist Jenny auch in Justus verknallt«, sagte Diether, »das wird ja langsam zur Epidemie!«

»Diether, das ist jetzt echt nicht witzig«, fauchte Lisa, »wir sitzen hier, es geht uns gut, und Justus wird irgendwo gefangen gehalten, wenn er Glück hat, vielleicht ist er ja sogar tot, und du machst Witze über ihn!« Und dann kriegte sie einen amtlichen Heulkrampf.

Die Polizei

Hermjo hatte mittlerweile in Abstimmung mit dem Sender die Polizei eingeschaltet. Kriminaloberkommissarin Anja Maiwein war, wie er umgehend feststellte, eine äußerst attraktive Frau und würde zweifellos unverzüglich seinen Reizen erliegen.

Da lag er falsch, zumindest was sie anging; bei Kriminalassistent Steven Beuschel hätten die Dinge anders gelegen.

Nachdem er die Sachlage erläutert hatte, stellte Frau Maiwein eine unerwartete Frage: »Sie haben nicht darüber nachgedacht, dass Sie den Zwillingsbruder des Vermissten mit Ihrem Trick, die Öffentlichkeit glauben zu machen, er sei gar nicht abgängig, möglicherweise in Gefahr bringen?«

»Wieso das denn?«

»Betrachten wir einmal die möglichen Motive: Nehmen wir an, es geht gar nicht um Justus Lenz, sondern um die ›Speckweg-Show‹, deren beliebtesten Protagonisten irgendjemand aus dem Verkehr ziehen will, um die Show zu beschädigen, dann wird er, um an sein Ziel zu kommen, den Bruder ebenfalls beseitigen oder aus dem Verkehr ziehen.«

»Dann muss er eben Polizeischutz bekommen!«

»So einfach ist das nicht, die Messlatte liegt da schon sehr hoch, selbst bei akuter Bedrohung wird meist auf private Sicherheitsdienste verwiesen, und hier liegt ja nur mal ein Anfangsverdacht vor, also da müssen Sie schon selbst in die Tasche greifen. Die andere Möglichkeit ist die, dass es jemand explizit auf Justus Lenz abgesehen hat, da gibt es auf Grund seiner Tätigkeit als Privatdetektiv, der etlichen Leuten auf die Füße getreten ist, sehr viele Möglichkeiten, mit Ihrem Privatdetektiv habe ich schon gesprochen, der weiß offenbar auch nicht mehr, ehrlich gesagt müssen wir jetzt darauf warten, dass irgendeiner sich meldet und Forderungen stellt, tut mir leid. Und Ihnen, meine Herren, sage ich noch mal: Passen Sie auf den Koch auf!«

Der Vergleichskampf

Obwohl es nur einer von mittlerweile 28 Drehtagen war, konnte man die Spannung fast greifen. Den vier Boxern hatte man gesagt, ihr Trainer läge mit einem Hexenschuss flach, das würden sie auch in der Ausstrahlung der Folge sechs sehen, das Training würde bis auf weiteres Fred Nussig, Justus' alter Trainer, den sie ja schon kannten, leiten, assistiert von Bubi, und heute sollten sie einfach mal locker die Strongmänner verdreschen, die ja außer dicken Muckis nichts vorzuweisen hätten, vor allem keine Ausdauer.

Florian Wessely hatte seinen Leuten gesagt, heute sollten sie sich mal einen lustigen Abend machen und vier Möchtegern-Boxer umhauen, die meinten, sie wären nach anderthalb Monaten Muhammad Ali. »Ihr müsst nur einmal treffen pro Kopf, und das war's, Männer, also Fäuste vors Gesicht, schiebt sie mit eurer Körpermasse in eine Ringecke, quetscht ihnen die Luft raus, dann ein Aufwärtshaken, das haben wir geübt, einen Schritt zurück und ein Schwinger auf die Deckung, und die sind alle, capisce?«

Bei der Zusammenstellung der Kämpfe hatte der Trainer den Gewichtsunterschieden keine sonderliche Beachtung schenken müssen, alle traten im Superschwergewicht an, der Klasse über 91 Kilo, die es beim Boxen nur bei den Amateuren gibt. Im ersten Kampf trat Timo »Grizzly« Bär, Gastronom aus Heidenheim, 123 Kilo, gegen Paul »Schnarchsack« Kling aus Gotha an, den mittlerweile geheilten Schlafwandler, der im Zivilberuf Mitinhaber eines Schrottplatzes war und 131 Kilo wog.

Nach dem Gong machte Timo alles wie besprochen, er drückte Paul vor sich her, und als er sich gerade zu wundern begann, warum das so leicht war, hatte der Schnarchsack einen Sidestep nach links gemacht und ihm einen bildschönen linken Haken auf die Leber geknallt. Die war natürlich zu gut gepolstert, als dass der Schlag dem Grizzly komplett die Luft genommen hätte, aber er riss beide Fäuste nach unten und schnappte nach Luft, der Kopf war ungeschützt, und der rechte Schwinger traf voll die Schläfe, mit 131 Kilo dahinter. Der Kampf hatte 38 Sekunden gedauert, aber man benötigte zehn Minuten, um Timo Bär aus dem Ring zu schaffen.

Im zweiten Kampf standen sich zwei noch schwerere Kämpfer gegenüber: Henry Nüsslein aus der Strongman-Gruppe, Filialleiter eines Supermarktes, brachte 142 Kilo auf die Waage, wobei er wohlgemerkt zu Beginn der Show 165 Kilo gewogen hatte, und Hugo Hannemann aus Celle, Friedhofsgärtner, mit 139 Kilo, er hatte im Laufe der Show sagenhafte 28 Kilo abgenommen, war aber mittlerweile so hart drauf, dass er sich nachts die Sauna anstellen ließ und noch zwei Gänge machte, einmal war er dabei eingeschlafen und morgens drei Kilo leichter wach geworden. Florian Wessely war nach der Pleite im ersten Kampf auf 180 und schrie seinen Zögling an: »Denk dran, was ich gesagt habe, aber lass ihn nicht entwischen!«

Nach dem Gong stürmten beide in die Ringmitte, Henry Nüsslein packte Hugo Hannemann um die Leibesmitte, hob ihn an, sodass Hugos Füße keinen Bodenkontakt mehr hatten, und stürmte mit ihm in die Ringecke, knallte ihn mit dem Rücken an den Ringpfosten, der gab nach, und beide stürzten aus dem Ring, wobei Hugo als Erster mit Rücken und Hinterkopf aufkam. Man brachte ihn vorsichtshalber ins Krankenhaus, dann wurde Henry disqualifiziert, und sie beschlossen, es für heute mit dem Boxen gut sein zu lassen, zumal ja spektakuläres Material im Überfluss vorhanden war. Das musste Marvin in der Rolle von Justus morgen dann nur noch aus dem Krankenbett kommentieren; es fehlten noch ein paar Interviews vom Essen und die zerebralen Wettspiele, dann wäre die sechste Folge im Kasten.

Briefe

Am Dienstagmorgen wachte Hermjo völlig verkatert auf, schleppte sich ins Bad und inspizierte dann auch die anderen Räume, um sicherzugehen, dass er nicht wieder irgendeine betrunkene Dorfschönheit abgeschleppt hatte. Er war aber allein und hatte gerade die Kaffeemaschine angeworfen, als sein Handy klingelte. Es war Ursel, seine Sekretärin, offenbar im Zustand höchster Erregung: »Hermjo, komm sofort ins Büro, wir haben zwei Bekennerbriefe wegen der Entführung. Ich habe auch schon die Kommissarin angerufen, Frau Maiwein, die wird auch gleich kommen. Und Gregor natürlich.«

Hermjo war schlagartig nüchtern, drückte sich ein altbackenes Croissant rein, verbrannte sich weite Teile des Mundinnenraums beim Versuch, den Cappuccino zu exen, und war 20 Minuten später im Büro, übelster Stimmung. »Den ersten Brief können Sie vergessen, das ist ein schlechter

Scherz«, sagte die Kriminaloberkommissarin und reichte ihn Hermjo. Der las halblaut vor: »Hier ist die Liga gegen Gewalt. Unsere Partei hat es sich zur Aufgabe gemacht, eine Welt ohne Gewalt zu schaffen. Dazu gehört, dass wir mediale Gewaltverherrlichung anprangern und, wo es geht, bekämpfen. Deswegen haben wir den Boxtrainer der Speck-weg-Show entführt und werden ihn so lange gefangen halten, bis die Sendung abgesetzt wird. Sobald der Sender das öffentlich verkündet, wird Justus Lenz freigelassen. Gezeichnet Liga gegen Gewalt.«

»Wieso halten Sie das für einen Scherz?«

»Weil das so eine typische Spinneraktion ist und auch keine Drohung enthält. Die Tatsache, dass außerhalb der Produktion niemand von der Entführung weiß, zeigt mir, dass sich hier ein Insider einen Jux macht. Der andere Brief hingegen macht mir Sorgen. Schauen Sie mal!«

»Wir haben Justus. Hat uns mal geärgert bei Schachboxen, jetzt ist Star bei euch. Alle Frauen ihn mögen. Zwei Millionen für uns und er kommt heil zurück. Wenn nicht, dann nicht. Anweisungen wegen Übergabe folgen. Keine Polizei.«

»Scheiße, Scheiße, Scheiße und was jetzt?«

»Das ist die Russen-Mafia, denke ich. Als Erstes müssen Sie den Bruder aus der Sache rausnehmen, um ihn nicht auch noch zu gefährden, das Material ist doch noch nicht gesendet worden, können Sie das rausschneiden?«

»Sie sind lustig, das soll morgen Abend gesendet werden. Was soll ich denn stattdessen zeigen, und wie soll es weitergehen? Ich muss doch begründen, warum Justus nicht mehr dabei ist, was uns vermutlich die Hälfte der Zuschauer kosten wird.«

Gregor begann plötzlich zu lächeln.

»Ich hätte da eine Idee, das müssen wir allerdings mit dem Sender abklären.«

»Dann tun wir das doch«, sagte Hermjo und griff zum Handy.

Löblein, den die ganze Zeit niemand beachtet hatte, nickte stumm.

Folge 6

Und das war der Deal: Der Sender würde die zwei Millionen Lösegeld zur Verfügung stellen. Im Gegenzug würden die Moderatoren am Ende der morgen erscheinenden Folge die Karten auf den Tisch legen und von Justus' Entführung berichten, in allen Einzelheiten, soweit sie bekannt waren. Sie würden die Bereitschaft des Senders signalisieren, das Lösegeld zu zahlen, und eindringlich an die Entführer appellieren, Justus nichts zu tun. Sie würden kein Wort davon sagen, dass das Publikum mithelfen sollte, Justus zu finden oder Hinweise à la Aktenzeichen XY zu geben – das würden die Zuschauer schon von alleine tun, die Polizei wurde ebenfalls nicht erwähnt. Die Szenen mit Marvin wurden rausgeschnitten, ihm wurde mitgeteilt, dass der Sender das ganze Konzept verboten hätte, und sein Geld hätte er ja bekommen. Das fanden alle riskant, aber angesichts der zu erwartenden Aufmerksamkeit doch ziemlich genial. Dazu liefen natürlich den ganzen Tag Trailer, die für die sechste Folge der »Speckweg-Show« eine Sensation ankündigten.

Entsprechend hoch war die Sehbeteiligung, Senderrekord auf diesem Sendeplatz, aber entsprechend derb waren auch die Pressereaktionen: »Unverantwortliches Spiel mit einem

Menschenleben«, »Opfert High5 einen Trainer auf dem Quotenaltar?«, »Ungeheuerlicher Verdacht: High5 täuscht Entführung vor, um die Quote zu retten«, »Absoluter Tiefpunkt der TV-Moral erreicht«.

Das war der Tenor, die wenigen positiveren Schlagzeilen fielen nicht weiter ins Gewicht, Titel wie: »TV-Sender will Lösegeld für Mitarbeiter zahlen« oder: »High5 knickt vor Entführern nicht ein, Show läuft weiter!«.

Show 7

Man kann sagen, »Speckweg« war das Thema bis in die politischen Parteien hinein, die den Umgang mit der Entführung eines Trainers ebenfalls kontrovers diskutierten. Die Rechte forderte ein entschiedeneres Vorgehen gegen die Russen-Mafia, die Linke prangerte die die Medien beherrschende Kapitalverwertungslogik an, der Ethikrat war außer sich, und das Bundespräsidialamt ließ verlauten, man sei in Gedanken bei der Familie des Entführungsopfers.

»Der hat doch gar keine, oder?«, fragte Hermjo in die Runde, »bis auf seinen Zwillingsbruder, und der hat ja wohl genug Kohle an der Sache verdient. Apropos Kohle: Was ich wirklich komisch finde, ist, dass die Russen sich nicht mehr wegen der Geldübergabe gemeldet haben, was meint ihr?«

»Ja, ist komisch«, meinte Gregor, »womöglich sind die es gar nicht, und das Ganze ist ein Scherz der Redaktion, für die wir das neue ›Versteckte Kamera‹-Konzept entwickelt haben. Irgendwann werden wir alle wohin bestellt, und Justus kommt reinspaziert, und der Moderator springt aus dem Schrank!«

»Wäre nicht die schlechteste Variante«, sagte Hermjo, »aber gut, zurück zur Show, Gregor, fass bitte mal zusammen, was wir machen wollen.«

»Gerne, also in der nun kommenden siebten Folge fliegen die ersten fünf Kandidaten raus, das heißt, wir dokumentieren den Gewichtsverlust in Prozent im Verhältnis zum Ausgangsgewicht, außerdem lassen wir die Kandidaten abstimmen, wen sie raushaben wollen. Wenn es da keinen klaren Kandidaten gibt, entscheiden die erzielten persönlichen Punkte in den Wortspielen. Jenny und Chris, ihr bekommt das Material, Tag der Ausscheidung ist Montag, heute ist Donnerstag, wir fangen also die Folge mit einer Einstimmung auf die Entscheidung am Ende der Folge an, dafür beschränken wir uns beim Trainingsanteil auf eine spektakuläre Demonstration pro Team, und dann wäre auch mal wieder ein Interview mit dem Küchenchef fällig, seine persönliche Einschätzung der verschiedenen Ernährungspläne. In diesem Zusammenhang modifizieren wir ein berühmtes Experiment, das mal einer mit Kindern gemacht hat: Die Kandidaten kriegen kein Mittagessen, haben aber den ganzen Tag hart trainiert. Abends kriegt jeder sein Lieblingsessen vorgesetzt, Pizza, Spaghetti, Burger, Wiener Schnitzel, Kaiserschmarren. Wer's isst, o. k., wer's schafft zu widerstehen, bekommt einen Extrapunkt und anschließend das normale für seine Gruppe vorgesehene Abendessen. Und während dieser fünf Minuten werden die Kandidaten interviewt. Das wär's.«

»Danke, Gregor, wunderbar, und haltet mal im Hinterkopf: Lisas Favoriten sind Heide und Monty, und das deckt sich auch mit den Reaktionen der Zuschauer. Deswegen halten wir das Punktesystem auch ein bisschen undurchsichtig, damit wir am Schluss Spielraum haben. In der neunten Show machen wir dann einen Tanzwettbewerb. Irgendwelche Einwände, Herr Löblein? Sagt mal, wo ist denn der Löblein?«

Justus

Eine Woche hatte Justus jetzt in völliger Dunkelheit verbracht. Natürlich hatte er die Zeit genutzt, um sich fit zu halten, Hampelmänner, Laufen auf der Stelle, dann die sogenannten Burpees, man geht aus dem Stand in die Knie, die Handflächen auf dem Boden neben den Füßen, springt mit den Beinen zurück in die Liegestützausgangssituation, springt wieder zurück und geht wieder in den Stand. Natürlich turnte Justus die verschärfte Variante, also beim Hochkommen einen Sprung und in der Liegestützposition vor dem Sprung zurück tatsächlich einen Liegestütz. Dann die Sumo-Kniebeugen, dabei sind die Hände hinter dem Rücken verschränkt, dann geht man in die Knie, wobei die Beine gespreizt sind und Füße und Knie leicht nach außen zeigen. Dann das Wandsitzen: Man stellt sich einen kleinen Schritt vor eine Wand, mit dem Rücken zur Wand, und setzt sich dann, als wäre ein Stuhl da, den Rücken an die Wand gepresst; das hält man beliebig lang. Da er ja auch einen Stuhl zur Verfügung hatte, nahm er den für ein weiteres Beintraining, abwechselnd mit dem linken und rechten Bein auf den Stuhl steigen, und die berühmten Trizeps-Dips: Man hockt sich vor den Stuhl, Rücken zum Stuhl, die Handflächen liegen auf den beiden vorderen Ecken der Sitzfläche, und dann drückt man den Oberkörper hoch. Den Rest der Zeit füllte er mit Schattenboxen, Karatekicks, Dehnübungen und Tanzschritten aus dem Hip-Hop-Bereich.

Das Essen war ganz passabel, Wurstbrote und Gemüseeintopf. Immer wenn das Essen kam und bei dieser Gelegenheit auch der Toiletteneimer gegen einen leeren ausgetauscht wurde, sagte die verzerrte Stimme: »Kapuze über den Kopf, stell dich an die Wand gegenüber der Tür, Gesicht zur Wand, Arme und Beine gespreizt.«

Justus versuchte, der Situation das Positive abzugewinnen, das ja jeder Situation innewohnt, er wurde nicht gefoltert oder irgendwas in der Art, niemand schien etwas gegen ihn persönlich zu haben, der Zweck dieser Entführung musste also woanders liegen, hatte es etwas mit der Show zu tun? Wie auch immer, dank seinem Training war er in Bombenform, jede sich bietende Gelegenheit zur Flucht würde er nutzen.

Zwischen den Trainingseinheiten lag er auf seinem Klappfeldbett und dachte an Lisa. Er hatte wohl bisher einfach nicht die Zeit gehabt, sich einzugestehen, dass er in sie verliebt war. Und es war gar nicht so angenehm, darüber nachzudenken. Komisch, dachte er, dass Verliebtsein einem so zusetzt, wenn das Objekt der Begierde unerreichbar ist. Tom Hanks in »Schlaflos in Seattle« kam ihm in den Kopf, wie er über seine verstorbene Frau sagt: »I love her so much, that it hurts!«

In diesem Moment sagte diese merkwürdig verzerrte Stimme wieder: »Kapuze an, mit dem Gesicht an die Rückwand, Arme und Beine gespreizt, wir holen dich zum Duschen.«

Der Schlüssel drehte sich im Schloss, die schwere Tür wurde geöffnet, Justus konzentrierte sich darauf, herauszufinden, wie viele Personen jetzt im Raum waren. Er schätzte vier, einer sagte: »Dreh dich um!«, er tat es, einer verpasste ihm Handschellen, und dann wurde er zum Duschen geführt.

Justus konzentrierte sich ganz auf den Weg: Aus der Tür seines Verlieses nach rechts, 30 Schritte, dann kam eine Treppe mit sechs Stufen, durch eine Tür, 15 Schritte nach links, wieder durch eine Tür, und sie kamen in einen größeren Raum, dessen Akustik ihn an Gemeinschaftsduschen erinnerte. Er zog sich aus, die Handschellen hatte man ihm abgenommen, die Augenmaske behielt er auf, jemand drückte ihm eine Plastikflasche in die Hand und sagte: »Wenn du Zicken machen möchtest, nur zu, jeder von uns hat einen Taser, das wird lustig.«

Dann tastete Justus nach den Wasserhähnen und fragte: »Links warm, rechts kalt?«

»Probier's doch aus, hast ja sonst nicht viel zu tun!«

Der linke Knopf war schwergängig, was ihm merkwürdig bekannt vorkam. Er tat so, als suche er einen Ablageplatz für das Duschgel, und ertastete dabei in der mit kleinen Steinen gekachelten Wand zwischen den Wasserhähnen drei fehlende Kacheln. In diesem Moment wusste er, wo er war.

Der Schwächste fliegt

Jenny und Chris hatten ein strammes Pensum zu bewältigen. Weil die Kandidaten natürlich wussten, dass in dieser Folge einer aus jedem Team gehen musste, war die Stimmung gedrückter als sonst, man merkte, dass die Teams zu Kleinfamilien geworden waren, die eigentlich kein Mitglied hergeben wollten. Also machten die beiden genau das zum Thema ihrer

Interviews, bissen dabei natürlich auch folgerichtig mal auf Granit, wie zum Beispiel bei den Ballerinen. Jenny: »Patti, du weißt, jede von euch vieren muss eine Mit-Kandidatin benennen, die sie gerne rauswählen würde, wer wäre das bei dir?«

»Ich finde das so gemein von euch, wir vier sind richtig gute Freundinnen geworden, und ich denke überhaupt nicht dran, jemanden rauszuwählen. Eher nenne ich mich selbst!«

»Gutes Konzept, aber wenn sich eine nicht dran hält, wärst du vielleicht die Einzige mit zwei Stimmen und damit draußen, aber es zählen ja auch noch die bisher erspielten Punkte und die abgenommenen Kilos. Chris, hast du mal die Liste bitte?«

»Aber gern. Patti ist mit 123 Kilo gekommen und hat bisher 22 Kilo abgenommen.«

»Danke, aber wir brauchen die Prozentzahlen!«

»Ach so, ja das sind, das sind, Moment … rund 17,9 Prozent.«

»Hast du das jetzt gerade ausgerechnet?«

»Ist doch keine große Sache, wenn 123 Kilo 100 Prozent sind, ist ein Prozent 1,23 Kilo, dann sind 22 geteilt durch 1,23 17,8861 Prozent, macht aufgerundet 17,9.«

»O. k., ich bin erstaunt, verwirrt und …«

»Auch vielleicht ein bisschen erotisch angepikst?«

»Angepikst ist ein gutes Wort, das lasse ich so stehen, obwohl ich finde: neidisch trifft es noch besser. Gut, wie viel Punkte hat Patti bisher erspielt?«

»Das sind … Moment. Zwölf. Zwölf Punkte.«

»Danke, Chris, wenn sie 17,9 Prozent Gewicht verloren hat und zwölf Punkte, an welcher Stelle von den vier Ladies ist sie dann?«

»Beim Gewicht liegt sie damit an zweiter Stelle, in Punkte

umgerechnet sind das drei Punkte, mit zwölf Spielpunkten liegt sie an dritter Stelle, macht zwei Punkte, sind zusammen fünf. Pro Rauswählstimme wird ein Punkt abgezogen, wenn sie sich selber wählt und noch einmal genannt würde, hätte sie nur noch drei Punkte, das Sich-selbst-Wählen ist also nicht wirklich zu empfehlen!« »Danke schön lieber Chris, Patti, du hast es gehört, was machen wir?«

»Gut, wer hat die meisten Punkte?«

»Moment, ich muss schnell nachsehen …«

»Ach, komisch, die anderen Prozentzahlen von den Gewichten hast du schon?«

»Natürlich habe ich das mithilfe von Umrechnung.org schon ausgerechnet, also: Heide hat sieben Punkte, Aiko sechs, du bist die dritte mit fünf und Nadine die vierte mit vier Punkten.«

»Gut, dann wähle ich Heide, die hat das größte Polster.«

Es war nur der Tatsache zu verdanken, dass Heide ähnlich rational, aber eben andersrum argumentierte und sagte: »Ich wähle Nadine raus, weil sie aufgrund der bisher erbrachten Resultate die geringsten Aussichten hat«, dass sie, Heide, im Wettbewerb blieb, die beiden anderen Mädels wählten sich gegenseitig, und so blieb der weibliche Teil von Lisas und Hermjos Traumpaar im Rennen.

Jenny und Chris mussten Gregor allerdings zustimmen, als er sagte: »Das sieht irgendwie abgekartet aus, ihr müsst bei den anderen Teams schon darauf bestehen, dass die Einzelnen ihr Votum ohne Kenntnis der anderen Resultate abgeben.«

Und so wurde es gemacht. Alle mussten nun den Namen ihrer Wahl auf einen Blanko-Zettel schreiben, sodass niemand wusste, wer wen gewählt hatte. Die Namen der fünf

Scheidenden wurden dann ganz am Ende verkündet, der tränenreiche Abschied von den Hinterbliebenen, übrigens auch bei den Männern, war der spektakuläre Ausklang der Folge: Vorher gab es aber noch einen optischen Leckerbissen, die Schleifertruppe unter Ellroy »Duty« Duncan spielte die Cheerleader für Paula Perligs Ballerinen und Kirk »Centerfold« Mc Kinneys »Street-Cats«, die eine besondere Dodge-Ball-Variante gegeneinander austrugen: Queens-Ball: Jedes Team wählte eine Königin, die in der Mitte der eigenen Spielhälfte auf einem Barhocker saß, die Aufgabe der drei anderen war es einmal zu verhindern, dass die Königin getroffen wurde, konnte die Spielerin den Ball dabei nicht fangen, war sie selbst raus, waren alle Spieler raus, kam die Königin vom Thron und versuchte, die gegnerische Königin zu treffen.

Das Spiel verlief hochdramatisch: Am Ende standen sich die Königinnen Alina und Heide gegenüber, Heide war es auch, die den tödlichen Ball auf Alina abfeuerte und Paula Perligs »Dodge-Daysies« den Sieg sicherte. Das Verbalspiel bestand darin, dass ein Teammitglied einen Kopfhörer trug, der sämtliche Umweltgeräusche abschirmte, dann musste der Spieler den anderen Wörter von den Lippen ablesen, was von so hoher Komik war, dass Gregor beschloss, das in der zehnten, der alles entscheidenden Live-Folge zu wiederholen. Da wurde aus »Schleifmaschine« »Scheiße schieben«, aus »Anschaffung« »Arschöffnung« und so weiter.

Feierabend war gegen 20.30 Uhr, und Chris sagte zu Jenny: »Wenn du noch Lust hast, ich habe auf Verdacht bei meinem Lieblings-Italiener einen Tisch bestellt und weiß auch, dass er heute schwarze Nudeln mit Hummer hat, wär das was?« Jenny strahlte ihn an und sagte: »Das ist das Schönste, was ich mir bis jetzt vorstellen kann!«

In diesem Moment kamen Hermjo, Gregor, Axel und Diether dazu, und Hermjo sagte: »Na, wollen wir noch was spachteln? Habe gerade bei meinem Lieblingssteakhaus einen Tisch klargemacht, die haben auch tolle Cocktails, Lust?«

»Nö«, sagte Jenny, »danke, lieb von dir, aber wir beide sind ziemlich geschafft, wir sehen uns morgen!«

»Alles klar«, rief Hermjo lauter als nötig, »aber morgen früh ist Augenringezählen!«

»Wäre Tränensackkontrolle nicht witziger?«, fragte Axel.

»Manchmal frage ich mich, wohin ich hier geraten bin«, seufzte Gregor und stieg zu den anderen ins Großraumtaxi.

Der Lieblingsitaliener

Dino kam mit ausgebreiteten Armen auf die beiden zu und rief: »Ah, Dottore, wie schöne, Sie zu sehe wieder und dann noch mitte die schönste Signorina, die je habe ische gesehe, va bene!«

»Fein beobachtet, Dino, das ist meine Kollegin Jenny, das ist Dino, er kommt aus Bottrop und kann auch ganz normal sprechen!«

»Dat stimmt, woll?«, schwenkte Dino um und geleitete Chris und Jenny zu einem ruhigen Tisch, etwas versteckt in einer Nische des nicht allzu großen, urgemütlichen Lokals. An den Wänden hingen Fotos von Sportlern, Schauspielern, Medienschaffenden und Politikern, die möglicherweise schon mal zu Gast gewesen waren, die rot-weiß-karierten Tischdecken signalisierten »kein Schicki-Micki!«, die vielen Flaschen in den Regalen an den Wänden sagten: »Wir sind Stars, holt uns hier raus!«

Dino brachte eine kleine Schiefertafel mit der Tageskarte und begann seinen Vortrag: »Also, erste male die schleschte Nachrischte, schwarze Nudeln mitte Hummer iste ausse, isste Gruppe vonne achte Personenen gekomme, alle der Hummer, Steinpilzsuppe ist auche aus, selbe Gruppe, Seeteufel-Carpaccio würde ich euch ungern verkaufen, hat mir heute nicht so gefallen, Thunfisch-Carpaccio ist gut, vielleicht auch mit Lachs kombiniert, Spaghetti vongole sind wunderbar ...«

»Dino, du sollst normal sprechen! Und die Spaghetti vongole haben aber immer so viel Knoblauch«, wandte Chris ein.

»Dann machen wir dat ohne, schmeckt scheiße, aber der Gast muss wissen, was ihm wichtiger ist, wenn noch was ansteht und der Atem erträglich bleiben soll, oder wie ich auch gern sage G-nuss oder GV. Die Fischsuppe, kein Knoblauch, aber ein Geheimrezept meines apulischen Kochs, sensationell, schön mit Scampi drin, dat gibt Tinte.«

»Is gut Dino, bring uns doch erst mal ...«

»...einen herrlichen trockenen Prosecco mit einem Spritzer Holundersirup für die Dame und für dich einen dirty Martini wie immer?«

»Was ist denn ein Dirty Martini?«, wollte Jenny wisssen.

»Dasselbe wie ein Martini Dry, also vier Teile Gin, ein Teil trockener Vermouth, aber statt mit einer Olive wird er mit einer Silberzwiebel serviert, und ich nehme ihn auch mit einem Spritzer Limoncello.«

Während sie auf die Getränke warteten, lasen sie die Tafel zu Ende und entschieden sich dann für das Paillard, ein ganz dünn plattiertes Stück Kalbfleisch, knapp gegrillt und mit Zitronensaft, Pfeffer und Salz gewürzt, und dazu Spaghetti al burro und etwas gebratenen grünen Spargel mit Himbeer-Vinaigrette, und die Spaghetti vongole ohne Knoblauch, auf halbem Weg würde man dann die Teller tauschen, dazu einen Lugana und eine Flasche Wasser.

Das war für Chris der erste wichtige Test: Wenn eine Frau den Teller nicht tauschen will, gibt es keinen zweiten Abend.

Jenny dachte: »Toll, ein Teller-Tauscher, damit ist schon mal Hauptkriterium erfüllt!«

Es waren nur noch drei weitere Tische besetzt, einer davon mit zwei Frauen, die jüngere stand plötzlich auf und kam zu ihnen.

»Herr Brause, richtig? Entschuldigen Sie die Störung, aber meine Mutter ist ein Riesenfan, können wir wohl ein Foto zusammen machen?«

Chris seufzte unhörbar und sagte: »Selbstverständlich, ich bin ja schon froh, dass Sie nicht gesagt haben, Ihre Oma ist ein Riesenfan!«

»Ehrlich gesagt, es ist die Oma, ich habe mich nur nicht getraut, weil ich dachte, dann sind Sie beleidigt!«

Und dann sehr laut: »Komm, Oma, er macht es!«

Die Oma war mit irgendetwas beschäftigt und blieb sitzen.

»Oma!!!, hörst du nicht?«

Sie ging wieder zu ihrem Tisch und haute der Oma auf den Rücken, die sich fast zu Tode erschreckte und dann sehr laut sagte: »Irgendwas ist mit meinem Hörgerät, vielleicht ist die Batterie alle.«

Als die Enkelin sie hochzerren wollte, stand Chris schnell auf und ging rüber. Die Enkelin sagte: »Ist ja nett, aber Ihre Tochter hätte doch schön das Foto machen können ...«

Da kam aber Dino schon angerannt und übernahm das Handy. Nachdem alles im Kasten war, sagte die Enkelin: »Sie machen sich ja ziemlich rar im Moment, wann sieht man denn mal wieder was?«

»Mittwochs auf High5«, sagte Chris, der schon auf dem Rückweg war, über die Schulter.

»Dann noch einen schönen Abend mit Ihrer Tochter«, schallte es durchs Lokal. Jenny wollte sich schier ausschütten vor Lachen und sagte: »Sei nicht traurig, Chris, zumindest haben die beiden dich erkannt, du hast also Spuren in ihrem Leben hinterlassen, für mich hat sich keiner interessiert!«

Und dabei legte Jenny ihre Hand auf seine, die er schon mal vorsorglich mittig auf dem Tisch platziert hatte. Während er noch fieberhaft überlegte, ob er jetzt vielleicht sagen sollte: »Hallo? Bin ich vielleicht hier, um meine Hose aufzutragen? Ich mach nichts anderes als mich für dich interessieren!«, kam zum Glück der kleine Gruß aus der Küche, ein kaltes Avocado-Süppchen mit Ceviche vom Lachs als Einlage, das Dino mit den Worten servierte: »Normalerweise würdet ihr Bruscetta kriegen, wie die anderen Proleten, aber da ist ja wieder Knoblauch drin.«

Jennys schmale Hand lag immer noch auf der des älteren Kollegen.

»Sie hat Hände wie Harald Schmidt«, dachte er. Von dem ging ja die Fama, dass zwei Drittel aller Frauen sich in seine Organistengriffel verguckt hätten. Chris schob diesen Gedanken weg und konzentrierte sich auf die vertraute magische Wirkung, die eine weibliche Handauflegung in dieser Phase einer aufknospenden Beziehung auf ihn hatte: die Andeutung einer Versteifung im Vergnügungszentrum. Sein Körper zeigte also Bereitschaft zu allen Schandtaten, der Kopf würde ihm keine Knüppel zwischen die Beine werfen, aber jetzt hieß es: bloß nichts überstürzen, vor allem beim Alkohol!

Urplötzlich stand das letzte erotische Fiasko vor seinem

geistigen Auge, eine ebenfalls viel jüngere Frau, die interessiert beobachtete, wie die Erektion, die sie sich müh- und gemeinsam aufgebaut hatten, den Versuch, ein Kondom anzulegen, nicht überstand.

Es blieb also, und damit waren wir wieder im Hier und Jetzt, bei einem halben Liter Lugana. Das Essen war hervorragend, Chris musste sein Esstempo wie immer beim Tellertausch gewaltsam drosseln, weil Frauen immer langsamer essen, um dann zu sagen: »Ich habe noch mehr als den halben Teller voll und du nur noch ein Viertel!«

Sie teilten sich sogar noch eine Schale mit selbstgemachten Sorbets mit je einem Schuss Wodka, Prosecco und Aperol, und dann war es doch tatsächlich Jenny, die fragte: »Und bei wem wird jetzt noch Kaffee getrunken?«, und zwar so laut, dass es Dino mitbekam, worauf er anerkennend den Daumen hob.

Chris sagte: »Rein logistisch gesehen bietet sich dafür meine Wohnung an, die ist nämlich im Nebenhaus.«

»Was für ein Zufall!«

Den ersten Kuss gab es im Flur, den Kaffee im Wohnzimmer, und dann fragte Chris: »Was hältst du davon, wenn ich uns noch etwas Wasser einlasse, meine Badewanne ist nämlich ein Whirlpool!«

Diese Wanne hatte er seit 13 Jahren, und er hatte festgestellt, dass es kein besseres Mittel gab, um die Peinlichkeiten einer ersten Nacktbegegnung zu umschiffen, als 15 Minuten gemeinsam in einem Sprudelbad. Man hatte sich schon mal überall berührt, konnte sich gegenseitig abrubbeln, und wenn man dann im Bett landete, war man fast schon ein altgedientes Paar.

Und genau so kam es. Jenny strahlte Chris an und sagte:

»Das war das schönste Vorspiel, das ich je hatte, danke!« –
und schlief ein, dicht gefolgt von Chris, der noch kurz zwischen Enttäuschung und Erleichterung schwankte, sich
dann aber für Letzteres entschied und einschlief, ganz so wie
Morgenstern es beschreibt, nämlich »selig lächelnd, wie ein
satter Säugling«.

Nudel im Wind

Die Herrenrunde hatte es sich in der Zwischenzeit auch nett
gemacht. Das Steakhaus war in der Tat ganz vorzüglich, mit
als Gauchos verkleideten Kellnern, die unter anderem eine
brasilianische Version von »All you can eat« feilboten, bei
der man ständig allerlei Fleischsorten von einem Spieß direkt
auf den Teller gesäbelt bekam. Dazu gab es toll gewürzten
Reis, auf Wunsch auch Backkartoffel oder Pommes. Was
Diether zu dem Ausspruch verleitete: »Was gäbe ich jetzt für
eine Nudel, aber das kann ich wohl in den Wind schreiben!«

»Hey, warte mal«, sagte Axel hell begeistert, »Nudel im
Wind«, das ist ein toller Songtitel, das wird der Song zur Sendung, wenn sie weitergeht, Xavier Naidoo muss ihn singen,
oder Grönemeyer, das wird toll!«

»Müsste er dazu nicht erst mal geschrieben werden?«,
fragte Hermjo, der in Anbetracht seiner vier »Scotty's«,
bestehend aus Gin, Campari, Zitronensaft, Scotch Whisky
und Tonic, wobei der Clou drei Zweiglein Thymian waren,
die mit ins Rührglas oder den Shaker gegeben werden, schon
sehr langsam und akzentuiert sprach.

»Genau«, sagte Axel, »deswegen sind wir ja hier, also der
Refrain könnte sein:

›Nudel im Wind, Nudel im Wind, nur der Wind weiß, wie einsam wir sind‹, na?«

»Nee«, sagte Gregor, »das ist eine Zeile von Freddy Quinn, aus einem Film mit Cordula Trantow, den habe ich als Kind gesehen, da heißt es: ›Nur der Wind, nur der Wind, weiß wie einsam wir sind.‹«

Gregor hatte unbewusst wie Freddy gesungen, so echt, dass es Beifall von den Nachbartischen gab, ein Gast nahm die Gitarre von der Wand und reichte sie ihm, und Gregor knödelte sich durch sein kleines, aber feines Freddy-Quinn-Repertoire. Bei »Heimweh« stimmte das ganze Lokal in den Chorpart ein: »So schön, schön war die Zeit, so schön …« Dann »Junge komm bald wieder«, »Unter fremden Sternen«, »La Guitarra Brasiliana«, »Du musst alles vergessen«, »Hundert Mann und ein Befehl«, »La Paloma«.

Die Leute tobten, Hermjo griff geistesgegenwärtig einen leeren Sektkühler, der auf der Theke stand, und ging damit rum, und tatsächlich flogen die Scheine nur so hinein.

Gregor konnte Hermjo gerade noch daran hindern, das Geld vor aller Augen einzustecken, und sagte: »Das Geld versaufen wir natürlich, aber jetzt zurück zu ›Nudel im Wind‹. Ich schlage als Refrain vor: ›Nudel im Wind, Nudel im Wind, du und ich wissen, wie einsam wir sind‹ oder: ›Wir beide wissen, wie einsam wir sind‹, ist Geschmackssache.«

»Nein«, sagte Diether, »zweimal Nudel im Wind ist langweilig, da muss was anderes davor, sowas wie: Hose auf Halbmast, Nudel im Wind oder Füße im Wasser, Nudel im Wind, und dann weiter mit: Liebe ist Krieg, dem niemand entrinnt, Liebe ist Meer, in dem man ertrinkt!«

»Oioioioioioi«, sagte Hermjo sehr bedächtig, »wirkt

irgendwie schwer, oder? Moment, ich hab's: Ich kann nichts mehr sehen, bin ich jetzt blind? Das isses doch!«

»Nein«, rief Diether, natürlich auch schon vom Alk gezeichnet, »Achtung: Nase im Himmel, Nudel im Wind, Liebe macht einsam, Liebe macht blind. Na?«

In diesem Moment sagte jemand am Nebentisch laut: »Ihr solltet jetzt gehen, und zwar geschwind«, worauf das halbe Lokal, das die lautstarken Dichtversuche ja mitbekommen hatte, skandierte: »Nudel im Wind, Nudel im Wind.«

Daraufhin wandte man sich erst mal dem Nachtisch zu, dem dann noch einige Cocktails folgten. Als es ans Zahlen ging, stellte sich heraus, dass im Hut tatsächlich mehr als genug Geld zusammengekommen war, es reichte auch für ein fürstliches Trinkgeld, der Kellner war außer sich vor Freude und gab Gregor zum Abschied einen Zettel mit den Worten: »In meiner Heimat habe ich viele Lieder geschrieben und gesungen, vielleicht können Sie das für Ihre neue Vereinshymne brauchen.«

Im Taxi, sah Gregor, dass es eine Strophe für den Nudelsong war, gerührt las er sie dem Taxifahrer vor: »Nudel im Wind, Brandung von ferne, mein schönes Kind, ich hätte dich gerne noch länger geliebt, es sollte nicht sein, dein Darm schlug Alarm, nun bin ich allein.«

Der Taxifahrer sagte: »Schöne Scheiße.«

B.

B. hatte inzwischen die Hoffnung aufgegeben, Nebukadnezar je wiederzusehen. Nachtragend, wie er war, schrieb er das einer offenbar allen Papageien eigenen Charakterschwäche zu, sodass die Anschaffung eines neuen Vogels nicht infrage kam. Durch einen Zeitungsartikel erfuhr er von der Existenz eines besonderen Fisches, der sein Interesse weckte, des Penisfischs. Er kommt am Amazonas vor, wird etwa 15 Zentimeter lang, nimmt die Harnstoffe wahr, die größere Fische durch die Kiemen ausstoßen, schwimmt in ihre Kiemenöffnungen, arbeitet sich mit seinen Stacheln bis zur Aorta vor, ritzt sie an und trinkt das Blut. Wenn er nach etwa anderthalb Minuten voll ist, haut er wieder ab. Offensichtlich kommt es aber auch nicht selten vor, dass er sich badenden Männern in den Penis buddelt. Man muss ihn dann operativ entfernen, oder man trinkt, wie die Naturvölker, bestimmte pflanzliche Säfte, die das Skelett des Fisches auflösen, sodass er mit dem Urin ausgeschieden werden kann.

Allein die Vorstellung beschäftigte B. tagelang, er beschloss, seinem Psychiater nichts davon zu erzählen, malte sich stattdessen aus, wie er einen Gefangenen damit quälen könnte. Der Fischhändler seines Vertrauens, wie er seinen Aquaristiker nannte, versprach dem Neu-Aquarianer, sein Möglichstes zu tun, um ihm einige Penisfische zu besorgen, samt einigen größeren als Blutspender.

Der Brief

»Ja, bitte?«

»Hermjo Benek-Söderbaum, spreche ich mit Frau Kriminaloberkommissarin Maiwein?«

»Am Apparat, was gibt es?«

»Wir haben einen Briefumschlag erhalten, auf dem als Absender Justus Lenz steht. Ich habe ihn aber nicht aufgemacht, weil Sie ihn vermutlich kriminaltechnisch untersuchen wollen.«

»Sehr umsichtig, Herr Benek-Söderbaum, ich schicke meinen Assistenten vorbei, der ihn abholt.«

»Und wann erfahre ich dann, was drinsteht, Sie können sich sicher vorstellen, dass wir alle wahnsinnig gespannt sind, was Justus uns schreibt, er ist auch an mich persönlich adressiert.«

»Aha, was steht da genau?«

»An Hermjo, das Riesenarschloch. Und er ist auch nicht mit der Post gekommen, sondern offenbar von irgendjemandem in den Briefkasten gesteckt worden.«

»Lassen Sie den Brief liegen, ich komme gleich mit einem Kollegen von der Spusi vorbei, dann können wir ihn gemeinsam lesen.«

Halo Arschloch

Verges die Russenmaffia, ich wolte nur ma seen, was ich euch wehrt bin. Ich habe kein Bock, bei deine Volksverdumung weiter mitsumacken. Ir braucht mich auch nich suchen, bin weck, mache jetz was vernünftiges, was meine inteligäns mer fordert. Und hör auf, Lisa anzubagern, die stet auf Menner, keine Jamerlapen.

Fik dich, Justus

»Tja«, sagte Hermjo und rieb sich beide Augen, »was sagt man dazu?«

»Das hat Justus nicht geschrieben«, sagte Gregor, den Hermjo als Nächsten angerufen hatte, »mal ganz abgesehen von der Rechtschreibung, ist das nicht seine Schrift.«

»Aha, haben Sie vielleicht eine Handschriftenprobe von ihm?«, fragte Frau Maiwein.

»Ja, warten Sie, die müsste ich sogar in meiner Aktenmappe haben, da hat er mir mal ein paar Übungseinheiten skizziert und Fachbegriffe aufgeschrieben, die wir für die Moderationen gebraucht haben …ach, da hab ich sie!«

»In der Tat, das sind zwei völlig verschiedene Schreiber, fragt sich nur, welche Schlüsse wir daraus ziehen: Tut hier einer so, als wäre er Justus, und wenn ja, warum, oder hat jemand Justus gezwungen, diesen Brief zu schreiben, und er, Justus, versucht uns genau das durch die Fehler und die verstellte Schrift zu signalisieren. Dieser eingetrocknete dunkle Fleck, könnte das Blut sein, das jemand versucht hat, wegzuwischen?«

»Gut möglich«, brummte der Spusi-Mann, »müssen wir untersuchen, ach guck, da ist auch ein Haar in dem Umschlag, ist Justus blond?«

»Ja«, sagten Hermjo und Gregor wie aus einem Mund. »Wenn wir jetzt noch eine DNA-Probe von Justus hätten.«

»Na, da wird sich in seiner Wohnung ja wohl was finden, Haare im Kamm oder sowas«, sagte Hermjo. »Und wenn das Blut und die Haare von derselben Person sind, dann wissen wir, dass der Entführer den Eindruck erwecken will, der Star der Show habe keinen Bock mehr, das lässt eigentlich nur den Schluss zu, dass es gar nicht um Justus geht, sondern dass jemand die Show kaputtmachen oder mir persönlich schaden will.«

»Gut kombiniert, Herr Benek-Söderbaum, vielleicht sollten wir mal ein Gespräch über Ihre Feinde führen«, sagte die Kommissarin.

»Das wird sicher ein längeres Gespräch«, sagte Hermjo

und grinste, »das sollten wir vielleicht in meinem Lieblingssteakhaus führen!«

Meine Frau

»Was ist jetzt mit Justus und Lisa?«

»Nichts, geht ja schlecht, wenn Justus verschwunden ist.«

»Hat Lisa ihn vielleicht entführt?«

»Schöner Versuch, Schatz, aber von mir erfährst du nichts!
Du wirst dich genau wie die anderen Millionen gespannte
Leser gedulden müssen, bis das Buch erscheint.«

»Aber wieso schreibst du nichts über Lisa, sie ist meine
Lieblingsfigur!«

»Woher weißt du denn, dass du gar nichts über sie erfährst,
hast du etwa schon wieder heimlich meinen Computer geöffnet?«

Meine Frau biss sich auf die Lippen und tat so, als hätte sie
was ins Auge bekommen. Dann putzte sie sich umständlich die
Nase und murmelte so etwas wie: »Quatsch, Verfolgungswahn,
lächerlich.« Und dann sagte sie: »Hier, ich hab's! Ich schreibe
ein Kapitel, in dem ich sie zufällig treffe, und wir unterhalten
uns, und dabei wird sie mir einige meiner drängendsten Fragen
beantworten, dann lasse ich dich auch in Ruhe, versprochen!«

»Kommt überhaupt nicht in Frage, ich brauche keine Gast-
autorin, die mir meine männlichen Leser mit Frauenthemen
vergrault, aber ich werde dich irgendwie im Buch erscheinen
lassen, und dann kommt es zu einem kurzen Gespräch. Du
könntest zum Beispiel in abgerissenen Klamotten am Bahn-
hof sitzen und betteln, Lisa kommt vorbei und lädt dich auf
eine Pizza ein, und dann quatscht ihr ein bisschen.«

»Geht's noch? Wieso bin ich eine Bettlerin? Das wird ja immer besser mit dir! Wieso bin ich eigentlich nicht zum Beispiel eine Autorin, die sich bei Hermjo vorstellt? Das ist nämlich auch so 'n Punkt, dass bei dir die Männer wieder den Humor gepachtet haben!«

»Das ist ja lächerlich, du und eine Comedy-Autorin, du ruinierst doch wirklich jeden Witz. Und wieso willst du dich bei Hermjo vorstellen? Du weißt ganz genau, dass er als Erstes versuchen würde, dich in die Kiste zu kriegen, aber vielleicht findest du diese Vorstellung ja ganz spannend!«

»Jetzt reicht es aber, ich ruiniere jeden Witz? Wer hatte denn die Idee, bei unserem letzten Spieleabend einen Eimer Wasabi anzurühren und den Gästen zu erzählen, es wäre Avocado-Creme für die Nachos, das war doch zum Schreien!«

»Ja, nur komisch, dass sich seitdem keiner mehr von denen gemeldet hat. Also gut, du bist für einen Tag Assistentin bei der Cateringfirma, die das Team mit Essen versorgt, und dabei quatscht Lisa dich an, weil sie das Rezept für die Kürbissuppe haben will, und daraus ergibt sich dann ein Gespräch.«

»Aber lass mich dir wenigstens einige Fragen aufschreiben, sonst lässt du mich die ganze Zeit nur übers Kochen reden!«

Justus

Als er wieder in seiner Zelle war, hatte Justus seinen Fluchtplan schon in groben Zügen fertig, zumindest theoretisch. Er befand sich im Kellerbereich seines Box-Gyms, unterhalb der Duschen, den er vorher aber nie betreten hatte, es hieß, dort lagere man alte Geräte. Von den Duschen gab es nur einen Zugang in die Sporthalle, der Ausgang war genau gegenüber. Auf dem Weg nach draußen musste man am Aufenthaltsraum des Hallenwarts vorbei, dessen Tür komplett aus Plexiglas bestand, sodass man kaum unbemerkt vorbeikam. Die große Frage war, wo waren die vier Leute, mit denen er es zu tun hatte, nachts? Gab es hier in dem unteren Bereich, in dem er gefangen gehalten wurde, weitere Aufenthaltsräume? Der normale Trainingsbetrieb ging bis 22 Uhr, dann wurde noch geduscht oder auch nicht, ab 23 Uhr war die Halle dunkel und verschlossen. Ein Blick auf seine Uhr sagte ihm: Mittwoch, 19.33 Uhr. Justus hatte immer noch keine Ahnung, wer ihn gekidnappt hatte und warum, aber da er sich hier in seinem Box-Gym befand, war der erste Gedanke natürlich: Bubi. Sie konnten sich nicht ausstehen, er und der Trainer hatten aber auch mit der Show zu tun, dem Trainer schien auch wirklich viel daran zu liegen, dass Bubi dabei war, Justus hatte keine Ahnung, warum. Er wusste nur eins: Wenn er den Feuerlöscher erreichte, der direkt am Gang zu den Duschen an der Wand hing, hatte er eine gute Chance, vier Mann auszuschalten. Ein Fünf-Kilo-ABC-Feuerlöscher ist in einer Sekunde einsatzbereit und nebelt eine Gruppe Menschen so ein, dass ihnen Sehen, Riechen, Schmecken und Hören vergeht, der Feinstaub setzt sich in sämtliche Öffnungen und Poren, wer nach dieser Behandlung noch Schwierigkeiten macht, wird mit dem Gerät einfach umgehauen. Sollte es ein CO_2-Löscher sein, würde es für die Betroffenen noch unangenehmer: Der Schaum funktioniert wie Trockeneis auf der Haut und führt zu schwersten Verätzungen. Gut, das war das Problem des Richters, Freiheitsberaubung gegen Verätzung aufzurechnen.

Plötzlich hörte Justus etwas. Er presste das Ohr an die

Eisentür und erkannte nun deutlich das Tatütata eines Krankenwagens, das, als es am lautesten war, plötzlich abbrach. Absichtslos drückte er den Türgriff nach unten und zog: Sie war offen! Das war entweder ein ganz dummer Fehler der Entführer oder eine ganz dumme Falle. Das würde Justus aber nur erfahren, wenn er es probierte. Die einzige Waffe, die er bis zum Erreichen des Feuerlöschers hatte, war der metallene Deckel des Aborteimers. Jetzt musste es schnell und lautlos gehen: 30 Schritte nach rechts, sechs Treppenstufen, durch die Tür, 15 Schritte nach links und er stand vor der Tür, die in den Duschraum führte. Er hörte Wasser rauschen und Stimmen, die erregt klangen. Entschlossen öffnete er die Tür, trat in den Duschraum und sah sich Ferdi und Günther gegenüber, zwei Freizeitboxern, beide Bankangestellte, die jeden Mittwochabend kamen.

»Hallo Justus, weißt du was Genaueres?«

Die beiden hatten also mit seiner Entführung schon mal nichts zu tun.

»Was meint ihr?«

»Na der Trainer, den haben sie doch eben mit dem Krankenwagen abgeholt, hat mit Bubi Pratzentraining gemacht und ist plötzlich umgekippt.«

»Nein, keine Ahnung, da werde ich mich gleich mal …«

Justus wollte gerade durch die Tür, als sie aufging und Bubi dastand. Dessen ohnehin hervortretende Augen wurden noch größer, aber er griff blitzschnell in die Tasche seiner Trainingsjacke und holte einen Elektroschocker heraus. Es klang nicht schön, als der Klo-Eimer-Deckel Bubis Nase einebnete.

Lisa

»Ja bitte?«

»Lisa, ich bin's, Justus.«

»Was? Nein! Wo bist du? Geht es dir gut? Brauchst du Hilfe? Soll ich irgendwohin kommen?«

»Ja, komm an deine Wohnungstür und mach sie auf!«

Die nächste halbe Stunde überlasse ich Ihrer Fantasie. Was werden schon zwei Menschen miteinander anstellen, die ausreichend Zeit hatten, sich über ihre Gefühle füreinander klar zu werden, die sich Sorgen umeinander gemacht hatten, zwischen denen eine starke erotische Spannung existierte, die einander aber aus den verschiedensten Gründen noch nicht beigewohnt oder auch erkannt hatten, wie ein alttestamentarischer Autor es ausdrücken würde. Und genau das taten sie auch jetzt nicht, weil Lisas Vernunft nach kurzer und heftiger Gefühlsaufwallung die Oberhand gewann.

»Als Erstes müssen wir Hermjo und die Polizei anrufen!«

»Hab ich schon gemacht, nachdem ich Bubi verschönert habe. Er liegt jetzt im Zimmer neben dem Trainer, dem geht es gar nicht gut, hat einen Herzinfarkt gehabt, sie hoffen, dass er durchkommt. Bubi ist noch nicht vernehmungsfähig, wird aber von zwei Polizisten bewacht. Morgen wissen wir vielleicht schon mehr. Und jetzt rufen wir Hermjo an.«

Der hatte mit Gregor, den Autoren und Stefan Tümmler, dem Regisseur, die Ausstrahlung der siebten Folge angeschaut und reichlich begossen, war aber schlagartig nüchtern, als er erst mal begriffen hatte, dass Justus frei und wohlbehalten war.

»Das ist ja Wahnsinn, wir kommen sofort zu euch, oder ihr zu uns, was ist euch lieber?«

»Am liebsten wäre es uns, wenn alle bleiben, wo sie sind«, sagte Lisa.

»Wie, verstehe ich nicht, ich denke, wir wollen uns treffen und Wiedersehen feiern, und dann müssen wir auch den Presserummel planen, Justus sollte vielleicht morgen früh gleich ins Frühstücksfernsehen …«

»Hermjo, der Mann ist tagelang gefangen gehalten und gefoltert worden, hat nichts zu essen bekommen und steht unter Schock, der bleibt jetzt bei mir, morgen bringe ich ihn mit an den Set. Und ins Frühstücksfernsehen kannst du mit Gregor und den Moderatoren gehen, gute Nacht!«

Und dann wurde es in Lisas Schlafzimmer doch noch unruhig, auch weil Lisas Mops Horst verzweifelt versuchte, sich im Bett zwischen Lisa und Justus zu drängen, worauf der ihn in die Küche trug, wo er laut und anhaltend wehklagte, was auch sein Gutes hatte, weil es Frauchen übertönte. Und Justus war heilfroh, dass er sich in den vergangenen Tagen so fit gehalten hatte.

Boss is back to Boxing

Die Nachricht von Justus' Befreiung schlug allenthalben ein wie eine Bombe. Der Unterhaltungschef von High5, Bernd Dengelbaum, ließ es sich nicht nehmen, ihn persönlich zu begrüßen, was natürlich für die Sendernachrichten aufgezeichnet wurde, seine Gattin Barbara war auch mitgekommen und erzählte den zahlreichen Pressevertretern bereitwillig immer wieder die Geschichte, wie der kleine Justus ihr in der Schule ihre Puppe wiederbeschafft hatte. Sein Boxteam hätte ihn fast erdrückt, als er sie mit den Worten »Boss is back to Boxing!« begrüßte.

Justus stellte seine drei verbliebenen Schäflein, Paul, Monty und David, gleich mal auf die Waage, um die Chancen auf den Gesamtsieg abzuschätzen, zumindest was die Gewichtsabnahme anging, und stellte zufrieden fest, dass sie sehr gut im Rennen lagen. Er drehte für die Show eine lockere Trainingseinheit ab, in der er nacheinander eine Runde mit jedem boxte, und verschwand dann in Begleitung von Hermjo, um jede Menge Pressetermine zu absolvieren.

Jenny und Chris konnten natürlich die Ereignisse rund um Justus noch nicht kommentieren, weil man ja einfach noch nichts wusste; alle hofften natürlich, dass man im Laufe der Woche Klarheit bekommen würde, um am nächsten Mittwoch, dem Ausstrahlungstag der Folge 8, den letzten Stand verkünden zu können.

Löblein hatte sich krankgemeldet, der Sender hatte darauf verzichtet, ihn bis zu seiner Genesung durch einen Kollegen vertreten zu lassen, wie es mit unersetzlichen Mitarbeitern oft so geht. Ansonsten machte sich bei den Kandidaten zwei Shows vor dem großen Finale so etwas wie Nervosität breit: Zwei Strongmänner hatten sich geprügelt, Timo Bär und Henry, der Supermarktfilialleiter, der dem »Grizzly« vorwarf, er hätte ihm fünf Energieriegel aus dem Schrank geklaut. Coach Florian Wessely befragte die beiden vor der Kamera, Timo bezeichnete den Vorwurf als frei erfunden und unterstellte Henry, er wolle sich angesichts seines drohenden Ausscheidens in der neunten Show nur »niedlich machen«. Der Trainer praktizierte daraufhin ein spektakuläres Gottesurteil. Die beiden Kontrahenten legten sich nebeneinander auf den Rücken und bekamen ein massives

Brett auf die ausgestreckten Hände gelegt. Auf diesem Brett balancierte Bodo, der dritte verbliebene Kandidat, lief auch, soweit es ging, hin und her, und der, der zuerst einknickte, hatte Unrecht. »Voll das Mittelalter«, stöhnte Jenny lustvoll, als das Spektakel begann.

Die beiden schafften es immerhin acht Minuten, bis Henry, dessen Adern am Hals mittlerweile fast daumendick hervortraten, seinen linken Arm nicht mehr spürte und rief: »Aufgabe!«

»Wunderbar«, rief der Coach, »damit ist bewiesen, Henry hat seine Fitnessriegel selber geklaut, fertig machen zum Training, meine Herren!«

Jenny und Chris wollten den Unterlegenen zwar noch interviewen, wurden aber vom Trainer verscheucht.

Gregor

Gregor, Axel und Diether saßen mit Peter Magin, dem Küchenchef des Sporthotels, zusammen, um eine der Spieleaufgaben für Folge 8 zu entwickeln, Schmecken und Fühlen. Und zwar würden die beiden Damenteams gegeneinander spielen, also Dodge-Daysies gegen Ballerinen. Jede der sechs Damen hatte die gleiche Versuchsanordnung vor sich: fünf Schälchen mit einem fein gehackten Lebensmittel und einen Teller mit diesen fünf Lebensmitteln im Normalzustand.

Selbstverständlich trugen sie Blindbrillen. Die Aufgabe war nun, den Geschmacksproben so schnell wie möglich das passende Lebensmittel zuzuordnen. Peter Magin hatte eine Auswahl zusammengestellt, die drei wollten den Test natürlich selber ausprobieren. Sie setzten die Brillen auf, nahmen einen Löffel voll aus dem ersten Schälchen und begannen, die fünf Lebensmittel nacheinander zu befummeln. Das größte war ein Blumenkohl, das kleinste ein Radieschen, dazwischen lagen Kohlrabi, Meerrettich und Chicorée. Diether probierte den geriebenen Blumenkohl und rief als Erster: »Stopp! Das ist irgendwie was mit Nüssen, ist das eine Nuss?«

Dabei hielt er das Radieschen hoch.

Der Küchenchef sagte: »Falsch! Weiterraten, bitte!«

Gregor rief als Nächster: »Stopp!«

Er hatte den Meerrettich probiert und ebenfalls auf Radieschen getippt, Axel kostete Kohlrabi und ordnete das Geschmackserlebnis dem Meerrettich zu. Alle nahmen die Brillen ab und staunten nicht schlecht, dass keiner richtiglag. »Wunderbar«, sagte Gregor, »das funktioniert, Peter, du wirst ja dann sicher noch ein paar warme Worte über die Vorzüge der einzelnen Lebensmittel und ihren Stellenwert in den Ernährungsplänen unserer Kandidaten verlieren. Was haben wir als Nächstes?«

»Erst die Brillen aufsetzen, bitte, jetzt kommt der Obsttest. Ich habe fünf Früchte zu Smoothies verarbeitet, und ihr sollt wieder richtig zuordnen.«

Axel hielt Kiwi für Ananas, Diether Grapefruit für Orange, und Gregor probierte Avocado, betastete alles etwa zehn Minuten lang und gab dann auf. Die Tatsache, dass die Avocado eine Frucht ist, war allen neu, Axel googelte sie gleich mal und las begeistert vor: »Die Bezeichnung ›Avocado‹ geht auf das Nahuatl-Wort ahuacatl zurück, das auch ›Hoden‹ bedeutet. Na das sind doch Moderationen, die sich praktisch von selbst schreiben! Im Deutschen heißt sie auch Butterbirne, wegen der Konsistenz, oder Alligatorbirne wegen der Schale.« Bei den Früchten würden übrigens die Boxer gegen die Navy Seals antreten, die jeweiligen Sieger und die Strongmänner würden im »Nenn-drei-Spiel« den Abendsieger ermitteln. Da lautete die Aufgabe zum Beispiel: »Nenne innerhalb von zehn Sekunden drei Dinge, die man nicht beim Sex sagen sollte.« Darauf freuten sich die Autoren natürlich ganz besonders. Bei den Proberunden hatte man schon viel Spaß gehabt mit Beispielsätzen wie »Frierst du auch so?«, »Schläfst du schon?« oder dem Klassiker: »Ist er drin?«

Nachdem sie das Tagewerk für die »Speckweg-Show« erfolgreich abgeschlossen hatten, reichte Peter Margin einen kleinen Imbiss: Avocado-Tatar. Avocadowürfel, gehackte Schalotten und blanchierte grüne Erbsen, mit einer Vinaigrette aus weißem Balsamico, Pfeffer, Salz, etwas Pesto und Olivenöl vermischt, diese Masse wird mittels Dekoring angerichtet und mit Boquerones, sauer eingelegten kleinen Sardinchen, belegt, dazu in Olivenöl, das mit Rosmarin und Knoblauch aromatisiert wurde, geröstete Baguette-Scheiben. Dazu ein Cuvée aus Chardonnay und Weißburgunder.

Daraufhin beschloss man, noch ein wenig an der Versteckte-Kamera-Show weiterzuarbeiten. Axel zog ein kleines rundes Hölzchen mit einer eingearbeiteten Schraube aus der Tasche und drehte das Schräubchen hin und her. So etwas wie ein quietschendes Zirpen oder zirpendes Quietschen war zu hören. »Na, was könnte das sein?«

»Klingt auf jeden Fall wie ein kleines Tier, ein Frettchen oder sowas, keine Ahnung.«

»Genau! Und jetzt stellt euch Folgendes vor: Ihr sitzt in einer Raststätte auf der Toilette, und in die Kabine neben euch kommt einer und nimmt seine Geschäfte auf, jetzt dreht ihr das Schräubchen und sagt: ›Janz ruhig Paule, ja, das ist so hell hier, das kennst du nicht, ist ja gleich vorbei, dann macht der Papa es wieder dunkel.‹ Und dann ruft der Nachbar vielleicht: ›Sagen Sie mal, haben Sie da einen Vogel oder was?‹ Und ihr sagt: Nein, das ist Paul, mein Frettchen, den hab ich sonst in der Hose, aber hier muss ich ihn rausnehmen, und da hat er Angst. Wollen Sie ihn mal sehen? Ich schick ihn mal unten durch. Unten sind die Trennwände ja nicht bis zum Boden. Und dann gibt es verschiedene Möglichkeiten: Man arbeitet mit einem Plüschtier, in das man die Hand stecken kann …«

»Oder«, unterbrach ihn Diether, »mit einem echten zahmen Frettchen oder einer Ratte. Und das Ganze natürlich auf dem Damenklo, das müsste eigentlich wieder einen Grimme-Preis geben!«

Große Begeisterung, dem Cuvée wurde beherzt zugesprochen, und irgendwann sagte Gregor: »Wie findet ihr das: Wir drehen auf einer Aufwachstation, wo frisch operierte Patienten ihre Narkose ausschlafen, und dann verkleiden wir eine Schauspielerin als Engel, man kann auch noch einen Petrus dazustellen, und wenn die Leute wach werden, kriegen wir bestimmt tolle Reaktionen, vor allem, wenn wir vorher die Ehepartner nach etwaigen Fehltritten befragt haben und die Operierten damit konfrontieren. Ist das gut?«

»Ja, das ist sehr gut, allerdings sehe ich da eine gewisse Gefahr, dass der eine oder andere, der vielleicht nicht den stabilsten Kreislauf hat, den Löffel abgibt, vielleicht sollten wir die Szene mit Schauspielern drehen, und zwar mit 'nem Handy, und dann dem Chefarzt sagen: ›Wissen Sie eigentlich, was Ihr Personal mit den Patienten im Aufwachraum anstellt? Ich glaube, das ist noch einer drauf.‹«

Das fanden dann alle wunderbar und tranken einen drauf. Dann kam eine von Peters Köchinnen und fragte, ob Interesse an einem kalorienarmen Nachtisch bestehe. Axel und Diether, beide eher hager, wie aus einem Mund: »Wieso kalorienarm, wir sind doch keine Kandidaten!«

Gregor, seit langem mit seiner genetischen Disposition zu leichter Adipositas unversöhnt, strahlte die hübsche Frau an und sagte: »Von Herzen gern, ich muss Sie allerdings warnen: Wenn das Dessert so schmeckt, wie Sie aussehen, mache ich Ihnen unmittelbar nach Verzehr einen Heiratsantrag.«

Irma, so hieß sie, kicherte errötend oder umgekehrt und rannte in die Küche. Axel, Diether und Peter schauten Gregor an.

»Du weißt, was du da angerichtet hast?«

»Ich? Wieso? Nein, weiß ich nicht!«

Peter sagte: »Irma mag dich. Sie hat mich schon mehrfach gelöchert, was du mit der Show zu tun hast und was du sonst so machst. Ich habe nicht viel erzählt, nur, dass du die Sache erfunden hast, steinreich bist und selber gerne kochst, seitdem ist sie ganz hibbelig.«

Gregor begann plötzlich zu transpirieren. Er besann sich auf der Stelle auf eine Entspannungsübung: Fünf Sekunden durch die Nase einatmen, sich dabei seinen Lieblingsduft vorstellen, in seinem Fall war das tatsächlich die Kombination Knoblauch und Rosmarin, in Olivenöl erhitzt, dann fünf Sekunden halten und fünf Sekunden durch den Mund ausatmen, sich dabei vorstellen, man bläst eine Kerze aus, wieder fünf Sekunden halten und von vorne.

»Du siehst gerade selten dämlich aus, vielleicht möchtest du diesen Gesichtsausdruck noch modifizieren, bevor deine zukünftige Frau zurückkommt«, mahnte Diether.

Gregor sah auf und lächelte versonnen. Er empfand ein tiefes Glücksgefühl: Es ging offenbar auch ohne irgendeine blöde Anmachmasche. Womöglich stand er an einem weiteren Wendepunkt in seinem Leben, nach dem Start der Autorenkarriere.

»Was mag Irma?«, fragte er Peter.

»Keine Ahnung, doch warte mal, sie …«

In diesem Moment kam Irma mit einem Tablett aus der Küche. »Hier ist ein Zitronen-Cola-Wackelpudding, ein Schokoladenpudding und ein Hüttenkäseküchlein, alles zusammen etwa 350 Kalorien, guten Appetit!«

Sie warf Gregor einen langen Blick zu, der ihm wieder den Schweiß auf die Stirn trieb, weil er registrierte, dass sie braun-grüne Augen mit irisierenden Glimmerschiefer-Einschlüssen hatte mit Anteilen von Quarz, Granat und Turmalin. Das wäre es doch als Verlobungsring! Gleich morgen würde er den Juwelier seines Vertrauens, einen spielstarken Schachvereinskameraden, aufsuchen und fragen, ob er etwas in der Art herstellen könne.

»Iss, es wird kalt!«, rief Axel und schüttelte ihn. »Mann, ist der durch den Wind, sowas habe ich ja lange nicht erlebt, das könnte glatt eine Sitcom werden: ›Zum Fressen gern!‹

Gregor hörte nichts. Er probierte die Götterspeise und fand sie toll. Der Schokopudding: herrlich, das Hüttenkäseküchlein: außergewöhnlich.

»Peter, darf ich mal in die Küche? Ich möchte Irma unter vier Augen sprechen.«

Zehn Minuten später kam er strahlend mit einem Zettel zurück. »Seht mal, was ich habe, die Rezepte! Und er begann vorzulesen. »Für den Zitronen-Cola-Wackelpudding brauchst du 500 ml Cola, die lässt du aufkochen, bis die Kohlensäure raus ist, gibst eine Portion Zitronen-Götterspeise rein, lässt kurz aufkochen, füllst das Ganze in eine Schale und lässt es erkalten. Für den Scho…«

»Sag mal, geht's noch?«, fragte Diether, »Du verknallst dich unsterblich, rennst der Frau in die Küche nach und lässt dir dann nur die Rezepte geben?«

»Nein, ich habe auch gefragt, ob wir an ihrem freien Wochenende mal was zusammen unternehmen können.«

»Na, das hört sich schon besser an. Was macht ihr denn, essen, Kino, Absacker in der Kölner Altstadt?«

In diesem Moment steckte Irma den Kopf aus der Küche und rief: »Chef, am Wochenende können Sie mich nicht verplanen, ich muss nach Paris ins Disneyland, das wünsche ich mir seit 20 Jahren!«

Und so bekam Gregor die erste Standing Ovations seines Lebens.

Justus

Lisa und Justus fütterten sich gerade im Bett mit einer französischen Variation des weichen Frühstücksseis, das Justus mal von einer Schutzbefohlenen aus seiner Beschützerzeit gelernt hatte: Eine Tomate wird klein geschnitten und in ein Cocktailglas gegeben, darauf ein weiches Ei, gehacktes Basilikum, Pfeffer, Salz und Worcestershire-Sauce, dann alles rasch vermengen. Sieht etwas merkwürdig aus, schmeckt aber toll. Dazu frisches Baguette.

»Was ist das denn für eine Narbe, die ist mir ja noch gar nicht aufgefallen?«, fragte Lisa und strich mit dem Zeigefinger über eine Stelle auf Justus' linker Schulter.

»Ach das, da hat mal einer reingestochen.«

»Warum, war seine Frau in dich verliebt?«

»Nein, er war besoffen und wollte in einen Club, wo ich an dem Tag Türsteher war, vertretungsweise für einen Kollegen, der auf Hochzeitsreise war.«

»Wie, dann zieht der einfach ein Messer und sticht dich in die Schulter?«

»Nein, er wollte mich natürlich in die Brust treffen, und ich konnte nur noch die Schulter nach vorn bringen, und dann habe ich ihn mit dem rechten Ellenbogen am Auge erwischt und mit dem Knie in den Kronjuwelen, dann haben ihn zwei Kollegen fixiert, und dann kamen halt die Bullen und ein Krankenwagen, mh, das schmeckt ja wirklich toll, was? Scheiße, wer ist das denn am frühen Morgen?«

Justus' Handy klingelte, sein Klingelton war übrigens »Celebration« von Kool and the Gang.

»Ja? Hermjo, was ist los? … Nein, ach du Scheiße, ich komme.«

»Was ist los?«

»Anscheinend geht es mit dem Trainer zu Ende, das Krankenhaus hat angerufen, er will mich wohl unbedingt noch mal sehen.«

Der Trainer

Als Justus im Krankenhaus ankam, erwartete Hermjo ihn schon am Eingang. »Er macht es nicht mehr lange, will dir aber unbedingt was sagen, es scheint ihm wahnsinnig wichtig zu sein.«

Die beiden rannten auf die Intensivstation, wo der Arzt

sie in Empfang nahm. »Herr Lenz, nehme ich an, schön, dass Sie so schnell kommen konnten, normalerweise würde ich niemanden zu Herrn Nussig lassen, sein Zustand ist äußerst ernst, aber genau deswegen tue ich es. Ich habe den Eindruck, er weiß, dass er sterben wird, und möchte unbedingt etwas loswerden, also bitte schonen Sie ihn so weit wie möglich!«

»Danke, Herr Doktor.«

Justus betrat das Zimmer, in dem der Trainer an etlichen Schläuchen in seinem Bett lag. Er schien um die Hälfte geschrumpft zu sein, aber er war hellwach und lächelte.

»Danke, mein Junge. Komm mal näher ran, ich kann nicht mehr laut reden. Du weißt, ich liebe dich wie einen Sohn, und du bist wie mein Sohn, und deswegen bitte ich dich um etwas. Pass auf Bubi auf! Ich werde es nicht mehr können. Ich weiß, ihr könnt euch nicht besonders gut leiden, aber ...«

Der Trainer tastete nach Justus' Hand, Justus nahm sie ganz vorsichtig, um nicht an die Kanüle zu stoßen, die in der blauen Vene auf dem Handrücken des alten Mannes steckte. Im Moment war sie mit Pflaster verklebt, es hing kein Infusionsbeutel dran. Vielleicht hatten die Ärzte ihn schon aufgegeben.

»Bubi ist mein Sohn!«

»Wie jetzt?«

»Er ist mein uneheliches Kind, ich war nur kurz mit der Mutter zusammen, sie hat ihn zur Adoption freigegeben, ich habe davon erst Jahre später erfahren, und Bubi weiß es nicht, ich habe mich nicht getraut, es ihm zu sagen, habe versucht auf ihn aufzupassen und seine guten Seiten zu stärken, denn die hat er ja auch, er macht es einem nicht leicht, sie zu finden, das weiß ich wohl ...«

»Trainer, ich habe da einen besseren Vorschlag, Sie werden wieder gesund und kümmern sich weiter um Bubi, und ich unterstütze Sie, wo ich kann, denn ich weiß wirklich nicht, wie ich den Kerl beeinflussen soll, ohne ihm den Schädel einzuschlagen ...«

»Versprich es mir, Justus«, sagte der Trainer, dessen Augen plötzlich groß wurden und an ihm vorbeiblickten, »... ich höre den himmlischen Ringrichter zählen ...«

Seine letzten Worte waren kaum noch hörbar, er verzog den Mund zu einem schiefen Lächeln und schloss die Augen. Der Kampf war vorbei.

Justus schniefte zweimal, dann konnte er sich gegen das Schluchzen nicht mehr wehren. Um sich halbwegs in den Griff zu bekommen, versuchte er auszurechnen, wie viele Strafliegestütze der Trainer ihn hatte machen lassen, aber das half nicht viel. Er zog seine Hand ganz sanft unter der des alten Mannes weg und konzentrierte sich auf das, was der gesagt hatte. Bubi war sein leiblicher Sohn, wusste das aber nicht, und er, Justus, war jetzt dazu verdonnert zu verhindern, dass dieser Vollpfosten ständig Scheiße baute. Wie zum Beispiel ihn, Justus, zu entführen und im Gym seines Erzeugers gefangen zu halten. Wovon der Trainer natürlich keine Ahnung gehabt haben konnte.

Dass Justus entkommen war und ihm die Nase zermatscht hatte, würde das Verhältnis zu seinem neuen Schutzbefohlenen nicht verbessern. Gut, das würde sich alles finden, er brauchte jetzt erst mal eine von Lisas unschlagbaren Kopfmassagen, und dann würde er mit seiner Boxtruppe heute auf der Wasserski-Anlage am Bleibtreusee drehen. Auf dem 580 Meter langen Rundkurs erreichte man bis zu 50 km/h, das war schon sehr ordentlich, seine Schäfchen würden morgen den Muskelkater ihres Lebens in den Oberschenkeln haben. Justus atmete tief durch, wischte die Tränen ab, putzte sich die Nase, sagte leise: »Tschüs Trainer, ich krieg das schon hin, verlass dich auf mich!«, und wandte sich zur Tür.

Wasserspiele

Am Bleibtreusee würde einiges los sein. Justus würde mit seinen Boxern Wasserski fahren, und Ellroy wollte seinen Rekruten heute die Aufnahmeprüfung für die Navy Seals abnehmen, und – wir erinnern uns – Jenny würde mitmachen. Ellroy stand vor seinen drei Schäfchen und der vergleichsweise winzigen Jenny und sagte: »Heute werden wir die sportliche Eignungsprüfung der Navy Seals, der härtesten Truppe der Welt, absolvieren. Und wenn ich sage ›absolvieren‹, meine ich nicht mitmachen, sondern bestehen. Wir werden also 500 Meter unter 12.30 Minuten schwimmen, dann ist zehn Minuten Pause zum Anziehen, dann folgen 42 Liegestütze in zwei Minuten, da wird bekanntlich Chris für Jenny einspringen, 2 Minuten Pause, dann 50 Sit-ups, also Aufrichten des Oberkörpers aus der Rückenlage, acht Pull-ups, also Klimmzüge, ohne Zeitbegrenzung, wer seinen Bauchmuskeln noch eine Kinderüberraschung gönnen will, macht sie in der L-Position, also Beine gerade nach vorne gestreckt. Dann sind noch mal zehn Minuten Pause, und dann gibt es den 1,5-Meilen-Lauf, das entspricht 2,4 km in unter 11.30 Minuten. Wer besteht, bekommt dieses wunderschöne Navy-Seals-Abzeichen.«

»Ellroy, Sir, das schaffe ich nicht!«

»Hunor, das ist die falsche Einstellung. Sowas könnte

mich glatt auf die Idee bringen, eine der K.-o.-Prüfungen, die es seit 2005 gibt, zusätzlich anzubieten, als da wären: ein drei Meter langes Seil ohne Zuhilfenahme der Beine hochklettern, oder ihr hängt an der Sprossenwand und berührt mit den Füßen einen Medizinball über eurem Kopf.«

»Ja, das stelle ich mir lustig vor«, rief Fatih, aber es klang verzweifelt.

»Wunderbar, Fatih, du bist vorgemerkt, du kannst dich aber auch für das Schwimmen mit gefesselten Händen entscheiden, wir reden hier lediglich von einer Schwimmbadlänge, hier sind wir im Bleibtreusee, also sagen wir 25 Meter, du kannst auch die andere Richtung nehmen, nach unten, da sind es nur 12,8 Meter. Und jetzt genug gelacht, mir nach!«

Mit diesen Worten drehte der Ausbilder sich um und legte einen makellosen Köpper hin. Fatih, Lutz und Hunor folgten, Jenny sprang als Letzte. Es gab ein Boot für die Kamera und natürlich auch eines für den Fall, dass jemanden die Kräfte verließen.

Und natürlich hätte es für die Kamera nicht schöner kommen können: Jenny und Ellroy zogen dem Feld davon und lieferten sich ein richtiges Rennen, das sie fast zeitgleich in acht Minuten beendeten.

Chris war völlig aus dem Häuschen: »Was war das denn bitte? Warst du mal Schwimmmeisterin?«

»Du meinst Meisterschwimmerin«, stellte Jenny richtig, die nicht mal sonderlich außer Atem war, ja ich habe mal im Verein trainiert, ist lange her, macht aber immer noch Spaß. Aber ich wette, Ellroy hat längst nicht alles gezeigt, stimmt's?«

»Geht ja leider nicht, wir senden ja 20.15 Uhr«, sagte der Trainer und legte sein makelloses Gebiss frei.

»Chris, wir kommen zu den Liegestützen, 42 in zwei

Minuten, du bist nicht geschwommen, brauchst also auch keine Pause. Und los!«

»Ellroy, das war ein Scherz, ich habe seit Menschengedenken keinen Sport mehr gemacht, willst du mich etwa umbringen?«

»Wir machen es so«, sagte Jenny, »immer Chris einen und dann ich einen, wir sind ja ein Team!«

»O. k., also los!«

Chris quälte sich in die Bauchlage und stemmte sich mit dem Oberkörper hoch, aber so, dass der Unterkörper noch auf dem Boden lag. In der Zwischenzeit waren Fatih, Lutz und Hunor auch angekommen und umstanden die Szene prustend und keuchend.

»Das ist kein Push-up, Chris, Arsch hoch!«

Mühsam tat Chris wie befohlen, fiel danach sofort auf den Bauch.

»Jetzt ich«, sagte Jenny und machte 20 Dinger am Stück.

Alle am Set applaudierten.

»Jetzt Chris wieder!«

Der riss sich jetzt wirklich zusammen und schaffte sogar zwei.

Jenny rief: »Super, jetzt brauche ich nur noch 19!«

Und die machte sie dann auch.

Ellroy war hingerissen, wandte sich aber erst mal seiner Truppe zu. »Männer, ihr habt gesehen, was Jenny hier leistet. Das könnt ihr auch!«

Konnten sie aber nicht, Fatih und Lutz schafften 26, Hunor 18. Bei den Sit-ups sah es ähnlich aus, und bei den Klimmzügen war endgültig Schluss.

Jenny schaffte immerhin drei, und Ellroy zeigte dann für die Kamera 15 Pull-ups in L-Haltung, also mit gerade ausgestreckten Beinen. Jenny war hingerissen. Beide siegten dann auch beim 2.400-Meter-Lauf in 8.13 min.

Es gab dann noch eine kleine Talkrunde mit den Moderatoren, auf die Frage, wie er die Leistungen einschätzte, sagte Ellroy: »Eigentlich bin ich sehr zufrieden, zumindest ist niemand ertrunken. Natürlich würde keiner die Aufnahmeprüfung bei den Seals bestehen, aber es käme ja auch keiner auf die Idee, sich zu melden. Wir reden hier von untrainierten Leuten mit weit über 100 Kilo Gewicht.« Und mit einem Seitenblick zu Chris: »Moderator können die alle locker werden. Aber Jenny ist richtig toll in Form, Respekt! Und jetzt können wir alle ein paar Kohlehydrate gebrauchen, um die Speicher aufzufüllen!«

Das Catering war natürlich schon seit einiger Zeit aufgebaut, etliche Gemüsetapas, aber zur Feier des Tages glühte auch ein großer Grill, auf dem neben Maiskolben, Ananas, Kartoffeln in Folie auch Bratwürste und Nackensteaks garten. Und es gab einige große Pfannen mit Pilzen, Paella, Bratnudeln und Ratatouille.

Lisa war von einer der Helferinnen völlig vereinnahmt worden, die sich ihr gleich zu Beginn des Aufbaus aufgedrängt hatte: »Hallo, ich bin die Gisi, ich darf heute hier helfen und finde das ja total spannend, hier so beim Film, hätten Sie vielleicht Zeit, mir ein paar Fragen zu beantworten, ich mache da dann auch so einen Beitrag für unsere Stadtteilzeitung draus. Darf ich das Interview auf meinem Handy aufnehmen?«

Lisa verdrehte die Augen und sagte: »Im Moment wird nicht gedreht, also schießen Sie los!«

»Ergeben sich viele Partnerschaften bei solchen Gelegenheiten?«

»Wie meinst du, ob Leute sich verknallen?«

»Ja, und ob dann …«

»Ja, das kommt vor.«

»Sind ja auch einige sehr attraktive Männer dabei.«

»Ja, schon, aber man hat ja schließlich einen Job zu tun.«

»Wo ist denn der Justus, von dem im Moment alle Welt spricht, ist der heute nicht hier?«

»Doch, die sind da ganz hinten an der Wasserskianlage … oh sorry, mein Handy …ja? Gut, ich komme sofort. … Tut mir leid, die brauchen mich.«

»Kann ich nicht mitkommen?«

»Nein, Gisi, Sie werden hier gebraucht. Tschüs!«

Oberkommissarin Anja Maiwein.

Hermjo stürmte in sein Büro mit den Worten: »Also diese Kriminalkommissarin ist ja wohl der heißeste Feger …«

Er brach abrupt ab, weil Ursel, seine Sekretärin, panisch das international gebräuchliche Seenotzeichen machte. Und dann sah er es. Die Kriminaloberkommissarin Anja Maiwein stand hinter der Tür und betrachtete die Erinnerungsfotos an der Wand: Hermjo mit Wladimir Klitschko, Dieter Bohlen mit Hermjo, Hermjo mit der Goldenen Kamera.

»Ah, da bist du ja, schön, dass es dir auch gefallen hat, ich hatte mir schon Sorgen gemacht, weil du so schnell eingeschlafen bist …«

Hermjo hatte keine Ahnung, dass er diese Fähigkeit überhaupt besaß, aber er errötete, ach was, er bekam einen Poller wie ein Feuermelder.

Anja erlöste ihn und sagte: »Wir müssen uns noch mal

unterhalten, ich komme mit der Justus-Entführung nicht weiter, was hat er dir gesagt, wie er freigekommen ist?«

»Er sagt, die haben ihm irgendwas in den Kaffee getan, dann ist er weggetreten und vor seiner Haustüre aufgewacht.«

»Genau das hat er uns auch gesagt, aber irgendwas ist da faul. Der Trainer verstirbt an einem Herzinfarkt, und Bubi wird zur selben Zeit die Nase demoliert und muss operiert werden, und Bubi sagt: Trainingsunfall, will aber keinen Namen nennen. Und Justus hat niemanden erkannt, hat keine Ahnung, wo er die Woche gefangen gehalten wurde, die einfachste Erklärung wäre, ihr habt das Ganze inszeniert, um die Quote in die Höhe zu treiben.«

»Das klingt einleuchtend, zumal es das ja tatsächlich getan hat, aber ich kann dir nur versichern, ich habe damit nichts zu tun!«

»Muss ja auch nicht, könnte ja genauso gut der Sender gemacht haben.«

»Eher nicht, wenn das rauskommt, sind die erledigt.«

»Also was wissen wir: Es besteht kein finanzielles Interesse an Justus, die Briefe waren plump gefälscht, also ist das Motiv, entweder der Show zu schaden oder zu nützen.«

»Es gibt ja auch noch die Möglichkeit, dass einer von Justus' Konkurrenten ihn raushaben wollte.«

»Unwahrscheinlich, warum hätte er ihn dann freilassen sollen, wenn es wirklich eine Freilassung war. Wir haben auch diesem Zwillingsbruder noch mal auf den Zahn gefühlt. Dein Privatdetektiv hat ja gesagt, er hat Spielschulden, aber was das angeht, scheint er sauber zu sein. Irgendwas verschweigt Justus uns. Es wäre ja auch möglich, dass Justus die ganze Sache im Alleingang durchgezogen hat, er ist einfach irgendwo abgetaucht und hat mit den blödsinnigen Briefen den Eindruck erweckt, er wäre entführt worden. Und nach dem Coup mit der Erklärung des Senders zu zahlen, ist der Zweck erreicht, die Weiber sind noch verrückter nach ihm, und jetzt ist er zurückgekommen, um die Ernte endgültig einzufahren, wirklich nicht schlecht!«

Hermjo starrte sie geistesabwesend an. Mehrere Dinge gingen ihm durch den Kopf. Wenn dieser Fall nicht gelöst würde und die Show bis zum Schluss der Riesenerfolg bleiben würde, der sie im Moment war, könnte man ja durchaus mal durchblicken lassen, dass er, Hermjo Benek-Söderbaum, der Drahtzieher dieser Entführung war. Das war die eine Sache. Die andere: Anja Maiwein war eine tolle Frau, clever, bildhübsch und humorvoll. Wie sie seinen dämlichen Auftritt eben abgefedert hatte, alle Achtung. Wieso ließ sich so eine absolute Klasse-Braut mit ihm ein? Offensichtlich, weil er ein Über-Typ war!

»Über was denkst du so angestrengt nach?«

»Ob ich mich durch eine Essenseinladung in Kölns teuerstes Restaurant noch verdächtiger mache.«

»Ja und nein.«

»Wie jetzt?«

»Ja zur Einladung und nein zur zweiten Frage.«

»Ich gehöre also nicht mehr zum Kreis der Verdächtigen?«

»Doch, aber deine Frage war ja, ob du dich noch verdächtiger machst, und das tust du nicht.«

»Dürft ihr überhaupt mit Tatverdächtigen essen gehen?«

»Erstens haben wir dann ein Auge auf sie, und zweitens gilt bis zum Urteil die Unschuldsvermutung.«

Meine Frau

»Das darf ja wohl nicht wahr sein: Wie lässt du mich denn dastehen? Wie ein blondes Dummchen! ›Hallo, ich bin die Gisi, ich darf heute hier helfen und finde das ja total spannend, hier so beim Film, hätten sie vielleicht Zeit, mir ein paar Fragen zu beantworten, ich mache da dann auch so einen Beitrag für unsere Stadtteilzeitung draus. Darf ich das Interview auf meinem Handy aufnehmen?‹«

»Was ist jetzt daran schlimm?«

»Ich bin die Gisi, sowas würde ich nie sagen, und was ist Gisi für ein bescheuerter Name?«

»Dann warte erst mal ab, wie du weiter heißt: Gisela Hilden-Söderlapp!«

»Von mir aus, aber du lässt mich nur drei völlig bescheuerte Fragen stellen, und dann muss Lisa plötzlich weg?«

»Ja, jetzt sind die Leute wahnsinnig gespannt, ob ihr euch noch mal wiederseht, sowas nennt man Cliffhanger!«

Disneyworld

Gregor saß mit Axel und Diether zusammen. Zum einen wollten sie weiter an der Versteckte-Kamera-Show arbeiten, und dann wollte sich Gregor den einen oder anderen Tipp der interneterfahrenen Autoren holen, wie er das Disney-Wochenende mit Irma, seiner neuen Liebe, gestalten sollte. Diesmal hatte Gregor Königin-Pastetchen mit einem speziellen Ragout-fin-Rezept vorbereitet, und dann Spaghetti mit einer Bolognese-Sauce, die er mithilfe des orientalischen Hackfleischgewürzes von Alfons Schuhbeck, das er sich immer schicken ließ, auf arabisch getrimmt hatte. Außerdem verwendete er nur wenig Tomatensauce, stattdessen grüne frische Paprika und rote aus dem Glas, außerdem Silberzwiebeln aus dem Glas und Selleriestreifen. Die Kollegen geizten nicht mit Komplimenten.

»Bist du sicher, dass du mit Irma nach Paris willst?«, fragte Diether, »ich würde alles stehen und liegen lassen und an ihrer Stelle mitfahren, überleg es dir, wir hätten auf der Fahrt bestimmt mehr zu lachen, hast du dich überhaupt schon mal länger mit ihr unterhalten?«

»Ja natürlich, wir telefonieren viel, und genau deswegen fahren wir ja nach Paris, um zu probieren, wie wir es zwei Tage miteinander aushalten!«

»O. k., dann jetzt mal an die Versteckte-Kamera-Sache: Wie findet ihr das? Wir sehen einen seriösen Arzt, Werner A. Er ist Pathologe und arbeitet an der medizinischen Fakultät einer großen Universität. Er nimmt auch Autopsien im Auftrag der Staatsanwaltschaft vor, der Obduktionsraum ist sein Wohnzimmer, um mit Boris Becker zu sprechen. Wie wird er reagieren, wenn die Leichen von innen an die Schubladen klopfen, weil wir sie gegen Schauspieler ausgetauscht haben?«

»Ich weiß nicht«, sagte Gregor und nahm eine von den belgischen Trüffelpralinen, die er zum Kaffee serviert hatte. »Das ist schon sehr krass, fällt das nicht unter Störung der Totenruhe oder so? Stellt euch nur mal vor, was der Löblein dazu sagen würde!«

»Mister Greenlight?«, sagte Axel, »jetzt haltet euch fest, das habe ich ja noch gar nicht erzählt, der ist weg von High5 und geht zu Luzifer-Production als Formatentwickler und Producer!«

»Luzifer?«, sagte Diether, »das sind doch die, die Hermjo mit der Abnehm-Show ausbooten wollten, oder?«

»Ja, und dahin geht der Kamerad, der uns jede gute Idee absägen wollte. Jetzt ist die Frage: Hat der hier nur auf blöd und humorlos gemacht, ist aber in Wirklichkeit sehr clever und versucht einem Mitbewerber Knüppel zwischen die Beine zu werfen, so doppelagentenmäßig? Vielleicht steckt er ja auch sogar hinter der Sache mit Justus? Egal, wenn du die gestörte Autopsie zu strong findest, nimm das: Wir sind im Aufbahrungsraum eines Beerdigungsinstituts und tun dem Verblichenen ein Handy in die Tasche. Klingelton ›Highway to Hell‹. Und wenn dann die Verwandten Abschied nehmen, lassen wir ’s klingeln. Und dann wollen wir doch mal sehen, ob einer nach dem Ding sucht und rangeht. Ideal wäre natürlich die Witwe. Und dann haben wir am Handy eine Frau mit Telefonsexstimme, die sagt: ›Hallo Schnuffelchen, wann fegst du mir mal wieder den Hinterhof?‹«

»Sag mal Axel«, sagte Gregor irritiert, »hast du was genommen? Sowas kann man doch nicht senden!«

»Ich weiß, aber ich wollte es einfach mal jemandem erzählen, vielen Dank fürs Zuhören!«

»So kommen wir ja wohl nicht weiter«, sagte Gregor, »was haltet ihr davon, wenn wir den Kandidaten, der verladen werden soll, in eine Quizshow bringen, und dann sorgen wir dafür, dass er ein Schriftstück findet mit den Fragen und Antworten für die Show, und es gibt auch nur immer zwei Alternativen, deswegen könnte die Show fifty/fifty heißen. Natürlich sind die Antworten alle falsch. Ich mach mal ein paar Beispiele: Wer komponierte mehr kirchliche Werke, Bach oder Beethoven?«

»Bach«, riefen Axel und Diether gleichzeitig.

»Richtig, auf dem Zettel steht natürlich Beethoven. Welche deutsche Rockgruppe singt die Geschichte von den zehn kleinen Jägermeistern, die Toten Hosen oder die Söhne Mannheims?«

»Die Toten Hosen.«

»Korrekt, unser Kandidat würde natürlich auf die Söhne Mannheims tippen. Wer ist die Schwester des Burgunderkönigs Gunther, die ihren Mann Siegfried unwissentlich verrät? Brunhild oder Kriemhild?«

»Kriemhild.«

»Genau, er sagt natürlich Brunhild, das Komischste an der Sache ist natürlich, dass er ja nicht protestieren darf, weil er sich dann verraten würde.«

»Ja«, sagte Axel, »das ist nicht schlecht, man könnte sogar mal mit Probekandidaten testen, ab wann er was merkt und auf die richtigen Antworten umschwenkt, aber was ich ein bisschen vermisse, ist der Comedy-Aspekt in den Fragen, vielleicht ist es komischer, wenn alle bis auf den, den wir verarschen, die richtige Antwort kennen auf offene Fragen, dann geht das Ganze so in Richtung ›Genial daneben‹, ich mache mal ein Beispiel: Wie misst man relativ genau die Schulterhöhe eines Elefanten, ohne sich einer Gefahr auszusetzen?« »Wahrscheinlich gibt's 'ne App dafür«, meinte Diether. »Oder man wartet, bis er unter einem Baum steht, merkt sich, wo Schulterhöhe ist, und geht, wenn der Elefant abgehauen ist, nachmessen.«

»Ja, alles schön«, sagte Axel, »man kann auch einem der Wildhüter Geld dafür bieten, dass er nachmisst, und hält dann die Videokamera bereit, aber nein, man nimmt den Umfang eines Vorderfußabdrucks mit 2 mal, ist das gut? Und das belegen wir natürlich in einem Einspieler, vielleicht auch mit euren Lösungen, die sind ja nicht übel.«

»Ja, das gefällt mir«, sagte Gregor, »da hab ich aber auch was: Was ist Heteropaternale Superfekundation?«

»Moment, das leiten wir doch ganz simpel vom Lateinischen her: Hetero ist klar ...«

»Entschuldige, du leitest jetzt vom Griechischen her, heteros, anders, verschieden!«

»Ja doch, du Korinthenkacker, aber paternal kommt ja wohl von lateinisch pater, also Vater, super ist über. Aber was ist Fekundation?«

»Befruchtung«, sagte Axel, »es handelt sich also um eine verschiedenvätrige Überbefruchtung, mh, sind das vielleicht Zwillinge von zwei verschiedenen Vätern?«

»Axel, ich bin stolz auf dich«, rief Gregor und schob ihm die Trüffelpralinen rüber.

»Ja toll«, meinte Diether leicht angesäuert, »aber das hat sowas altmodisch bildungshuberisches an sich, da war der Elefant witziger, Moment, da fällt mir was ein: Was haben Janis Joplin und Marilyn Monroe gemeinsam?«

»Beide haben mit über 1000 Männern geschlafen?«

»Das wäre für Janis eine stramme Leistung, wo sie nur 27 Jahre alt geworden ist, aber es geht in die richtige Richtung«, sagte Diether, »ratet weiter!«

»Haben sie es beide etwa mal für Geld gemacht?«, fragte Gregor.

»Bingo, ein Herr Symons behauptet in seinem Buch ›Wo lassen Nudisten ihr Wechselgeld?‹, dass Janis sich als Teenager für fünf Dollar anbot und Marilyn es für eine Restaurantmahlzeit im Auto machte.«

»Oh Gott, wäre ich früher geboren, hätte ich Sex mit Marilyn Monroe für einen Burger haben können, wie geil ist das denn!«

»Gut«, sagte Gregor, »wechseln wir mal das Thema: Wann ist Jesus geboren worden?«

»Na Weihnachten im Jahre null unserer Zeitrechnung.«

»Nein, ist er nicht, er ist laut außerchristlichen Quellen unter der Herrschaft des Herodes geboren worden, da der aber 4 vor Christus starb, ist er spätestens 4 vor Christus geboren.«

»Sekunde«, rief Gregor triumphierend, »der Bethlehemitische Kindermord, als Reaktion des Herodes auf die Aussage der drei Weisen aus dem Morgenland, wird nur bei Matthäus erwähnt, das Lukasevangelium sagt, Jesus kam während der ersten römischen Volkszählung in Judäa zur Welt, die war aber historisch gesehen erst 6 nach Christus, also zehn Jahre nach dem Tod des Herodes, das ist also recht dünnes Eis für ein Comedy-Quiz.«

»Wohl wahr«, sagte Axel, »also bleiben wir weltlich: Warum brachen die Amazonen ihren männlichen Gefangenen beide Beine?«

»Mein Gott, damit sie nicht wegrennen konnten!«

»Falsch, weil sie glaubten, dass beinlahme Männer die besseren Liebhaber wären.«

»Die Amazonen waren doch wohl nicht so doof zu glauben, wenn sie mir beide Beine brechen, hätte ich noch Lust, sie zu poppen?«

»Weiß man's, wenn's verheilt ist, also nicht mehr wehtut, bewegungsintensive Hobbys, aber trotzdem nicht infrage kommen, könnte doch was dran sein.«

»Leute, es war schön mit euch, aber jetzt muss ich mit Irma nach Paris!«

Hermjo

»Leute, es gibt Probleme«, sagte Hermjo bei der morgendlichen Programmsitzung nach der Ausstrahlung der achten Folge von »Speckweg«. Die Quote ist um fast zwei Prozent gesackt, der Sender sagt, seine Social-Media-Abteilung schlägt Alarm. Das Monitoring hat ergeben, die Nennungen von Show und speziell Justus gehen noch ein, aber der Wind dreht sich, sie halten sogar einen Shitstorm für möglich. Irgendwie sind die Leute zunehmend der Meinung, dass wir die Entführung vorgetäuscht haben, um Aufmerksamkeit zu erregen.«

In diesem Moment klopfte es. Die Tür ging auf, und ein Mitarbeiter trug einen Plastikcontainer mit Plüschtieren herein. »Alles für Justus«, krähte er und ging wieder.

»Letzte Woche waren es nicht so viele«, sagte Justus.

Hermjo seufzte. »Dafür waren die Quote und die Kommentare im Netz besser, also müssen wir bei Folge neun echt Gas geben, sonst sehe ich für die Abschlusssendung schwarz. Wir wollen live und drei Stunden senden, aber dafür müssen die Werbezeiten verkauft sein, sonst lässt uns Dengelbaum nur eine normale aufgezeichnete Folge machen, und das wäre sauschade. Also, was machen wir?«

»Ich habe gesehen, es ist eine Kirmes in der Stadt, die haben sogar eine Boxbude, da könnte ich doch mit meinen Jungs vorbeischauen!«

»Na ja«, meinte Gregor, »das ist im Prinzip eine tolle Idee, aber so wie ich das kenne, haben diese Unternehmen fünf oder sechs Boxer von leicht bis schwer, also nur einen potentiellen Gegner für deine Jungs, und du selbst läufst ja auch schon unter Schwergewicht.«

»Das ist ja kein Problem«, rief Hermjo, »mit dem Chef

von der Bude kann man ja reden, der wird ja wohl noch ein paar Schwergewichtler kennen, wir brauchen ja nur vier, er kriegt ja schließlich Kohle dafür und hat eine Riesenwerbung, und unsere Jungs stehen mal richtig im Ring, finde ich super! Was machen wir mit den anderen Teams?«

Ellroy sagte: »Ich möchte zwei Tage und zwei Nächte ohne Essen, mit Gewaltmärschen und einer Durchschlageübung, wo sie von Partisanen angegriffen werden, die natürlich von den anderen Teams gestellt werden, da bräuchten wir Nachtsichtkameras!«

»Machen wir, super, was machen die Damen?«

»Ick habe mir eine Völkerballvariante namens ›Kerle abschießen‹ ausjedacht. Meine drei Mädels und ick stehen um ein Spielfeld herum, wir haben zwei Bälle. Ein Mann aus einem Männerteam steht im Feld und soll abjeschossen werden. Jetzt jibt es zwei Möglichkeiten: Wenn ein Mann jetroffen wird, ist er tot und setzt sich auf die Totenbank. Ein neuer kommt ins Feld. Es jeht jetzt also um die Zeit, die wir brauchen, um vier Männer auf die Totenbank zu schießen. Andere Möglichkeit: Immer, wenn wir einen Kerl treffen, kommt ein neuer dazu, wenn vier im Feld stehen, ist Schluss, das jeht schneller. Und das kann man natürlich jejen die anderen Teams spielen. Sieger ist das Team mit der besten Zeit.«

»Das klingt sehr gut, Paula, Kompliment, da freu ich mich schon drauf. Florian, was bietest du uns an?«

»Ich habe jemanden, der uns zeigt, wie man Telefonbücher zerreißt. Du besorgst uns einen Haufen alter Telefonbücher, und meine Jungs und ich schauen, dass wir eine gute Zeit schaffen, die wir dann in der Livesendung noch mal unterbieten wollen, vielleicht kannst du da ja auch irgendeinen Rekordhalter besorgen.«

»Auch Klasse, Kinder, ich bin stolz auf euch, Kirk, was macht ihr?«

»Ich möchte die erste Mannschaft der Damen vom TSV 1880 Wasserburg einladen, Rekordmeister, in der Saison 14/15 haben die nicht ein einziges Spiel verloren, die würden gerne kommen, wenn wir die Fahrt und drei Nächte in unserem Hotel spendieren, da würde ich gerne ein paar Spiele drei gegen drei und eins gegen eins machen.«

»Das hört sich alles prima an, und was haben wir in der Brain-Abteilung vorbereitet?«

»Du wirst staunen«, sagte Gregor, »wir wollen ›Mensch ärgere Dich nicht‹ spielen.«

»Bitte?«

»Wir haben ein schönes großes Spielfeld, die Figuren sind unsere Kandidaten, also drei, und die Trainer würfeln und treffen die Entscheidung, welche Figur zieht. Da wir fünf Mannschaften haben, bauen wir einen Fünferparcours. Jedes Mal, wenn eine Sechs gewürfelt wird und ein Spieler auf Start gestellt wird, bekommt er eine Pappmünze in sein Schmetterlingsnetz. Wird der Spieler von einer anderen Partei geschlagen, muss er seine Münzen an diesen anderen Spieler abgeben. Erreicht der Spieler das Zielhäuschen, gehört das Geld dem Team. Die Partei, die die dritte Figur, also die letzte, ins Ziel bringt, gewinnt alle Münzen, die sich noch auf dem Spielfeld befinden. Klingt kompliziert, ist aber ganz einfach, die Requisite hat mir schon mal sowas in klein gebaut, das können wir gleich mal spielen. Einsatz zehn Cent.«

Eine halbe Stunde und viele Kraftausdrücke später hatte Paula Perlig 7,80 Euro in bar und einen Todfeind in Hermjo gewonnen, der dann aber widerwillig zugab: »Geiles Spiel, bei höheren Einsätzen müsste ich auf einem Notarztwagen vor der Tür bestehen, aber das klingt nach einer guten Show. Wir brauchen dann nur noch die endgültigen Modalitäten, wer aus jedem Team rausfliegen soll.« »Übrigens«, sagte Chris, heute Abend im ›Zoom‹ ist Open-Mic-Night, da trete ich auf, habt ihr Lust? Dann setze ich euch auf die Gästeliste.«

Alle waren baff: »Was machst du denn in einem Comedy-Club?«

»Ich bin nach unserer Staffel wieder für eine Kreuzfahrt gebucht, und da wollte ich mal sehen, ob ich mal was Neues ausprobiere.«

»Na, da sind wir doch dabei!«

Also trafen sich Gregor, Lisa, Hermjo, Axel, Diether und Jenny in dem kleinen Club und machten über zehn Prozent der Zuschauer aus. Justus bedauerte sehr, nicht mitkommen zu können, er habe eine dringende Verabredung.

Auf der kleinen Clubbühne erzählte zuerst eine beleibte Hausfrau über die unterschiedlichen Probleme einer beleibten Hausfrau in den 1950ern und heute, bedingt durch die Technisierung. Es gab drei Lacher, dann waren die sieben Minuten, die jeder Künstler nur hatte, um.

Der zweite Comedian war ein junger Türke, der über die unterschiedlichen Probleme junger Deutschtürken in der Türkei und in Deutschland sprach, er hatte eine achtköpfige Fangruppe im Saal, die ihn am Stück abfeierten, sodass ihn alle anderen Zuschauer am Schluss hassten.

Dann kam Chris: »Hallo, erinnern Sie sich noch an Tarzan? Kann jemand diesen berühmten Schrei nachmachen?«

Natürlich probierte es einer und lieferte eine jämmerliche Mischung aus Jodler, Hahn um fünf Uhr morgens und Mariah Carey.

»Und da haben wir schon eine interessante kognitive Fehlleistung. Eigentlich hätten Sie nur rufen sollen, ja ich, dann hätte ich gesagt, wunderbar, aber tun Sie's nicht, das bringt meinen Vortrag in ein randaleskes Fahrwasser, das ich nicht möchte, aber jetzt ist es passiert. Trotzdem, vielen Dank, Sie haben es toll gemacht, eine große Begabung, leider kann man sie im Alltag kaum einsetzen. Zurück zu Tarzan, er war kein großer Redner, eher wortkarg, fast einsilbig. Obwohl, ›Ich Tarzan, du Jane‹ hat immerhin fünf Silben, aber das ist dann auch der gesamte Textkörper. Das ist sein Opus Magnum sozusagen, aber für den Urwald hat's gereicht, nicht auszudenken, was aus ihm hätte werden können, wenn er auf Lehramt studiert hätte wie ich, aber man kann nicht alles haben, trotzdem war er einer der Helden meiner Jugend. Ich bin oft als Tarzan zum Karneval gegangen, um den Mädels zu imponieren, und das hat natürlich geklappt. Ich wurde ganz oft von Mädchen angesprochen: ›Frierst du nicht unheimlich?‹ ›Ja.‹ ›Äh, hast du sie nicht alle?‹ Ich habe mich später oft gefragt, ob da nicht mehr drin gewesen wäre, vielleicht hätte ich sagen sollen: ›Ja, nimm mich mit in dein Bettchen und rubbel mich warm!‹, aber ich war noch unberührt und scheu und vor allem sehr katholisch, ich habe ja mit der schützenden Hand der Kirche am Genital pubertiert. Ich verspreche mich an der Stelle häufiger und sage dann: ›mit der schützenden Hand am Genital der Kirche‹, egal, apropos, ich war auch Messdiener, ja, ich weiß, was Sie jetzt denken, an den alten Witz: Warum haben Messdiener einen Mittelscheitel?«

Chris formte pantomimisch einen Ministrantenkopf vor seiner Leibesmitte und streichelte mit beiden Händen seitlich abwärts.

»Brav. Und nichts zu Hause erzählen, gell? Aber da war bei mir nichts. Als das vor ein paar Jahren anfing mit der Aufarbeitung dieser Missbrauchsfälle in der Kirche, da konnte man ja stellenweise den Eindruck gewinnen, die katholischen Geistlichen hätten kaum noch was anderes gemacht, und natürlich hatten wir plötzlich jede Menge Prominente, die sich erinnerten und die Gelegenheit wahrnahmen, mal wieder in der Presse aufzutauchen. Bei mir war nichts, es gab nur das Gerücht, dass der Pfarrer regelmäßig in den Puff ging, aber ich hatte dann irgendwann mal so eine Filmszene vor Augen, der kleine Sohn von Clint Eastwood kommt nach Hause und sagt: ›Papa, der Pfarrer hat gesagt, ich soll was ganz Komisches machen.‹ ›Und, hast du?‹ »Nein, ich wusste ja nicht was das ist.‹ ›Gut, dann gehen wir zwei jetzt zum Pfarrer und klären das.‹ Knock, knock, knock. ›Ja bitte, was kann ich für Sie tun?‹ ›Mein Sohn hat gesagt, er sollte was Komisches machen, stimmt das?‹ ›Ja, nein, das ist ein furchtbares Missverständnis…‹ ›Na, dann wird es doch Zeit, dass wir das aufklären. Ich würde sagen, Sie demonstrieren das mal an mir! Los, runter!‹ Charles Bronson hätte das auch so gemacht oder Liam Neeson. Aber das ist Amerika, eine andere Welt. Ist nicht alles schlecht da drüben. Vielen Dank.«

Keine Standing Ovations, aber sehr langer und herzlicher Applaus, ein paar Pfiffe waren auch dazwischen, die konnte man so und so auslegen. Chris strahlte und verließ die Bühne.

Später an der Bar nahm er erst mal einen Korn und haute dann ein Pils weg.

»Das war so geil«, sagte Jenny und strahlte ihn an, »das hätte ich echt nicht gedacht, dass du einen Comedy-Laden voll junger Typen rockst, ich raff es nicht!«

»Darauf brauch ich noch einen Korn!«, rief Chris, bemerkte aber, wie Jennys Augenbrauen sich hoben. Sofort kam die Erinnerung an ihren ersten Abend, und der Wunsch nach Korn machte einem anderen Platz.

Justus und Bubi

Justus' Verabredung war Bubi.

Der hatte ihn angerufen und gesagt: »Wir müssen reden!«

»Denke ich auch.«

Jetzt saßen sie einander in einem American Diner gegenüber.

»Du wolltest reden, also fang an!«, sagte Justus und biss in ein halbverkohltes Hühnerbein.

»Du weißt, dass ich dich nicht ausstehen kann, du bist ein unerträglich arrogantes und selbstgefälliges Arschloch!«

»Ich wüsste nicht, wie ich ohne diese Information weiterleben könnte, hast du mich deswegen entführt und fast eine Woche in unserem Gym gefangen gehalten, und ganz wichtig: Wusste der Trainer davon?«

»Jep.«

Justus' Augen verengten sich. Bei den meisten Leuten weiten sich die Augen, wenn sie staunen, bei Justus war das Gegenteil der Fall, was den Eindruck entstehen ließ, dass er nie staunte.

»Warum habt ihr das gemacht?«

»Weil ich zufällig gehört habe, wie dein Name fiel, als ein paar Jungs von der russischen Mafia bei uns trainiert haben. Ich habe nicht alles verstanden, aber es ging um irgendeinen Schachboxkampf, den du angeblich irregulär gewonnen hast, und sie wollten dir einen Denkzettel verpassen und dich zu einem Käfigkampf ohne Regeln gegen diesen Typen zwingen, Gogol heißt er wohl, und wenn du den geschafft hättest, wäre der nächste gekommen, und immer so weiter, sie hätten aber rechtzeitig aufgehört, damit du noch unterschreiben kannst, dass du deinen Titel niederlegst. Danach hätten sie natürlich weitergemacht und der Trainer hat gesagt: Nimm ihn in Schutzhaft, bis ich das geregelt habe.«

»Wie, was wollte er denn regeln?«

»Der Trainer war in der DDR ein hoher Stasi-Offizier und hat immer noch beste Kontakte zu den Russen, und außerdem ist er dein Vater.«

Jetzt machte Justus doch große Augen, sehr große. »Das glaub' ich jetzt nicht. Er hat mir dasselbe von dir erzählt und mich gebeten, auf dich aufzupassen.«

»Ach deswegen hast du mir mit dem Kloeimerdeckel die Nase eingeschlagen?«

»Zu diesem Zeitpunkt warst du für mich eins von den Arschlöchern, die mich entführt haben.«

»Dir ist klar, dass ich dir kein Wort glaube?«, sagte Bubi.

»Believe it or not, ist mir scheißegal, aber ich war bei ihm, als er gestorben ist, und ich denke, da hat man andere Sorgen, als Lügen in die Welt zu setzen.«

»Ich habe ja nicht behauptet, dass er lügt, sondern du.«

»Gut, warum sollte ich dir erzählen, ich soll auf dich aufpassen, anstatt dir noch mal die Nase einzuschlagen?«

»O. k., da ist was dran, dann sind wir also Halbbrüder, ach du Scheiße.«

»Verwandte kann man sich nicht aussuchen, für mich bleibst du ein Arschloch, Brüderchen«, sagte Justus.

Beide mussten lachen und klatschten sich ab.

»Und weißt du, ob der Trainer was mit der Russenmafia gedeichselt hat?«

»Ja, hat er wohl, er meinte, dieser Typ, dieser Gogol, hätte irgendwie Scheiße gebaut, sie wollten ihn jetzt doch nicht zum Schachboxweltmeister machen, sondern lieber liquidieren. Der Trainer wollte dir das gerade sagen, als er umfiel und wir den Notarzt gerufen haben, und dann kamst du ja auch schon. Wie hast du eigentlich die Türe aufbekommen?«

»Gar nicht, die war nicht abgeschlossen.«

»Wie bitte?«

Disneyland

Sie saßen mittags nach den ersten Drehs für die neunte, die vorletzte Ausgabe von »Speckweg« beim Mittagessen im Sporthotel.

»Wie war denn euer Liebestrip nach Paris?«, fragte Lisa.

»Es war eine wirklich tolle Erfahrung«, sagten Gregor und Irma gleichzeitig, mussten lachen und küssten sich.

»Erzähl du«, sagte Irma.

»Nein du«, sagte Gregor, »Sowas erzählen Frauen immer lieber.«

»Also, wir haben uns zusammengesetzt und das Ganze erst mal gegoogelt und dabei festgestellt, dass zwei Tage nicht ausreichen, um sich alles anzugucken, das ist viel zu viel und auch sehr weitläufig, uns würden abends die Füße wehtun, und ob das Essen so gut sein würde, wie wir das gerne hätten, kann man bezweifeln, dann haben wir überlegt, dass wir die Parks weglassen und nur nach Disney-Village fahren, das ist praktisch eine eigene kleine Stadt und auch nach Parkschluss offen, da gibt es dann die Buffalo Bill's Wild West Dinner Show, also Essen mit Reitern, Akrobaten und Stuntmen, sowas finde ich eigentlich blöd, da wird man beidem nicht gerecht, oder beides lohnt sich einfach nicht, im Annette's kriegst du das Essen von Kellnern auf Rollschuhen, na gut ...«

»Und wenn du Pech hast«, warf Gregor ein, »fliegt den ganzen Abend keiner hin, das ist auch blöd, dann gibt's noch das Billy-Bobs mit Livemusik und natürlich jede Menge Shops, Kinos, Geschäfte, also alles wie in Köln, dann haben wir auch noch in ein paar Filme auf YouTube reingeguckt, da rennt zum Beispiel ein Holländer bei Regen durch den Park und erklärt alles, erst mal sind das riesige Entfernungen, kaum Leute, es ist wohl morgens, trotzdem steht er im Frontierland 40 Minuten für eine wenig spannende Fahrt mit dem Big Thunder Mountain an.«

»Und dann hatte Gregor eine ganz tolle Idee«, übernahm Irma wieder, »er hat nach den besten Restaurants und Hotels in Paris gegoogelt, und da sind wir auf das Epicure gekommen, 3 Sterne, Platz 2 von über 15.000 Restaurants in Paris, und das gehört zum Hotel ›Le Bristol‹, ein Haus aus dem 18. Jahrhundert, aber auf dem neuesten technischen Stand, Pool auf dem Dach ganz in Teakholz, einem alten Schiff nachempfunden, mit einem 270-Grad-Blick auf Eiffelturm und Sacré-Cœur gleichzeitig, rundum Boutiquen, ein riesengroßer Garten im Innenhof, 1200 Quadratmeter, der größte in Paris, sensationelle Bar, und die Juniorsuite ein Traum. Und das Beste: Es gibt noch ein preiswerteres Zweitrestaurant, das ›114 Faubourg‹, es hat ebenfalls einen Stern und bietet ein Drei-Gänge-Mittagsmenü für 45 Euro an, fast ein Schnäppchen!«

»Ja, da haben wir aber auch eine sehr negative Kritik gefunden«, sagte Gregor, »da moniert einer, dass ein Burger 40 Euro kostet, ein Steak, gar nicht mal gut zubereitet, 69 Euro, und für den Champagner, der 30 Euro im Einkauf kostet, rufen sie 250 Öcken auf, das ist natürlich derb. Aber die Karte im Epicure ist wirklich der Hammer ...«

»Und ich weiß, dass da ein Kellner arbeitet, der mal bei uns war, und wir hatten uns schon was fürs Abendessen zusammengestellt ...«

»Dazu sollte man wissen, dass der Küchenchef Eric Frechon seit '99 seinen dritten Stern hat und ein stilistischer Purist ist, alles ist auf das Hauptprodukt ausgerichtet, man findet nie mehr als drei Komponenten auf dem Teller, das finde ich sehr angenehm im Vergleich zu vielen anderen Spitzenköchen!«

»Es gibt da eine wunderbar ausführliche Würdigung eines Menüs, das mit Seeigelcreme auf Rührei beginnt, das man mit einem hauchdünnen krossen, mit Algenbutter bestrichenem Toast löffelt.«

»Du hast die Seeigelzungen vergessen, die noch im Spiel sind, Schatz«, sagte Gregor.

»Da hab ich meine Zweifel, ob man die rausschmeckt, in Anbetracht der Gesamtgröße eines Seeigels, das finde ich fast ein bisschen dekadent, aber bitte«, sagte Irma, »wie ging es dann weiter?«

»Makkaroni, gefüllt mit Entenleber, Trüffel und Artischocke, gratiniert mit altem Parmesan.«

»Ein solider Zwischengang, Schwierigkeitsgrad eher gering,«, sagte Irma, »aber dann kam ein Kracher: Foie gras ›en papillote‹ mit geräuchertem Austerntatar, Rosenkohl und Entenjus mit Infusion von grünem Tee. Und da schreibt der

Autor der Kritik: ›Dieser Ausflug ins kulinarisch Modische (Räuchern und grüner Tee sind seit geraumer Zeit très chic) geht für unseren Geschmack voll daneben. Das Räucheraroma ist intensiv bis an die Schmerzgrenze, dominiert sämtliche Komponenten und lässt keinerlei Aromenspiel zu.‹«

»Das ist natürlich wirklich interessant, sowas zu kosten, was offenbar stark polarisiert, hier geht der Chef natürlich auch echt ein Risiko ein, toll!«

Irma hatte schon rote Backen vor Begeisterung. »Und dann der Hauptgang: Rehrücken mit Sauce grand Veneur. Das fleischige Hauptgericht besteht aus Rehrücken mit Sauce grand Veneur mit in Portwein konfierter Rote Bete und Selleriepüree. Und bei der Sauce flippte der Kritiker dann aus und sagt: ›Selten haben wir eine solche Köstlichkeit erlebt. Intensive Aromen zwischen Wildessenz, Johannisbeere und Wacholder sowie eine wundervolle Viskosität lassen uns immer wieder zu den separat gereichten Mini-Saucieren greifen, auch nachdem die Teller längst leer gegessen sind. Göttlich fürwahr.‹«

»Und der Nachtisch von Herrn Laurent Jeannin, Patissier des Jahres 2011: Schneeball von Lychees mit Birne, Zitrone und Rosenblättern«, schwärmte Gregor.

Lisa sagte: »Das klingt ja unglaublich, und das habt ihr also tatsächlich gemacht, was hat denn das gekostet?«

»Die Suite 1250 Euro für die Nacht, pro Person, der Lunch im kleinen Lokal 200 etwa mit Wein, der Abend im Epicure etwa 1000 Euro mit Wein.«

»Ui«, rief Lisa, »das ist aber happig!«

»Haben wir auch gedacht«, sagte Irma, »deswegen sind wir auch nicht gefahren, sondern haben hier schön eingekauft und das Menü so in etwa nachgekocht, Seeigel haben wir nicht bekommen, stattdessen habe ich Austern geräuchert und mit Zwiebelconfit und Tomatenketchup mit Sahne-meerrettich gereicht, das kenne ich aus New Orleans, dazu gab's tollen Wein und schönen Champagner und einen ganz besonderen Nachtisch!«

Irma guckte Gregor total verliebt an und küsste ihn.

Meine Frau

»Sag mal, warum kochst du sowas nicht mal für mich?«, sagte meine Frau, »und wieso habe ich mich immer noch nicht mit Lisa weiter unterhalten dürfen, die Szene spielte doch beim Catering, und da hätte ich doch heute wieder helfen können!«

»Du hattest aber heute keinen Dienst! Und so ein Menü übersteigt meine Fähigkeiten, Irma ist eine gelernte und sehr gute Köchin, die kann sich da ranwagen, ich habe ja schließ-lich nur aus einer Restaurantkritik im Internet zitiert.«

Die Katastrophe

»Ja?... Nein!!... Scheiße, ich komme sofort!«

Gregor sprang aus dem Bett.

»Was ist los, Schnuffel?«, sagte Irma und gähnte.

»Das war Dengelbaum, der U-Chef, sie haben Hermjo verhaftet, wegen Drogen oder was, und der Sender hat gesagt, es gibt keine Livesendung, die neunte ist die letzte, und ich muss sofort in die Sitzung!«

Eine halbe Stunde später waren alle im Besprechungsraum

des Sporthotels versammelt, die Atmosphäre war einigermaßen geladen.

»Bitte lassen Sie uns jetzt nicht diskutieren, die Entwicklung der Quote, das Social Media Monitoring und der schlep-
pende Verkauf der Werbezeiten für die Liveshow haben den
Sender veranlasst, die Staffel mit der neunten Folge zu beenden.«

»Und warum können wir nicht wenigstens eine normale
Ausgabe als Finale produzieren?«, fragte Gregor.

»Weil der Minutenpreis dieser Produktion exorbitant hoch
ist, da haben wir uns einfach mehr versprochen, wir wollen
aber an das Format anknüpfen, und zwar mit einer Scripted-
Reality-Show, mit den beiden siegreichen Kandidaten, Heide
und Monty.«

»Moment, heißt das, dass das Ergebnis der Show schon
feststeht, Sie wollen also die Zuschauer bescheißen?«

Gregors Gesicht hatte sich vor Wut dunkelrot verfärbt.

»Dieses Ergebnis ist uns von Herrn Benek-Söderbaum
schon vor einiger Zeit kommuniziert worden, das gibt auch
die Zuschauerreaktionen wieder, und so ist auch die Idee
zu einem Anschluss-Format entstanden, und dann gebe ich
Ihnen noch etwas zu bedenken: »Speckweg« ist nicht das
erste Abnehmformat, und alle bisherigen haben gezeigt: Wer
bei gleicher körperlicher Aktivität und gleicher Nahrungszu-
fuhr wie viel abnimmt, ist eine Frage des Stoffwechsels und
von daher Zufall. Bei allen Publikumsabstimmungen zählt
immer nur persönliche Sympathie. Deshalb würde ich alle
bitten, im Interesse einer weiteren Zusammenarbeit, immer
vorausgesetzt, Ihr Produzent kommt wieder auf freien Fuß,
die Emotionen nicht zu hoch kochen zu lassen. Sie sollten
sehen, dass Sie jetzt eine schöne letzte Folge produzieren,

die uns allen und vor allem den Zuschauern Lust auf mehr macht. Frau Geißlein wird Sie senderseitig unterstützen, Herr Benek-Söderbaum, mit dem ich in der U-Haft kurz sprechen konnte, sagte mir, dass er Ihnen, Gregor, die künstlerische Leitung überträgt. Ich wünsche Ihnen und uns eine erfolgreiche Woche!«

Der Unterhaltungschef stand auf, schloss sein körpernah geschnittenes Sakko, verbeugte sich knapp in die Runde und verließ federnd den Raum.

»Weiß denn irgendjemand, was mit Hermjo genau los ist?«, fragte Gregor. Wolle, der langjährige Produktionsleiter, sagte: »Ich weiß nur, es gab eine Razzia, als konzertierte Aktion der Steuer- und Drogenfahndung, und die haben ihn gleich mitgenommen.«

»Hätte seine neue Freundin, die Kommissarin, ihn nicht warnen können?«

»Vielleicht hat sie das Ganze ja auch veranlasst, weiß man nicht, ich wollte sie anrufen, sie lässt sich aber verleugnen.«

»Gut, oder besser, Scheiße«, sagte Gregor, »dann gehen wir das jetzt mal an, wir hatten die Show ja schon konzipiert, wollen mal schauen, ob wir unter diesen Umständen was ändern müssen, wobei ich sagen würde, dass wir Ellroy mit seiner Truppe schon mal losschicken können auf die zweitägige Durchschlage-Übung. Logistisch ist doch schon alles vorbereitet, oder?«

Wolle und Stefan, der Regisseur, nickten.

»Na dann, Ellroy, viel Spaß!«

»Einen Augenblick bitte«, meldete sich Frau Geißlein, »diese Aktion ist doch sicher gescriptet, darf ich das mal sehen?«

Ellroy strahlte sie an und sagte: »Gibt es nicht, Frau

Geißlein, wir schicken die Truppe los, sie müssen sich durch unwegsames Gelände schlagen, dabei werden sie von einer Kamera begleitet, dazu haben wir Leute für ein paar Überfälle gecastet, wann das stattfindet, entscheide ich vor Ort anhand des Geländes, ein Kamerateam ist Stand-by, das Ganze geht nur improvisiert, der Sinn der Sache ist, dass die Jungs an ihre Grenzen gehen, das heißt optimaler Kalorienverbrauch und sehr emotionale Bilder. Kommen Sie doch einfach mit, das wird Ihnen gefallen.«

»Würde ich gerne, aber ich muss ja das große Ganze im Auge behalten, ich hoffe nur, dass wir keine menschenverachtenden Bilder zu sehen bekommen, das können wir im Moment gar nicht brauchen.«

»Keine Bange, meine Jungs haben ja eh keine Chance zu gewinnen, weil das Ergebnis ja wohl feststeht, das ist doch schon menschenverachtend genug, oder?«

Alle klopften spontan Beifall auf dem Tisch. Ellroys Blick ließ Frau Geißlein rasch weggucken und so tun, als suche sie etwas in ihrer Handtasche.

»Na dann los!«, sagte Gregor, »Paula, du wolltest Kerle abschießen, wie ging das noch mal?«

»Ick habe noch mal überlegt, und die flotteste Möglichkeit ist, ein Männerteam plus Trainer steht in einem Feld, meine Mädels im anderen, und nur die dürfen werfen, es sind vier Bälle im Spiel, die müssen sie sich selbst immer zurückholen, und dann wird die Zeit jenommen, wie lang wir brauchen, um die Kerle abzuknallen, und diese Zeit versucht dann Kirks Team zu unterbieten …«

»Was sie natürlich nicht tun«, warf Frau Geißlein ein, »darüber sind wir uns ja einig, denn Heide ist ja in Frau Perligs Team und sollte gewinnen.«

Kollektives Aufstöhnen.

Kirk sagte: »Wir können natürlich auch das Kombispiel machen, das für die 10. Folge geplant war: Zwei Spielfelder, in der Mitte dazwischen steht ein Basketballkorb, Spieldauer zwei Minuten, die beiden Damenteams spielen normal Dodgeball, wenn eine Spielerin getroffen wird, kann sie wieder reingebracht werden, wenn zwei Damen des eigenen Teams mit jeweils einem Versuch einen Korb erzielen. Während dieser Versuche ruht das Spiel, aber die Zeit läuft weiter, wer nach zwei Minuten mehr Spieler auf dem Feld hat, gewinnt.«

»Super, Kirky, det is 'ne schöne Kombi aus beide Sportarten, det machen wir!«, rief Paula.

»Ich gebe zu bedenken, dass es bei dieser Variante, wo ich nebenbei durch den Korb auch eine gewisse Verletzungsgefahr sehe, schwieriger ist, tatsächlich zum Wunschsieger zu kommen, wenn nämlich Herrn Mc Kinneys Team gewinnt ...«

»Verehrte Frau Geißlein«, sagte Gregor mit einer Stimme, die ihm selber neu war, »Hermjo hatte die Zusage, ohne Eingriffe seitens des Senders arbeiten zu dürfen, ich als sein Stellvertreter nehme dasselbe für mich in Anspruch. Durch die Streichung der letzten Folge haben Sie, denke ich, schon einen hinreichenden Beitrag zur Stimmungshebung geleistet, also lassen Sie uns jetzt eine schöne Folge drehen, die dem Zuschauer Freude macht, die Ergebnisse können Sie ja immer noch in der Nachbearbeitung manipulieren, damit will ich auch gar nichts zu tun haben.«

Frau Geißlein presste ihre dünnen Lippen dergestalt zusammen, dass man ihren Mund mit einem Schildkrötenanus assoziieren konnte, zumindest waren sich Gregor, Axel und Diether darin beim anschließenden Mittagessen einig.

»Das bereiten wir also so vor, Florian, wie weit bist du mit den Telefonbüchern?«

»Den Weltrekord hält ein Österreicher mit 500 Büchern in 40 Minuten, es gibt dabei verschiedene Tricks, die wir aber nicht verraten sollten, wer will, kann es im Internet finden, ich denke, wir machen einen internen Wettbewerb, wer die meisten Bücher in zwei Minuten zerreißt.«

»O. k., da müsste aber noch was dazukommen.«

»Ja, da machen wir Eisenbiegen und halten ein Gewicht am ausgestreckten Arm, das könnten wir alles mit Justus' Boxern in der Boxbude machen, da haben wir eine schöne Atmosphäre, und die Zuschauer könnten auch gegen meine Jungs antreten.«

»Florian, das ist super, so machen wir das, am besten, du fährst mit Justus gleich raus und sprichst mit dem Boxbudenchef, Stefan könnte gleich mit, damit er sieht, was er noch an Licht braucht, dann könnten wir das morgen gleich drehen. Damit sind die Sportaktivitäten klar, was machen wir jetzt brainmäßig, ›Mensch ärgere Dich nicht‹ ist vielleicht ein bisschen unspektakulär, oder?«

»Sag das nicht«, meinte Axel, »das hat es schon als Groß-veranstaltung gegeben, nur nicht mit dieser Geldregel, aber wenn wir das Publikum aufteilen, sodass jedes Team einen Fanblock hat, der das erspielte Geld bekommt, dann hast du Stimmung ohne Ende in der Bude und kannst außerdem super schneiden.«

»Aber hör dir meine Idee mal an, es ist eine Weiterent-wicklung von ›Genial daneben‹, die Frage lautet zum Bei-spiel: ›Was haben die Plastic-Bell-Methode und die Gomco-Klemme gemeinsam?‹ Was meint ihr?«

Diether sagte: »Graham Bell hat das Telefon erfunden

und sich irgendwann geärgert, dass der Hörer oft runterfiel, wenn man besoffen oder im Dunkeln aufgelegt hat. Also hat er einen Plastikbügel erfunden, der den Hörer auf der Gabel arretierte. Gomco war ein kroatischer Klempner, der bei ihm schon mal das Klo repariert hatte, mit dem kam er ins Gespräch, und der hatte eine Idee für eine Klemme, die selbsttätig über den Hörer flutschte, die Gomco-Klemme.«

»Sehr schön« sagte Axel, »Jenny, was meinst du?«

»Ich glaube, beides sind Möglichkeiten, einen Taucherhelm fürs Tiefseetauchen luftdicht mit dem Taucheranzug zu verbinden.«

»Toll, aber das war ja klar, dass du Wasserratte auf etwas Maritimes kommst. Chris, was meinst du?«

»Ich denke an etwas, das mehr auf meine persönlichen Gewichtsprobleme zugeschnitten ist, es sind zwei Methoden, die schonender sind als die Magenbandoperation, bei der ein Silikonband um den Magenfundus gelegt wird. Die Öffnung ist durch Flüssigkeitszufuhr verstellbar, diese Zufuhr geschieht durch eine sogenannte Portkammer, die in der Bauchkammer oder vor dem Brustbein sitzt. Die beiden genannten Ottos vereinfachen das.«

»Ich staune, ich staune Klötze«, sagte Axel, »Gregor?«

»Vielleicht Decknamen für originelle Methoden, sich während sexueller Betätigung die Luftzufuhr einzuschränken, wobei ja schon etliche prominente Künstler erstickt sind.«

»Auch schön, hat noch jemand eine Theorie?«

»Ja, ich«, sagte Lisa, »es ist aber weniger eine Theorie als eine Tatsache, beides sind unblutige Methoden der Beschneidung. Da wird einfach die Vorhaut abgeklemmt. Dadurch stirbt sie ab und kann nach etwa einer Woche schmerzlos entfernt werden.«

»Ich fass es nicht, woher weißt du das?«

»Ich hatte mal was mit 'nem Rabbi, und der vertrat die traditionelle blutige Technik, und da habe ich mich mal informiert.«

»Jedenfalls würde das Publikum die Auflösung vorher erfahren und bewertet dann die Originalität der Antworten per Abstimmgerät. Wollt ihr noch eine Frage?«

»Ich denke, das ist für unsere Zielgruppe doch ein wenig zu kompliziert«, sagte Frau Geißlein und blickte streitlustig in die Runde.

»Was ich mich frage«, sagte Gregor, »gibt es ein Redakteursgen, oder ist das eine Frage der Ernährung, oder ist die Ausbildung so einheitlich?«

In diesem Moment ging die Tür auf, und Hermjo betrat strahlend den Raum. Gregor sprang auf und umarmte ihn, es wurde geklatscht und geklopft.

»Was ist passiert?«, fragte Justus.

»Na ja, die Spurensicherung hat einen Beutel Koks übersehen, und da habe ich meinen Freund, den Privatdetektiv, mal Fingerabdrücke nehmen lassen, und die einzigen verwertbaren, die drauf waren, stimmten zufällig mit denen auf dem Champagnerglas überein, aus dem Frau Oberkommissarin bei mir getrunken hatte, und die haben die Bullen dann auch auf den anderen Beuteln gefunden. Und die Steuersache ist wohl genau andersrum, da kriege ich sogar noch was raus. Und wie weit seid ihr mit der Show?«

Justus

Justus öffnete den Brief und überflog ihn.

»Und?«, fragte Lisa, während sie vier Löffel Kaffeepulver und etwas arabisches Kaffeegewürz in die Filtertüte gab.

»Dieser Motherfucker versucht schon wieder, mich zu linken«, knurrte Justus, »also die DNA-Analyse hat ergeben, dass wir schon mal keine Halbbrüder sind. Wenn der Trainer nicht gelogen hat, was in seiner Sterbeminute wohl kaum einer macht, wenn Bubi also sein unehelicher Sohn ist, hat Bubi gelogen, als er sagte, der Trainer hätte ihm gesagt, ich wäre sein Sohn.«

»Vielleicht hat der Trainer nur geglaubt, ihr seid beide seine Söhne, weil die Frauen ihm das gesagt haben«, sagte Lisa und schob den Filtereinsatz in die Kaffeemaschine. »Jetzt mach ich dir erst mal dein Lieblingsfrühstück, orientalisches Rührei mit allem.«

Hinter »allem« verbargen sich Chorizoscheiben, angebraten, gebratene Champignons, Makkaroni, gewürfelte Avocado und Schafskäse, das Rührei war mit Trüffelöl und einem Schuss Sahne aufgepimpt.

»Siehst du, auf die Idee bin ich gar nicht gekommen, weil ich einer Frau so etwas nicht zutraue«, sagte Justus und wollte Lisa küssen.

»In dem Punkt sind wir auch nur Männer«, sagte sie und entwand sich ihm. »Was ist?«, maulte er, »ich will knutschen!«

»Geht jetzt nicht, warum heißt Rührei Rührei?«

»Weil Ei drin ist?«

»Teilweise richtig, aber auch, weil es gerührt werden muss.«

»So viel zur weiblichen Multi-Tasking-Fähigkeit. Wieso sind wir dann eigentlich beide nackt?«

»Weil wir eigentlich ein Morgennümmerchen schieben wollten, du aber unbedingt den Brief lesen wolltest, und weil du so langsam liest, dachte ich, ich mache schon mal Frühstück.«

Bei Justus klingelten alle Alarmglocken. Wenn Frauen einem Mann kurz vor einem geplanten GV einen einschenken, verheißt das nichts Gutes. Und die Sache mit dem Lesen war schon mehrfach aufs Tapet gekommen. Lisa war eine Leseratte, Justus TV-Junkie. Wenn sie zum Beispiel fragte: »Kennst du ›Freiheit‹ von Jonathan Franzen?«, sagte er entweder: »Ich warte auf die Verfilmung« oder: »Liegt auf meinem Nachttisch, allerdings noch unter ›Ulysses‹«. Über beides mochte Lisa nicht lachen. Das Rührei wurde dann trotzdem kalt, und Mops Horst hatte es auch nett, weil er sich im Flur mit Justus' Boxhandschuhen prächtig amüsierte.

Kirmesboxen

Mindestens 300 Leute drängten sich vor der Bühne der Boxbude mit dem schönen Titel »Geld oder Hiebe«. Erwin Läutermann, der das Unternehmen in der vierten Generation führte, war ganz in seinem Element. »Heute gibt es einen einmaligen Kampfabend bei ›Geld oder Hiebe‹, das Fernsehen ist bei uns zu Gast. Ihr kennt alle die ›Speckweg-Show‹ und ich habe das große Vergnügen, die Stars dieser Sendung, Justus Lenz und seine drei Fighter, in unserem Sportpalast begrüßen zu dürfen. Und Sie erleben heute nicht nur einen sensationellen Kraftsportwettbewerb im Vorprogramm, sondern ausnahmsweise und nur hier und heute vier Kämpfe im Schwergewicht, die höchste und attraktivste Gewichtsklasse, wo jederzeit einen einzigen Schlag dem Fight beenden kann, weil die Kämpfer hinter jeden Punch ein Körpergewicht von 90 Kilo aufwärts stecken!«

Brüchige Grammatik machte Erwin durch pure Begeisterung mehr als wett. »Jeder, der hier und heute einen von diese Fernsehstars k. o. schlägt, kriegt noch im Ring 500 Euro bar auf die Kralle. Das ist ein Angebot, das man nicht ausschlagen sollte, und da haben wir auch schon einen Herausforderer, kommen Sie auf die Bühne, wie ist Ihr Name?«

»Ich bin der Franz.« Es zischte ein bisschen beim Z, weil die beiden Vorderzähne fehlten.

»Schon mal geboxt, Franz?«

»Ja, war mal ein paar Jahre im Verein, hab dann auf Thai-Boxen umgeschult, und weil ich Türsteher bin, bin ich ganz gut in Übung.«

»Na, dann zeig uns doch am Sandsack mal ein paar Kombinationen, damit wir sehen, ob das auch alles stimmt, erzählen kann man ja viel, wenn der Tag lang ist.«

Franz stellte sich vor den Sandsack, ließ eine eindrucksvolle Serie aus Jabs, Haken, Uppercuts und Cross-Schlägen los und beendete die Darbietung mit einem High Kick.

»Super, aber Kicks wollen wir hier natürlich nicht sehen, wir sind hier beim klassischen Boxen, alle Fußtechniken sind verboten, und im Falle einer Zuwiderhandlung wird sofort disqualifiziert.«

Gregor, Axel und Diether nahmen die interessante Diktion des Budenchefs natürlich mit ihren Handys auf, wer weiß, wo man solche Sätze mal brauchen konnte, vielleicht in einem Roman.

»Welchen Kämpfer forderst du heraus, Franz?«, fragte der Chef.

»Ich nehme diesen Sportsmann hier«, zischte Franz und deutete auf David. Die beiden gaben sich die Hand und musterten sich grimmig.

»Die erste Paarung steht: Franz gegen David Armbruster aus Holland. Und wer ist der nächste Herausforderer?«

Zwei Hünen stiegen die kleine Treppe zur Bühne hoch, die absolut gleich aussahen und natürlich auch gleich angezogen waren. Das Publikum applaudierte begeistert.

»Ich glaub, mich knutscht ein Gnu«, schrie Erwin Läutermann, »zwei Zwillinge, richtig?«

»Falsch, wir sind Drillinge, aber unser Bruder hat gerade Knastwoche.«

»Wie Knastwoche?«

»Ja, wenn einer von uns einen Bruch gemacht hat oder ein Auto geklaut, dann wechseln wir uns immer ab, das haben wir in der Schule schon gemacht beim Nachsitzen oder bei den Mädels.«

»Aber boxen könnt ihr auch, oder? Zeigt mal was am Sandsack.«

Einer der Zwillinge schlug so derbe auf den Boxsack ein, dass der einen Riss bekam und der Sand begann, rauszurieseln, woraufhin einer der polnischen Stammboxer der Truppe erst mal mit Klebeband ankam.

»O. k., das reicht, bevor ihr mir hier noch das ganze Mobiliar demoliert, gegen wem von unsere Fernsehstars wollt ihr antreten?«

Sie suchten sich Paul, den Schlafwandler, und Monty aus.

Jetzt blieb nur noch Justus übrig. Eine stämmige Blondine stieg die Treppe hoch, das Publikum johlte.

»Ich würde jern dä Supperstar vernaschen«, krähte sie in breitem rheinischen Tonfall.

»Mal langsam, junge Frau«, sagte der Chef, »das hat es zwar schon mal gegeben im Fernsehen, dass eine Frau einen Mann verdroschen hat, wir erinnern uns an Regina Halmich und Stefan Raab, aber Justus ist ein erfolgreicher Amateurboxer, das geht natürlich nicht, tut mir leid.«

»Wie wär es denn mit mir?«, krähte Paula Perlig, die Dodge-Ball-Trainerin, die natürlich wie alle vom Produktionsteam, die gerade nichts zu tun hatten, vor der Bühne stand, um das Spektakel mit zu verfolgen.

»Natürlich kennen wir alle Paula Perlig, die Völkerball-Trainerin aus unserer Lieblingsserie, aber kann sie auch boxen, Paula zeigen Sie uns doch mal was am Sandsack!«

Paula hüpfte auf die Bühne und schlug auf den Sandsack ein, aber man sah gleich, dass sie keinerlei Ausbildung hatte.

»Es tut mir ja sehr leid, aber das wird nix«, rief der Chef und schickte die beiden Damen wieder ins Publikum, »wo haben wir denn noch einen männlichen Kämpfer, der es mit Justus aufnehmen will?«

»Ich mache das!«, ertönte eine raue, tiefe Stimme mit russischem Akzent.

Justus richtete den Blick auf den Herausforderer und musste einen Moment überlegen, dann lächelte er. Es war Jewgenij Gogol, der Schachboxer, den er im WM-Kampf besiegt hatte. Justus flüsterte dem Chef etwas ins Ohr, und der rief: »Ich höre gerade, dass Justus die Herausforderung annimmt, kommen Sie auf die Bühne und stellen Sie sich vor.«

Gogol sprang auf die Bühne, nahm dem Chef das Mikro aus der Hand und rief: »Dieser Mann trägt den Weltmeistertitel im Schachboxen zu Unrecht! Er hätte gar nicht antreten dürfen, weil er gar nicht Schach spielen kann. Aber er ist ein guter Boxer. Wenn er mich gleich wieder k. o. schlägt, ist es o. k., aber wenn ich ihn k. o. schlage, legt er seinen Titel freiwillig nieder, einverstanden?«

Justus nickte, und die beiden gaben sich die Hand.

Der Chef rief: »Meine Damen und Herren, ich kann Sie einen Kampfabend versprechen, wie es ihm in der Geschichte von dieses traditionsreiche Boxunternehmen noch nie gegeben hat und auch nie wieder geben wird. Sie werden verstehen, dass wir unsere Eintrittspreise für diesen einmaligen Event anheben müssen auf 15 Euro, aber das ist angesichts davon, was Sie erwartet, geschenkt. Bitte kommen Sie jetzt zur Kasse, wir wollen in wenigen Minuten beginnen.«

Die Leute schlugen sich fast um die Karten, während der Chef seinen Kreislauf mit einem Underberg stützen musste. 300-mal 15 Euro, keine Kosten für die eventuellen K.-o.-Prämien, denn die würde Hermjo zahlen, und seine sechs polnischen Boxer, die nicht antreten mussten, würden natürlich auch nur 50 Euro bekommen statt 100. Dazu die Werbung, die der Beitrag natürlich darstellte. Erwin Läutermann grinste zufrieden und bereitete sich auf seinen Job als Ringrichter in den vier anstehenden Kämpfen vor.

Jenny und Chris nutzten die Zeit für etliche Kurzinterviews mit Zuschauern, die an der Kasse Schlange standen. Die Kommentare deckten ein breites Spektrum ab, von »Jetzt kriegen die Fernseh-Heinis mal richtig auf die Fresse, verlasst euch drauf!« bis »Dieser Justus sieht ja in echt noch viel geiler aus als in der Glotze, den würd ich mir ja zu gern durch den Schritt ziehen«.

35 Minuten später war dann die Bude gerammelt voll, und der Chef rief den ersten Kampf auf: Leo, der erste der beiden Drillinge, gegen Paul Kling, den Schlafwandler aus

Gotha. Justus stand in seiner Ecke, um seine Kämpfer zu betreuen, mehr als einen Eimer Wasser, einen Schwamm und ein Handtuch gab es nicht, aber zumindest hatten seine Männer im Gegensatz zu den Gegnern ihren Mundschutz dabei, was verhindert, dass bei Treffern auf den Mund die eigenen Zähne sich ins Fleisch bohren, was dann zu blutenden Verletzungen führt. Als Betreuer der Publikumskämpfer fungierte einer der polnischen Stammboxer, der auch die Zeit nahm, es gab zwei Runden à zwei Minuten. Der Chef stand mit einer Trillerpfeife in der Ringmitte und startete die erste Runde.

Leo setzte Paul sofort eine gestochene Linke aufs Auge, der riss panisch beide Fäuste vors Gesicht und fing sich einen rechten Haken auf den Solarplexus. Er ging sofort aufs rechte Knie runter, und der Chef begann zu zählen. Bei neun stand Paul wieder, war aber schon weiß wie die Wand.

Justus schrie: »Klammern, Paul, klammern!«, woraufhin Paul beide Arme um den Gegner schlang, die linke Wange auf seiner Brust, denn Leo war einen Kopf größer. Dann ließ er sich eine Runde durch den Ring tragen, bis der Chef das Break-Kommando gab und die beiden auseinanderzerrte. In dem Moment, als der Kampf freigegeben wurde, tauchte Paul unter einer rechten Geraden von Leo durch und legte alles, was er hatte, in einen linken Haken auf die Leber, und das war's dann für Leo.

Das Publikum johlte und pfiff, Paul verbeugte sich artig in alle vier Himmelsrichtungen und verließ heilfroh den Ring. »Gut gemacht, Paul!«, tönte es von allen Seiten, die Produktion war mit mindestens 20 Leuten vertreten, nicht gerechnet die Kamera und Lichtleute, die das Ganze aufzeichneten. Inzwischen hatte der Chef die nächste Paarung in den Ring gerufen, Franz, den Publikumskandidaten, gegen David Armbruster, den Holländer. Justus hatte kein gutes Gefühl, beide waren Türsteher gewesen, beide waren in Mixed Martial Arts ausgebildet. Franz kämpfte mit bloßem Oberkörper, was aber nicht weiter auffiel, denn es gab keine Stelle, die nicht tätowiert war. Der Chef pfiff und gab den Kampf frei, Franz wirbelte rechts rum und traf David mit dem Handrücken an der Schläfe, ein verbotener Rundschlag, der aber nicht allzu hart war. Noch bevor der Chef das Trennkommando geben konnte, um eine Ermahnung auszusprechen, hatte David die linke Fußspitze nach links gedreht, das rechte Bein ging hoch, sodass Knie und Schulter auf einer Linie lagen, der rechte Unterschenkel ging ganz zurück bis an den Hintern, der linke Fuß flippte noch mal ein Stück nach links, gleichzeitig schnellte der rechte Fußrücken von außen, quasi wie ein Baseballschläger, an die Schläfe des Ganzkörperkunstwerkes. Ein schulmäßiger Round Kick. Franz war schon ohnmächtig, bevor er zu Boden krachte.

Das Geschrei in der Bude war ohrenbetäubend. Der Chef disqualifizierte alle beide und rief Monty und Theo, den zweiten Drilling, in den Ring. Der prügelte Monty zwei Runden lang durchs Seilgeviert, ohne ihn k. o. schlagen zu können, was Justus schon mal beruhigte. Monty hatte genau viermal selber getroffen, wenn man das geschickt schnitt, ging das als Punktsieg durch.

Dann die Paarung des Abends: Justus gegen Gogol. Im Publikum wurde es kirchenstill, die Spannung war plötzlich eine ganz andere. Fast alle Münder waren leicht geöffnet, was Menschen ja nicht unbedingt intelligenter aussehen lässt. Der Chef wollte den Kampf gerade freigeben, als mehrere Polizeibeamte die Bude betraten und die Zuschauer mit einem

Megaphon aufforderten, unverzüglich das Zelt und überhaupt das Kirmesgelände zu verlassen, es sei eine Bombendrohung eingegangen, die man sehr ernst nehme. Zum Glück gab es keine Panik, die Leute verließen enttäuscht, aber zügig die Kirmes, natürlich wurde keine Bombe gefunden, und da es keine weitere Boxveranstaltung geben würde, setzte sich Erwin Läutermann mit seiner Frau in den Wohnwagen, öffnete ein Fläschchen Wein und zählte die Tageseinnahme. Anschließend spendierte er seiner polnischen Boxtruppe gegrillten Schweinenacken, Bratwurst und einen Kasten Bier.

Hermjo sagte: »Scheiße, der Hauptkampf hätte es natürlich rausgerissen, aber wenigstens musste ich keine K.-o.-Prämien auszahlen.«

Justus versackte mit Gogol sehr amtlich in einer Kneipe, in der viele Russen verkehrten, und bescheinigte ihm nach der zweiten Flasche Wodka auf einem Bierdeckel, dass er seinen Schachboxweltmeistertitel niederlege. Danach weinten beide, und dann wurde gesungen. Dabei stellte sich heraus, dass Lisa eine tolle Stimme hatte und mehrere russische Volkslieder kannte, woraufhin ihr alle Herzen zuflogen. Gegen fünf konnte sie Justus endlich in ein Taxi zerren, das die beiden zu ihr nach Hause brachte. Hinter der Tür hockte erwartungsvoll der Mops Horst, den Justus erst mal vollkotzte.

Meine Frau

»Dass Justus sich auf den Hund erbricht, ist sowas von eklig, ich möchte, dass du das rausstreichst, da muss man sich ja schämen.«

Da ich mein Passwort geändert hatte, konnte sie nicht

mehr heimlich den Computer öffnen, also hatte sie sich, unter dem Vorwand, mir ein Vollkornbrot mit Kala-Namak-Salz zu bringen, hinter mich geschlichen. Es besteht zum größten Teil aus Natriumchlorid und besitzt Spurenverunreinigungen von Natriumsulfat, Eisensulfiden und Schwefelwasserstoff und wird in der ayurvedischen Küche verwendet, aber das Tolle ist, wenn man es frisch aus der Salzmühle auf ein gebuttertes Brot gibt, schmeckt das Ganze wie ein Ei-Brot. Das ist im Moment meine große Leidenschaft, vor allem, wenn noch ein Gao-Shan-Woolong-Tee dazukommt.

Das nutzte meine Frau also schamlos aus, um das letzte Kapitel zu lesen.

»Dieser ganze Boxkram interessiert mich überhaupt nicht, aber die Feier mit den Russen ist süß, vor allem, dass Lisa so schön singt, das hör ich praktisch, verliebt sie sich denn in einen? Vielleicht den Gogol? Obwohl, das ist ja auch so ein blöder Boxer, kann sie sich nicht in einen jungen Literaturprofessor verlieben, wo sie doch so gern liest und Justus nicht, das wird ja nicht mehr lange gut gehen, das spüre ich.«

»Lass dich überraschen, und danke für die Zwischenmahlzeit!«

Die letzte Folge

Folge neun war fast fertig. Das Mensch-ärgere-Dich-nicht-Turnier hatte super funktioniert, Paulas Dodge-Daysies hatten gewonnen, weil Paula durch geschicktes Taktieren die Strongmänner in allerletzter Sekunde abfangen konnte, dadurch die gesamten noch im Spiel befindlichen Münzen kassierte, und das reichte. Von Ellroys Nachtübung waren alle hellauf begeistert. Stefan, der Regisseur, hatte die Bilder der Infrarot-Kameras von nächtlichen Überfällen im Wald, die natürlich inszeniert waren, so geschickt mit den von Hunger und Erschöpfung gezeichneten Gesichtern der Kandidaten mit den entsprechenden drastischen Kommentaren kombiniert, dass man als Zuschauer wirklich froh war, nicht dabei zu sein. Die Basketball-Dodge-Ball-Kombination war rasant geschnitten und infolgedessen sehr kurzweilig. Aber die Sensation war natürlich der Film von der Boxbude.

Stefan hatte auch den Abbruch wegen des Bombenalarms dringelassen.

Die Autoren saßen gerade an der Moderation für die Abschlussfeier mit Siegerehrung, die im Restaurant stattfinden sollte und wo Jenny und Chris ansprechen sollten, mit welchen Widrigkeiten man zu kämpfen gehabt hatte: die immer noch ungeklärte Entführung von Justus, der Bombenalarm, eine ungerechtfertigte Verhaftung des Produzenten – das alles hatte es so noch nie gegeben.

Und dann musste noch eine einigermaßen plausible Begründung dafür gefunden werden, dass nun Heide und Monty gewonnen hatten, mit denen der Sender dann eine Scripted-Reality-Show auf den Schirm bringen würde. Die Strongmänner würden ihre Telefonbuch-Zerreiß-Arie während der Siegerehrung als Showact präsentieren, zum Ausklang würden dann Chris und Jenny die anderen Kandidaten nach ihren – natürlich positiven – Eindrücken von den gemeinsam durchlittenen Wochen befragen. Da natürlich auch Eltern und, soweit vorhanden, Partner der Kandidaten eingeladen waren, sollten die auch zu Wort kommen.

Justus

Justus kam von einer Besprechung mit Bernd Dengelbaum, dem Unterhaltungschef von High5, der ihm noch mal versichert hatte, der Sender wolle trotz der abgesackten Quote an ihm als Star einer Action-Serie festhalten, allerdings werde man zunächst einen Pilotfilm produzieren, und zwar nicht mit Hermjo, sondern mit Luzifer-Production. Hermjo sei einfach zu teuer, und schließlich werde er bei Luzifer mit seinem ehemaligen besten Redakteur zu tun haben, Bernd Löblein, den Justus ja kenne und schätze, der habe ja auch die Speckweg-Show zu einem Erfolg gemacht.

Justus schwankte einen Moment zwischen einem Lach- und einem Wutanfall, entschied sich aber dann für den Satz: »Ich fühle mich durch das Vertrauen sehr geehrt, werde aber erst mal das Buch abwarten, you know, what I mean? Und die Begeisterung über Herrn Löblein kann ich jetzt nicht wirklich teilen, ich habe Hermjo trotz all seiner Macken sehr schätzen gelernt.«

Als er das Sendergebäude verließ, fühlte er sich irgendwie leer. Seine Aufgabe war erfüllt, er hatte gute Arbeit geleistet, war aber nicht etwa stolz oder glücklich oder auch nur zufrieden. Als er das Lisa erzählt hatte, sagte die nur: »Das kennt doch jeder! Ernst Bloch spricht von der ›Melancholie des Erreichten‹.«

Die immer mit ihrer Bildung. Das war eigentlich die Hauptbaustelle in ihrer Beziehung. Wenn sie sich ihren Wunschpartner basteln könnte, würde sie sich garantiert seinen Body nehmen, aber die Birne von Gregor, oder auch Chris.

Plötzlich hatte er den Wunsch, seinen alten Trainer zu

besuchen. Seit der Beerdigung war er nicht mehr am Grab gewesen. Zehn Minuten später betrat er den alten Friedhof. 20 Meter hohe Bäume, die verwitterten Grabmäler, ihm wurde ganz anders. Was war das denn? Da nahm ein Typ einen wunderschönen Blumentopf von einem Grab und zog damit ab. Mit wenigen Schritten war Justus neben ihm.

»Das sind nicht Ihre Blumen, richtig?«

»Was geht Sie das an?«

»Nichts, aber das würde mich nicht davon abhalten, Ihnen ein bisschen wehzutun, es sei denn, Sie stellen die Blumen aufs Grab zurück und verpissen sich!« Der Typ guckte ihn an und resignierte augenblicklich. Er stellte den Topf zurück und verzog sich. Als Justus noch 100 Meter vom Grab des Trainers entfernt war, sah er, dass zwei Männer davorstanden, heftig diskutierend: Löblein und Bubi. Justus schlug einen Bogen und ließ sich in einem Gebüsch ein paar Meter von den beiden entfernt nieder, richtete seinen Schirm auf die beiden, in den ein Richtmikro samt Aufnahmegerät eingearbeitet war, steckte sich die Ohrhörer rein und hörte zu: »Wie blöd kann man denn sein und keine Handschuhe tragen, wenn man einen Beutel Koks in einer Wohnung versteckt?«

»Ich weiß es nicht, frag meine Schwester, vielleicht war sie selber zugeballert oder besoffen. Aber die Entführungssache hat ja wenigstens halbwegs funktioniert. Die Leute wittern einen Betrug, und die Quote geht runter. Und vor dem spannendsten Kampf in der Boxbude geht eine Bombendrohung bei der Polizei ein, das wäre ja der Knaller der letzten Folge gewesen. Also den Folgeauftrag kriege schon mal ich mit meiner neuen Firma.«

»Wie heißt die noch mal, ich kann mir den Namen immer nicht merken, Kruzifix?«

»Nein, im Gegenteil, Luzifer. Aber jetzt verrate mir doch mal, warum du die Tür zu Justus' Verlies nicht verschlossen hast?«

»Das war ich nicht, wie oft soll ich dir das noch sagen, vielleicht hat der Trainer ja doch was spitzgekriegt und hat aufgeschlossen, er hatte ja nun mal einen Narren an dem Arschloch gefressen, apropos fressen: Ich bin nicht sicher, ob Justus die Geschichte, dass er auch der Sohn vom Trainer ist, gefressen hat, außerdem lässt sich das leicht überprüfen, denn dann wären wir ja Halbbrüder.«

»Ich kann den Kerl ja auch nicht ausstehen, muss aber mit ihm zusammenarbeiten bei dem Pilotfilm, den wir mit ihm machen, also kann ich nur hoffen, dass er die Sache mit der Russenmafia geglaubt hat.«

»Dann bete mal, dass er nie erfährt, dass Kriminaloberkommissarin Anja Maiwein, geborene Löblein, deine Schwester ist. Weil, blöd ist er ja nicht, leider. Und du hast wirklich keine Rolle für mich in dem Pilotfilm?«

»Bubi, wir sollten unser Glück nicht überstrapazieren, vielleicht schlägt Justus als Schauspieler ja auch gar nicht so ein, dann ergibt sich sicher mal was. Aber jetzt sollten wir den Kontakt erst mal ruhen lassen, bis Gras über die Sache gewachsen ist.«

»Na schön, ich muss dann mal los, hab Training, tschüs.«

Justus packte schnell seine Spionageausrüstung zusammen und folgte Herrn Löblein unauffällig auf Seitenwegen.

Wie sich herausstellte, parkte Justus drei Autos hinter Löbleins Kombi. Er folgte ihm bis in seine Straße, wartete dann in zweiter Reihe, bis er ausgestiegen war, und merkte sich das Haus, in dem er verschwand. Wenig später stand er vor der Tür der Souterrain-Wohnung und klingelte.

»Wer ist da?«, fragte es von innen. Einen Türspion gab es nicht.

»Post, ein Einschreiben!«, rief Justus mit verstellter Stimme. Als die Tür begann, sich nach innen zu öffnen, warf sich Justus mit vollem Gewicht dagegen und kam auf Löblein zu liegen, der in Panik begann, wie ein Ferkel zu quieken. Justus sprang hoch und schloss die Tür. Dann begann er das Gespräch mit einem Tritt in Löbleins Rippen. »Ich habe Ihre aufschlussreiche Unterhaltung mit Bubi auf dem Friedhof gehört und aufgezeichnet. Da sowas vor Gericht nicht als Beweis gilt, hätte ich gerne ein handschriftliches unterschriebenes Geständnis, sehen Sie da eine Möglichkeit?«

»Nein, außerdem hätte das auch keinen Wert, denn es ist ja unter Gewaltandrohung zustande gekommen.«

»Wer sagt das denn? Tue ich Ihnen vielleicht etwas? Ich bitte Sie höflich, ein Geständnis zu verfassen… Was sind denn das für Fische in dem Aquarium?«

»Penisfische«, rutschte es dem Redakteur raus, der sich gleich danach auf die Lippen biss und schwieg.

»Ach was, diese berühmten Amazonasfische, die sich dem badenden Mann in den Dödel wühlen? Da habe ich mal was drüber gelesen, die benutzen böse Menschen auch, um Informationen zu erhalten. Eigentlich will ich nur noch eine Sache wissen: Wusste Dengelbaum von Ihren Versuchen, die Show zu torpedieren?«

»Von mir erfahren Sie nichts.«

»Das werden wir ja noch sehen, ich lasse Ihnen jetzt mal Badewasser ein, Sie können sich schon mal untenrum frei machen.«

Wenig später rief Justus den Unterhaltungschef von High5 an und teilte ihm mit, er wisse zwar, dass das Verhältnis zwischen ihm und Hermjo nicht das beste sei, trotzdem werde er, Justus, den geplanten Piloten nur mit Hermjo produzieren oder gar nicht. Das gelte auch für die Scripted-Reality-Show mit Heide und Monty, bei denen das alte Team ja auch mitwirken sollte.

»Das muss ich natürlich erst mit der Geschäftsführung abklären«, sagte Dengelbaum verärgert.

»Tun Sie das!«

Nachdem Justus die Wohnung verlassen hatte, mit Geständnis, aber ohne Zutun der Fische, saß Bernd Löblein apathisch in seinem Lehnstuhl und starrte durch das offene Fenster auf die Straße.

Plötzlich schreckte er auf. Ein Papagei war hereingeflogen und setzte sich wie selbstverständlich auf die Voliere, die Löblein nie entfernt hatte. »Nebukadnezar«, flüsterte er, und die Tränen kullerten ihm über die Magenfalten.

»Aequam memento rebus in arduis servare mentem«, krächzte der Vogel in bestem Latein. Er hatte in der Zwischenzeit bei einem pensionierten Lateinlehrer gewohnt, wo er lateinische Zitate pauken musste. Das fand er dann noch schlimmer als Löbleins Fremdwörter.

Der hatte in der Zwischenzeit Büchmanns Zitatenschatz aus dem Regal geholt und schlug die Übersetzung nach: »Bedenk es, wie du standhaft im Ungemach dein Herz bewahrest.«

Wieder flossen Tränen. »Jetzt wird alles gut«, flüsterte Löblein und wählte die Nummer seines Psychiaters.

Lesen Sie weiter >>

Der Mallorca-Bock

»Wir verhandeln heute in der Sache Fiedler gegen Ellerbrock, es geht um die Forderung von 25 000 Euro Schmerzensgeld.«

Richter Walter war müde und schlecht gelaunt. Das Skatturnier hatte bis halb 3 Uhr morgens gedauert, eine Ramschrunde hatte ihm 100 Miese eingebracht, das war Rekord, und er hatte sich den ganzen Abend die Frotzeleien anhören dürfen.

»Herr Fiedler, was ist passiert?«

»Der Beklagte hat auf mich geschossen, dabei drang mir eine Kugel ins Gesäß, musste operativ entfernt werden, unter den Folgen leide ich bis heute, schlafe unter anderem schlecht, habe Angstzustände usw. Das können Sie alles auch im Gutachten meines Psychiaters nachlesen.«

»Schön, dann ist ja alles klar. Haben Sie eine Ahnung, warum Herr Ellerbrock auf Sie geschossen hat? Kannten Sie sich, gab es Differenzen?«

»Nein, ich kannte ihn nicht, aber er hat sogar zweimal auf mich geschossen, die zweite Kugel hat mich zum Glück verfehlt.«

»Dann frage ich mich nur, warum er Sie nicht mit einer dritten Kugel erledigt hat.«

Der Beisitzer sah den Richter strafend an. Er wusste, dies war einer von den Tagen, an denen die Pferde mit dem Richter durchgingen, weil er eigentlich immer hatte Komiker werden wollen.

»Herr Ellerbrock, ich frage Sie, warum haben Sie auf den Kläger geschossen?«

»Das habe ich keinesfalls, Herr Richter, ich habe auf einen Boc Balear geschossen und dabei versehentlich Herrn Fiedler getroffen, den ich für eine verwilderte Hausziege gehalten habe, der der Bock dabei war aufzureiten.«

»Moment, Sie wollten einen was noch mal schießen?«

»Einen Boc Balear, eine eigenständige Wildziegenart, die nur auf Mallorca vorkommt. Die männlichen Exemplare haben wunderschöne, imposant geschwungene Hörner, die für Großwildjäger weltweit eine beliebte Trophäe darstellen.«

»Großwildjagd auf Mallorca, das habe ich auch noch nicht gewusst, da kriegt das Wort »Ballermann« ja eine ganz neue Bedeutung. Sie knallen also Tiere ab und hängen sich die Köpfe mit dem Geweih …«

»Verzeihung, Herr Richter, mit dem Gehörn …«

»Ja doch, jetzt fangen Sie nicht an, hier Korinthen zu kacken, das habe ich schon gern, so was, ich war mal bei so 'nem ›Jägerheini‹ zu Hause«, damit wandte er sich zum Beisitzer um, dem klar wurde, jetzt sind die Pferde in vollem Lauf, und nichts mehr wird sie aufhalten, »und habe ihn gefragt, warum er die ganzen Köppe an der Wand hat, und er antwortete, ja die sind so schön, und ich sagte, na, ihre Frau sieht doch auch ganz prima aus! Na gut, das gehört nicht hierher. Zurück zum Fall, Sie wollten einen Ziegenbock schießen, haben aber Herrn Fiedler getroffen, den Sie für was genau hielten?«

»Eine von etwa 18000 verwilderten Hausziegen, die nicht nur vielerorts die Vegetation der Tramuntana gefährden, sondern sich auch mit der Wildziege kreuzen.«

»Wenn ich aber jetzt Herrn Fiedler so betrachte, wäre das Letzte, für was ich ihn halten würde, eine verwilderte mallorquinische Hausziege, würden Sie mir da recht geben?«

»Unbedingt, Herr Richter, aber wenn Sie sich vorstellen, dass

Herr Fiedler sich ein Ziegenfell übergehängt hat, um einen Bock anzulocken …«

»Sie haben was gemacht, Herr Fiedler?«

Herr Fiedlers Anwalt schoss hoch. »Verzeihung, Herr Richter, es ist straf- und zivilrechtlich irrelevant, sich als Ziege zu verkleiden, im Gegensatz zum verantwortungslosen Gebrauch von Feuerwaffen!«

»Na ja«, sagte der Richter, der mittlerweile prächtiger Laune war, »wenn sogar der Bock auf Herrn Ziegler hereingefallen ist, kann man, wie ich meine, Herrn Ellerbrock keinen Vorwurf machen.«

»Herr Richter, wenn ich da etwas einwerfen darf«, mischte sich der Beisitzer ein, »meine Eltern haben einen Bauernhof, und in der gesamten Landwirtschaft kennt man das Torbogensyndrom, dem schon manche Touristin zum Opfer gefallen ist, die sich nichts ahnend im Sichtfeld eines Bullen bückte und so einen Anblick bot, der dem einer Kuh von hinten ähnelt, und darauf springen so leicht erregbare Tiere wie Bulle oder Ziegenbock eben sofort an.«

»Vielen Dank, Herr Beisitzer, aber dem entnehme ich, dass Herr Fiedler sich nicht als Ziege hätte verkleiden, sondern sich nur vor dem Bock hätte bücken müssen, um den Springbock-Effekt auszulösen … oder?«

»Nein«, ergriff der Beisitzer noch mal das Wort, »weil die Tarnung Herrn Fiedler die Annäherung an die Herde erst gestattete, Optik und Geruch wiesen ihn sozusagen als Artgenossen aus.«

»Dann ist dieser Boc Balear wohl nicht der Hellste, je größer das Gehörn, desto kleiner das Gehirn. Hahaha … Aber gut. Ich fasse zusammen: Beide Herren waren unterschiedlich scharf auf den Bock, also in unterschiedlicher Weise auf den Bock scharf, Sie wissen schon, was ich meine. Eine Frage wäre noch zu klären: Hätte Herr Fiedler mit Gewehrfeuer rechnen müssen?« »Selbstverständlich«, warf nun Herr Ellerbrocks Anwalt ein, »auf Mallorca sind sieben Jagdreviere für die Großwildjagd ausgewiesen, vor deren Betreten unübersehbar gewarnt wird. Trotzdem sind Jagdunfälle nichts Seltenes, erst kürzlich hat ein Jagdpächter im brandenburgischen Liebenwalde ein Pony erschossen. Er hatte es mit einem Wildschwein verwechselt.«

»Vielen Dank, Herr Anwalt, nicht auszudenken, wenn es andersrum gelaufen wäre und er versucht hätte, das Wildschwein zu reiten. Gut. Das Gericht zieht sich zum Mittagessen zurück, wenn wir bis 18 Uhr nicht wieder da sind, sind wir auch zum Abendessen. Mahlzeit.«

Adults only

»Lass uns doch mal in einem ›Adults only Hotel‹ Urlaub machen.«

Vor Überraschung beschlug meine Brille.

»Seestern«, sagte ich, »sind wir dazu nicht ein wenig zu alt? Jeden Abend wechselnde Intimpartner, Gruppensex, ich habe ja bisher noch nicht mal einen Dreier auf die Reihe gekriegt, ich finde einfach nichts an der Vorstellung, zwischen zwei enttäuschten Frauen aufzuwachen.«

»Oder zwischen einer zufriedenen Frau und einem zufriedenen Mann, diese Möglichkeit kommt euch Aushilfs-Machos wohl gar nicht in den Sinn. Außerdem finde ich den Kosenamen ›Seestern‹ etwas zweischneidig, denn die haben, wie du vielleicht nicht weißt, kein Gehirn!«

Ich verkniff mir gerade noch zu sagen: »Was glaubst du eigentlich, warum ich das gesagt habe?«

»Was du ebenfalls nicht weißt«, fuhr die Gefährtin meiner durchschnarchten Nächte fort, »ist, dass mit diesem Label Hotels gemeint sind, in denen Kinder unerwünscht sind. Also kein Rumgerenne im Frühstücksraum, kein Gekreisch am Pool, keine durchnässte Zeitung, weil eine hyperaktive Missgeburt seine einzige Fähigkeit, eine Arschbombe, demonstrieren muss.«

»Aber genau das hat mir immer dieses Glücksgefühl beschert, das den Kinderlosen über die Tatsache hinwegtröstet, seinen Evolutionsauftrag nicht erfüllt, oder anders gesagt, dem weiblichen Teil der Weltbevölkerung seine Gene vorenthalten zu haben.«

Ich sah auf und bemerkte, dass ich der Einzige im Raum war.

Wenige Wochen später checkten wir in einem 4-Sterne-Hotel auf Mallorca ein, dessen Motto »Zeit für Zweisamkeit« lautete. Im Gepäck hatten wir ca. zwanzig Bücher, in der Hoffnung, endlich mal ungestört lesen zu können. Das Haus warb auch mit einer großzügigen Wellnesslandschaft mit sechs verschiedenen Saunen. Nun finde ich es einerseits recht kapriziös, vor 40 Grad im Schatten in eine Sauna mit 70 Grad auszuweichen, und habe mich überdies schon immer schwer getan mit der offensiven Präsentation meiner unverhüllten Genitalien. Natürlich wissen wir alle, dass die Humanmedizin zwischen Fleisch- und Blutpenis unterscheidet. Ersterer ist auch im Ruhezustand stattlich, Letzterer wird erst in Alarmbereitschaft zum Blickfang. Und deswegen gibt es überhaupt keinen Grund, Komplexe zu entwickeln, deswegen denke ich, dass meine Scheu, mich öffentlich zu entblößen, eher auf meine strenge religiöse Erziehung zurückgeht. Also lag ich wenig später in einer ruhigen Ecke der Pool-Area, hob den Altersdurchschnitt nur unwesentlich und las den dritten Teil von Helmut Kraussers »Hagen-Trinker-Trilogie«, in der es unter anderem um die Liebe eines Berbers zu einer Schülerin geht.

Ich sah auf, mein Blick trübte sich. Ich würde nie eine Tochter haben. Mit größter Wahrscheinlichkeit zumindest. Selbst wenn der Zeugungsakt in den nächsten Minuten stattfinden würde, wäre ich, wenn das bildhübsche hochbegabte Wesen den ersten Freund anschleppte, circa 80 Jahre, könnte sie also kaum unauffällig in der Disco beschatten, um das Schlimmste zu verhüten. Vielleicht würde ich aber wenigstens noch mitbekommen, wie sie das jahrgangsbeste Abitur im ganzen Bundesland bekommt. Schnüff.

Abends im schönsten der drei hoteleigenen Restaurants

hatten wir einen Vierertisch für uns und ließen es krachen. Im wahrsten Sinne, denn schon der Biss in die Blätterteigkruste unseres Filets Wellington ließ etliche Köpfe zu uns herumfahren. Der Geräuschpegel war einfach zu niedrig. Was hätte ich für ein »Mama, kann ich ein Erdbeereis?« gegeben!

In diesem Moment betrat ein Ehepaar mit einem vielleicht achtjährigen Jungen das Restaurant des kinderfreien Hotels. Sie hatten vielleicht eine Sondergenehmigung des Bürgermeisters oder einer noch höheren staatlichen Stelle.

Es gab keinen freien Tisch mehr. Bedrohliches Getuschel erhob sich. Ich sah den Oberkellner den Kopf schütteln. Ich schaute meine Frau an. Sie nickte. Ich stand auf, ging zu der Familie und sagte: »Wenn Sie mögen, können Sie sich gerne zu uns setzen, für den Jungen stellen wir einfach einen Stuhl dazu.«

So geschah es. Es stellte sich heraus, dass es das Ehepaar in dem kinderlosen Schuppen nicht mehr ausgehalten hatte und sich den Jungen von Freunden, die in der Nähe eine Finca gemietet hatten, ausgeliehen hatte. Ein sehr netter, aufgeweckter Junge mit Interesse für Bücher, Spiele und Zaubertricks. Als die Familie abreiste, waren wir richtig glücklich, denn wir wurden mit den Eltern des Jungen rasch handelseinig und hatten ihn den Rest des Urlaubs für uns allein.

Wie Gott den Witz erfand

Eines Tages kam Gott zu Adam und Eva und sagte: »Habt ihr Lust, meine neueste Schöpfung zu bewundern?«

»Ja, sicher«, sagten die beiden, »was ist es denn?«

»Es ist eine kleine Erzählung, über die man lachen kann, ich habe sie Witz genannt.«

»Na, dann erzähl mal«, sagte Adam, »lachen tu ich gerne, letztens, als Eva sich in den Ameisenhaufen gesetzt hat, hab ich mich fast totgelacht. Von wem handelt die Geschichte denn?«

»Na, Adam, von wem wohl? Siehst du hier noch andere außer uns drei?«

»Na klar, hier sind doch noch jede Menge Tiere, die sind auch lustig, zum Beispiel die Bonobos, die alle zwanzig Sekunden fi…«

»Ist gut Adam, aber diese Geschichte handelt von uns dreien. Und ich spreche von mir in der dritten Person.«

»Häh?«

»Vergiss es, Adam, hör einfach zu! Also: Eines Tages, kurz nachdem er sie geschaffen hatte, kam Gott zu Adam und Eva und sagte: ›Ich habe noch zwei Geschenke für euch, ihr müsst euch nur einigen, wer was bekommt. Das eine ist, stehend pinkeln zu können.‹ Und Adam rief gleich: ›Ja, das will ich haben, das macht sicher viel mehr Spaß als dieses Hinhocken. Krieg ich das, Eva?‹ Und Eva sagte: ›Wenn es dir so viel Freude macht, dann bitte.‹ Und Adam jauchzte vor Begeisterung, pieselte gleich mal an drei Bäume, rannte an den Strand, pieselte ein Muster in den Sand und kriegte sich kaum ein vor Begeisterung. Dann kam er zurück und sagte: ›Und was kriegt Eva?‹ Und Gott sprach: ›Ein Gehirn‹.«

Und dann schaute er die beiden erwartungsvoll an.

Adam sagte: »Verstehe ich nicht, was soll daran komisch sein?«

Und Eva meinte: »Ich verstehe die Geschichte zwar, finde es aber nicht gut, dass du dich über Benachteiligte lustig machst, zumal du selbst der Verursacher der Benachteiligung bist.«

Gott zog eine Schnute und beleidigt ab. Aber die Schlappe ließ ihm natürlich keine Ruhe. Er überarbeitete seine Geschichte wieder und wieder, denn der beste Witz macht dem Erfinder keinen Spaß, wenn keiner darüber lacht.

Dann war es so weit. Gott besuchte die beiden wieder und sagte: »Ich habe meinen Witz verändert, wie findet ihr ihn jetzt: Als Gott die Menschen schuf, improvisierte er wie ein Koch, der sich nicht streng an Rezepte hält, sondern aus dem, was da ist, was zusammenrührt. Die ersten Menschen sahen alle gleich aus, auf einmal stellte Gott fest, dass er von einem bestimmten Bauteil nichts mehr hatte und musste sich was einfallen lassen. Und einige sagten: ›Wieso sehen wir anders aus als die, die du zuerst gemacht hast?‹ Und Gott darf ja nicht lügen, also sagte er: ›Sorry Kinder, Hirn ist alle, ab jetzt gibt's Titten.‹«

Und Adam sagte: »Der ist gut, das erklärt, warum Männer schlauer sind als Frauen.«

Und Eva sagte: »Ja, wirklich toll. Macht das eigentlich Spaß, so allein am Stammtisch?«

Und dann ging sie hoch erhobenen Hauptes weg.

Und Gott fühlte sich richtig mies.

Adam wollte ihn aufmuntern und sagte: »Vergiss die blöde Kuh, ich find den Witz toll, erzähl ihn noch mal!«

Und Gott ging beschämt zurück, und ihm wurde klar, dass er gerade, ohne es zu wollen, den Beifall von der falschen Seite erschaffen hatte. Und natürlich ließ ihm diese neuerliche Schlappe keine Ruhe. Und er grübelte und grübelte. Und einige Wochen später stand Gott wieder auf der Matte und sagte: »Ich glaube, jetzt habe ich die Geschichte rund, wollt ihr sie hören?« Und beide nickten, wobei Eva kurz die Augen verdrehte.

»Eines Tages, in einem frühen Stadium der Schöpfung, rief Gott: ›Adam, komm mal her. Ich habe eine gute und eine schlechte Nachricht, welche willst du zuerst hören?‹ – ›Ähem …‹ – ›Vergiss es, Adam, hier ist die gute Nachricht: Du bekommst ein Geschlechtsteil und ein Gehirn!‹ Und Adam freute sich fast ein Bein aus, denn die hatte er ja schon. ›Und jetzt die schlechte Nachricht: Du kannst sie nicht gleichzeitig benutzen.‹«

Und Adam sagte: »Da fand ich den mit den Titten aber besser«, und ging pinkeln.

Eva aber lächelte Gott an und sagte: »Der ist gut.«

Und Gott wurde sogar ein bisschen rot. Denn er war ein bisschen verknallt in Eva.

Blödsinn meets Tiefsinn –
ein brillanter Spagat wie ihn nur
Jürgen von der Lippe beherrscht

Jürgen von der Lippes Humor ist Kult – bei Lesern und Zuhörern. Und weils so schön war mit den »Balladen?«, gibt es jetzt über 60 brandneue Geschichten: zum Lachen, Schmunzeln und gepflegten Sinnieren. In ihnen kombiniert der Autor Kalauer und Witze mit Philosophie und Sprachkritik und erzählt ebenso lustig wie hinterlistig vom Kampf der Geschlechter, vom lieben Gott und der heilen und unheilen Welt.